KB273436

141작가 문장, 필사책

▶일러두기

*수록된 작품의 문장은 저자들이 보내주신 원고를 정본으로 했습니다.

*청탁 원고 분량이 넘는 것은 편집과정에서 일부 조정했습니다.

*보내주신 약력은 모두 3줄 이내로 정리했습니다.

*장편소설은 (『 』), 단편소설은 (「 」)로 표기했습니다.

141작가 문장, 필사책

한국문인협회 소설분과 엮음

| 발간사 |

『141작가 문장, 필사책』

김영두(소설가·(사)한국문인협회 소설분과 회장)

2025년, (사)한국문인협회 소설분과는
우리 시대 소설가들의 작품 속에서 반짝이는 문장들을 모아
하나의 책 『141작가 문장, 필사책』으로 엮었습니다.

문학은 언제나 문장으로부터 시작됩니다.
짧은 한 줄의 문장이 작품 전체를 압축하기도 하고,
때로는 독자의 삶을 흔들며 오래도록 기억 속에 남기도 합니다.

우리는 소설을 읽는 과정에서
그 문장이 주는 위로와 울림 덕분에
다시 하루를 견디고, 또 새로운 길을 내딛기도 합니다.
이 책은 바로 그러한 문장의 힘을
독자와 더 가까이 나누고자 하는 마음에서 탄생했습니다.

『141작가 문장, 필사책』은
읽는 즐거움에 머무르지 않고,

쓰는 행위를 통해 문학을 더 깊이 체험하게 합니다.

문장을 따라 쓰는 동안

독자는 작가의 호흡과 감정의 결을 느끼고,

자신의 삶과 겹쳐 사유하며

문학을 한층 더 가깝게 만나게 될 것입니다.

141명의 작가가 남긴 문장은

곧 우리 문학의 얼굴이자 목소리입니다.

한 줄 한 줄이 시대의 기억이고,

독자에게 건네는 따뜻한 인사이며,

앞으로도 꺼지지 않을 문학의 등불이 될 것입니다.

이 책이 독자 여러분의 책상 위에서,

또 마음속에서 오래 간직되는 동반자가 되기를 바랍니다.

짧은 문장 하나가 때로는 인생의 좌표가 되고,

흐트러진 마음을 붙잡아 주는 기둥이 되기를 소망합니다.

『141작가 문장, 필사책』을 손에 들고 계신 여러분이야말로

이 책을 완성해 주시는 마지막 주인공입니다.

여러분의 손끝에서 다시 쓰이는 순간,

문장은 새로운 숨결을 얻고,

문학은 또 다른 길로 이어집니다.

가을빛이 깊어가는 이 계절,

독자 여러분의 삶에도 문학의 향기가 스며들어

오래도록 따뜻한 위로와 기쁨이 되기를 기원합니다.

괴테의 '색채론'과 문학의 역할

김호운(소설가·(사)한국문인협회 이사장)

괴테는 20여 년간 색채를 연구하여 '색채론'을 발표했습니다. 그의 색채론은 과학에 근거하여 내놓은 뉴턴의 색채론을 반박합니다. 빛의 굴절로 색이 만들어진다는 뉴턴의 스펙트럼 이론에 괴테는 색에도 감성이 있다며 그가 본 색은 밝음과 어둠의 경계에서 형성된다고 한 것입니다. 이를 두고 학자들이 다양한 의견을 내놓았습니다. 괴테의 색채론은 개인의 감성에 따라 달라질 수 있는 지극히 주관적 인식론이라고 했습니다. 말하자면 뉴턴의 이론과 달리 비과학적 요소가 있다는 반격입니다.

뉴턴의 색채론과 괴테의 색채론을 읽다가 재미있는 생각을 하였습니다. 우리가 사는 일상을 변화시키는 게 과학이 아니라 괴테가 색채론을 통해 말한 인식론, 즉 사물에 스며있는 감성에 의해 일상이 변화한다는 답을 얻었습니다. 이것이 문화를 만드는 동력입니다. 문화는 과학이 아니라 감성의 접근이며, 우리의 삶 또한 감성이 만들어내는 스펙트럼의 연속입니다.

21세기는 문학이 빛나는 시대가 될 것입니다. 문인들이 주관적으로 받아들이는 희망이 아니라 과학이 그러한 결론을 만들어 우리에게 보여주고 있어서입니다. AI의 출현을 사람들이 반기며 어떻게 활용해야 하는가, 한편으로는 인간의 영역을 얼마나 어떻게 침범하며 이를 막는 방법은 무엇인가 하며 온갖 처방을 내놓는 AI에 의한 혼돈의 시대가 시작되었습니다. 결론은 간단합니다. 인간의 두뇌로 이룬 과학의 최정점에서 인간 스스로 인간의 한계점을 인정하고 그 자리를 과학에 물려주었습니다. 그 과학에 인간이 의존하겠다는 것이고, 그러함으로써 인간의 두뇌는 더 이상 생각하기를 멈추고 AI에게 그 자리를 내어주려 합니다. 생각하지 않는 인간. 이는 곧 인간의 퇴화를 의미합니다. 시간이 흐를수록 AI는 진화할 것이며, 인간은 퇴화하여 마치 이 가을에 지는 낙엽처럼 인간이 지구에서 사라질지도 모릅니다.

뉴턴과 괴테가 색채론으로 서로 옳다고 다툰 그 시점이 다시 우리 눈앞에 왔습니다. 당시에는 대부분 괴테의 이론을 좇았습니다. 뉴턴의 색채론을 버린 게 아니라, 과학 이론을 정론으로 받아들이면서 괴테의 색채론, 즉 인식론이 과학의 실제 쓰임을 만든 것입니다. 감성이 과학을 지배하는 행복을 따랐습니다. 안 맞는 논리를 억지로 그리 인식하도록 한 게 아니라, 실제 과학의 결과를 활용하는 인간의 두뇌에서 받아들이는 인식이 그러하다는 것입니다. 과학 논리만으로 사는 세상이라면 인간의 존재 가치가 사라집니다. 인간이 살 수 있는 세상, 그곳은 인간이 감성으로 바라보고 받아들이는 곳입니다.

문학은 괴테가 주장했던 그 색채론의 감성에서 이루어집니다. 문학이 홀대받는 사회, 인문학을 소홀히 하는 사회는 '죽은 사회'입니다. 21세기가 문학이 빛나는 사회가 된다고 말한 건 바로 여기에 있습니다. AI에 대한 의존도가 높아질수록 사람들은 상대적으로 문학이 필요한 시대임을 자각하게 됩니다. 건강할 때는 건강한 줄 모르다가 병이 들고 나서야 비로소 우리 몸의 건강을 자각하게 되는 것과 같은 의미입니다.

　(사)한국문인협회 소설분과에서 새로운 작품집『141작가 문장, 필사책』를 펴냅니다. 이번 작품집은 좀 색다르고 낯섭니다. 작가들이 자기 작품 가운데 중요한 문장을 제시하고, 독자들이 그 문장을 필사로 옮겨 쓰는 책입니다. 보통 좋아하는 작가의 작품을 통째로 옮겨 쓰는 독자들이 있긴 하지만, 이렇게 작가들이 먼저 자기 작품에서 기억할 만한 문장을 발췌하여 필사토록 배려하는 책은 처음이 아닐까 싶습니다. 이는 문학을 또 다른 관점에서 가까이하며 사랑하는 체험이 될 것입니다. 또한 변하는 사회, 새로움을 요구하는 독자들에게 작가들이 더 가까이 다가가는 동시성과 동질성을 가지는 훌륭한 몸짓이기도 합니다. 아무러하든 이 작품집이 문학이, 특히 소설문학이 독자들에게 사랑받고 독자를 확장하는 훌륭한 동기가 되기를 소망합니다.

　책을 펴내기 어려운 환경에서 이런 훌륭한 기획을 한 (사)한국소설가협회 소설분과 회장 김영두 소설가와 이에 협조해 주신 소설가 회원 여러분께 존경의 박수를 보냅니다.

　작품집『141작가 문장, 필사책』출간을 거듭 축하합니다. 소설가 회원 모두에게 축복이 함께 하고, 문운이 크게 빛나길 기원합니다.

 차례

141작가 문장, 필사책

아름다운 영가 | 한말숙

유진은 그 약수의 영성은 전혀 생각해본 적은 없으나 오염되지 않은 물을 마시니 좋고, 산속의 맑은 공기는 더욱 좋았다. 동트기 전의 어두운 약수터에 앉아 있을 때, 가끔 저쪽 바위에 앉은 남자가 그 옛날에 적에게 쫓기던 고독한 무인 같기도 하고, 저쪽 나무에 기대어 하늘을 보고 선 여인이 그 옛날에 번뇌의 속세를 버리고 입산하려던 사람 같기도 한 상상에 사로잡힐 때도 있었다. 게다가 그 당시 그들의 모습을 그녀가 그 자리에서 보았을지도 모른다는 생각마저 들 때도 있었다. 내가 만일 그 패주하는 장군을 뒤쫓던 그를 배반한, 그의 심복이었다면?

'유진아, 너두냐?' 혹은, '유진, 너였더냐?' 줄리어스 시저와 브루투스의 일로 연상된 것이겠으나, 예수와 유다 등 인간 역사가 이어 내리며 그 얼마나 많은 시저와 브루투스가 있었고 앞으로도 있을 것인가. 배반의 고뇌는 슬프고, 용서와 절망은 슬프도록 아름다운 감을 주니, 인생이라는 것을 통틀어 한마디로 말한다면 슬프고 아름다운 것이 아닐까? 악인도 좋고 선인도 좋다. 어차피 너도 나도 흘러가는 물과 같은 것이니까.

그녀는 전신주에 기댄 채 다시 푸른 하늘을 보았다. 아무래도 장 박사가 그리워 견딜 수가 없었다.

'아이 원트 힘(I want him), 아이 원트, 아이 원트!'

하고 그녀는 속으로 절규했다. 장 박사의 눈빛과, 그의 숨결과 그의 체온 외에는 아무것도 들리지도 보이지도 느껴지지도 않았다. 그녀는

저만치 보이는 공중전화 박스까지 갔다. 송수화기를 들고 다이얼을 돌리는 동안 뜨거운 눈물이 두 눈에서 줄줄 흘러내렸다. 그가 그리워서다.

저편에서 전화를 드는 소리가 났다. 유진은 가쁜 숨결을 누르며,

"여보세요."

했다. 장 박사는 금방 유진의 음성을 알아차렸다.

"김 선생님!" 하고 말을 잇지 못한다. 한참 후에,

"그리 오시겠어요? 그 커피숍으로."

"네. 지금 바로 가겠어요."

"저도 지금 바로 가겠습니다."

그들의 말은 짧았으나 수많은 사연이 담겨져 있음을 서로 직감했다.

장 박사는 전화를 해준 유진이 더욱 사랑스러웠다. 자신을 뿌리치고 갔으나 그녀가 자신을 사랑하고 있음을 너무도 잘 알고 있었다. 그들은 석규의 초인종 소리에 헤어지게 되었으나 그냥 이대로 물러설 수는 없었다. 그들은 서로 사랑에 앓는 육체를 원하고 있었다.

전화를 끊자 그녀는 택시를 잡으려고 한길로 향했다. 아까와는 달리 그녀의 걸음은 침착했다. 그와 만날 약속을 하고 나니까, 회오리치던 정열이 조금 가라앉는 것 같았다. 그녀는 아까처럼 우연한 계기로 정열이 폭발해서 무엇이 무엇인지 모르고 사랑의 욕망에 뛰어든 상태는 아니었다. 이제 그녀는 조용히 그리고 좀 더 깊이 그를 원하고 있었다.

한말숙
1931년 생. 1957년 「신화의 단애」로 『현대문학』 등단. 보관문화훈장 수훈. 현재 대한민국 예술원회원.

아이누 아이누 | 정연희

　여객기가 김포에 도착한 것은 해질녘. 그네는 동작동 강언덕에서 택시를 돌려 보냈다. 떠나기 전, 다시는 녹을 일 없어 보일만큼 꽁꽁 얼어붙었던 한강이 몸을 풀었다. 강물 깊은 곳에서부터 얼음이 풀리고, 겨우내 두껍게 얼었던 얼음이 깨어져 유빙流氷은 강폭을 메우며 끝없이 흘러가고 있었다. 그 성엣장은 그렇게 흘러가면서 녹아가고 강물은 얼음덩이를 말없이 받아 안고 흘러갔다. 넘실넘실 흘러가는 얼음덩이, 길고 긴 겨울, 얼음에 갇혀 죽은 것 같았던 강물은 때가 되면 제 몸을 풀어 저렇게 너울너울 흘러간다. 자신이 치쌓은 감옥에서 수치심으로 단단하게 다져졌던 성벽城壁도 허물어질 때가 있을까. 죄, 쌓이고 쌓여라! 세상에서 찾아야 할 것이 무엇인지도 모르고, 헛되이 저지른 것이 죄라면 죄야, 한껏 불어나라, 목구멍에 찰 때까지 불어나라! 가득 차서 더 들어갈 자리가 없을 때, 터지라, 폭발하라, 폭발하라! 죄도 자산資産이 될 수 있는 삶이 있음에, 이 세상은 한번 살아볼 만한 곳이 아닌가. 지금까지는 존재의 심연에 시퍼렇게 살아있던 자아, 헛되고 헛된 것에 매달렸던 그 시퍼런 자아. 아무것도 보이는 것이 없었다. 하지만 이제 떠나보내자, 떠나보내자, 떠나보내야 할 때를 놓치지 말았어야 했다. 감옥에 가두고 누구에게도 보이지 않았던 자아를 떠나보내자. 몸으로 무너뜨린 성벽의 부스러기들을 저 강물, 성엣장을 안고 도도하게 흘러가는 강물에 던져 버리자, 그리고… 사마리아의 여자가 이고 가던 물동이를 찾으러 가자. 다섯 명의 남편과 현재의 남편을 등지고! 뜨거운 한 낮에 당당하게 물을 길러 가자. 사람들의 이목耳目을 두려워 할 것 없이, 찢어지는 대낮 뜨거운 햇빛 속을 걸어가자. 물동이를

"

이고 걸어가자. 무명옷의 그분이 다가올 때 도망치지 말자. 찢어지는 한낮, 살갗 태우는 태양으로 발가벗겨져, 실오라기 하나 없는 몸을 끌고, 바람처럼 구름처럼 다가오는 그이에게 다가가자. 그 만남이 죽음이라도, 그 만남이 지옥이라도 도망치지 않으리! 저렇게 검푸른 얼음덩이로 흘러가는 강물의 유빙을 빗장 삼아, 자아라는 감옥 문을 열리라. 산산조각 난 육신이 낭자하게 피를 흘릴 때까지— 우물가에서 기다리던 그이는 그 피의 의미를, 그리고 그 피 값을 알고 있을 것이기에— 이제 물동이를 찾아내자. 그리고 우물을 찾아가자. 당당하게 우물을 찾아가자. 뜨겁게 찢어지는 한낮, 불붙는 태양 아래 알몸을 드러내고. (「아이누 아이누」)

정연희
동아일보 신춘문예 당선, 한국소설가협회상, 대한민국문학상, 한국문학작가상 등 수상. 대한민국 예술원회원.

이승의 한 생 | 김지연

　쇠봉이 지리산 대원사를 찾아든 것은 열네 살 적. 사람들은 해방이 되었다고 희희낙락 모두들 들떠 흥분했으나 쇠봉은 해방이 무엇인지 영문을 알지 못했다. 다만, 동네에서 효험없는 서낭나무를 제거하고 무허가의 당집을 없앤다는 소문이 떠돌아 그는 아홉 살적 냇가에서 머리를 밀어준 중산리 무영사의 원주스님을 찾아갔다. 그러나 스님은 강원도 운지사로 떠나고 없었고, 무영사의 주지승은 쇠봉을 쉽게 받아들이지 않았다. 쇠봉의 눈빛에 야생의 기운이 뻗쳐있어 좋은 연이 되지 않을 것 같다는 예감이 이유였다. 쇠봉은 다시 지리산의 여승 암자인 대원사로 찾아 들어 사찰의 산림과 농사를 관장하는 산감 겸 절 머슴으로 안착했다.

　그는 호적도 성도 이름도 없어 어디를 가든 사회적 인간 대접을 받은 적이 없었다. 쇠봉을 몸종처럼 부리던 강 부잣집 두 아들이 군에 입대할 때도 그는 족보가 없어 징집호출을 받지 않았다. 지리산 속의 산청군 삼장면의 여승 암자에서 절머슴으로 살고 있지만 어떤 기록에도 없는 사람이었다. 살아도 살지 않는 사람이었다. 그는 그러한 자신의 현실에 의외로 절망하지 않았다. 절망하기보다 웃도는 기분은 완벽한 자유스럼에의 희열이었다. 울창한 숲속의 수만 그루 나무 중의 한 그루 나무가 자신이라고 생각했다. 대지와 물과 하늘을 누비는 생명 있는 모든 만물 중의 하나일 뿐으로 세상에 태어나 원천의 자유를 누리는, 자연의 한 부분인 자신은 오히려 진정 복받은 존재라고 생각했다.

　나무는 땅속에 박혀있어 그곳에서만 삶을 다하고 산동물은 자유롭되 말을 하지 못하며, 불공 올리러 찾아오는 수많은 중생들의 사연은

하나같이 제도권에 기인된 인생극으로 다난하고 고달퍼 보였다.

쇠봉은 갑년에 이르는 당금까지 절 밭, 절 논에서 생명을 키우고 생명들과 뛰놀며 야생의 산판 들판을 돌아쳤다. 그 삶이 즐거웠다. 하고 싶으면 일을 하고, 하고 싶지 않으면 몇 날 며칠이고 일손을 놓았다. 암자의 비구니들 그 누구도 그를 간섭하지 않았다. 간섭하면 어디론가 훌쩍 떠났다가 또 어느날 훌쩍 돌아오는 그를 절 사람들은 바람낭인이라 부르며 내버려 두었다. 절에서는 그에게 세끼의 공양과 사철 입을 옷과 잠 잘 방을 제공할 뿐 세경이나 품삯 따위로 그를 구속하지 않았다.

그날. 쇠봉은 거대한 참나무를 베기 전에 참나무를 끌어안고 울었다. 암자 인근의 고목인 참나무는 매년 조금씩 고사되므로 하여 유독 쇠봉의 보호와 연민을 한몸에 받았던 수목이었다. 그런데 암자에서는 주례 종회에서 숯을 만들기 위해 수명이 다해가는 참나무를 베기로 결정했다며 산감에게 끊임없이 도움을 요청했고 쇠봉은 그럴 수 없다고 했다. 그러나 총무스님을 비롯한 암자의 모든 비구니들이 숯을 만들어야 하는 힘든 상황을 설명하며 간절하게 소망하여, 그는 어쩔수 없이 그들의 청을 들어주기로 했다.

쇠봉은 태풍에 반쯤 기울어진 노후한 참나무의 밑자락을 쇠톱으로 베며 연신 미안하다는 말을 읊조렸다. 그리고 참나무가 뿌지직 뿌지직 비명지르듯 무너지는 소리를 들으면서 그도 나무와 함께 무너졌다. 참나무가 쓰러지는 방향의 곁가지에 머리를 부딪치고 낙엽이 수북한 곳에 몸을 어이없이 놓아버린 것이다.

김지연
1967년 매일신문 신춘문에 당선. 1968년『현대문학』소설 추천완료. 작품집『산가시내』장편『소설 논개』(전3권) 등 33권. 한국소설문학상, 월탄문학상, 채만식문학상 등 수상. 김동리 기념사업회 회장, 한국소설가협회 이사장 등 역임.

물 위의 상주 | 이수남

갑자기 앞의 승용차가 깜빡깜빡 비상등을 켜더니 속도를 줄였다. 멀리 다리 하나가 보였다. 우측 바닷가의 낮은 모래언덕을 둑으로 하면서 왼쪽으로 꽤 깊게 들어간 호수가 나타났다. 짧은 콩크리트 다리가 그것을 둘로 나누고 있었다. 저만치 낮은 산 아래 논과 십여 호의 마을이 보였다. 앞차의 박기달이 먼저 내리더니 와서는 '다 왔습니다'고 말했다. 두 눈은 여전히 충혈되어있었다. 다 왔다는 말은 유골을 이 근처 어디쯤에 처리하겠다는 뜻이었다.

"선생님은 여기서 잠시만 계십시오. 곧 오겠습니다."

유골함을 든 박기달이 내게 말했다. 그리고 누구 아무도 따라오지 말라는 당부도 덧붙였다. 그런 모습은 지금까지와는 다른 단호함이 있었다. 차에서 내린 사람들은 뭐라는 말을 못하고 바라보기만 했다. 가슴에 유골함을 안은 박기달이 호숫가의 좁은 길로 들어섰다. 소복한 그의 아내가 고개를 숙인 채 그 뒤를 따르고 있었다. 그러자 머뭇거리던 친구들 몇이 결심한 듯 조금 떨어져 그 뒤를 따르기 시작했다.

나는 도로 아래 둑으로 내려서며 박기달에게 눈을 떼지 않았다. 사오십 미터쯤 갔을까, 등을 보이며 가던 박기달이 걸음을 멈추었다. 뒤따르던 친구들이 뭐라고 박기달에게 말하는 것 같았다. 그 자리에 박기달이 쭈그려 앉았고 잠시 후 일어서더니 손을 호수 위로 뻗으며 크게 원을 그렸다. 그러자 원형의 안개꽃 같은 새하얀 것이 뿌려졌다. 유골이었다. 눈부신 흰빛이었다. 아니 그것은 안개꽃이 아니라 미세하게 분쇄된 박기달의 눈물이었다. 푸른빛이 그 하얀 원을 두어 번 빨아들였다. 몇 번인가 박기달은 그렇게 되풀이했다. 나는 박기달의 신들린

듯한 손동작에 갇혀 있었다.

그러다가 박기달은 허리를 구부려 마치 잃었던 무엇을 찾는 듯 한참 물 위를 보더니 신발을 신은 채 첨벙첨벙 물속으로 들어갔다. 순간적인 일이었다. 그러나 호수가 얕아서인지 멀리서 보아도 발목 이상은 빠져들지 않았다. 잠시 가만히 있던 박기달은 다시 유골을 뿌리기 시작했다. 같이 따라 들어간 친구들이 박기달을 밖으로 나오게 끌어당기는 것이 보였다. 그러나 박기달은 온몸으로 그것을 뿌리치더니 몇 발짝 더 안으로 들어가면서 원을 그렸다.

비명소리가 들렸다. 비명이 아니라 박기달의, 상주의 처절한 울음소리였다. 제 감정을 주체하지 못한 채 성난 짐승처럼 이리저리 물위로 뛰어들며 춤추듯 뿌려대고 소리지르고 하는 박기달이었다. 바다와 낮은 모래언덕 하나를 경계로 한 작은 호수는 얼음이 얼지 않았다 뿐이지 칼날같이 차가운 물은 아마도 박기달의 발목을 끊어낼 듯 아프게 조일 것이 분명했다. 그러나 박기달은 물위를 걷듯 이리저리 소리 지르며 미세한 보석 같은 흰빛으로 원을 그리면서 짐승 같은 울부짖음을 토하고 할 뿐이었다.

속수무책으로 바라보고 있는 나는 기가 막혔다.

이수남

한국일보 등단(1970). 소설집 『목마와 마네킹』, 『도시의 끈』, 『심포리』, 『세월』, 『탈』, 『묵호』. 장편소설 『바람과 안개』, 『외출연습』. 대구문학상, 대구시문화상, 현진건문학상, PEN문학상, 백기만문학상 수상.

구름 관찰자 | 김신운

아들아, 떠나기 전에 쓴다.

나는 지금 천천히 소멸해 가고 있다. 그러나 나는 소멸해 가는 것을 슬퍼하고 있는 것이 아니다. 내 몸이 간직하고 있는 수많은 기억들, 이른 봄 대지를 물들이는 연둣빛 신록, 여름날 소나기에 씻긴 갈맷빛 산자락, 초추의 양광, 소나무 숲에 이는 바람 소리, 주택가의 오래된 아스팔트, 나귀가 방울을 딸랑거리며 돌아오는 호젓한 산길, 발가락을 간질이며 빠져나가는 바닷가 모래의 감촉, 따뜻한 바닷물에 몸을 적시는 순간의 행복감…. 이것들은 내 몸이 간직한 오래된 기억들이다. 하지만 나는 이제 그것들이 내 몸에서 천천히 소멸해 가고 있음을 느낀다. 기억은 사라져가고, 그 빈 곳을 공허가 채우고 있다. 젊은 날에 읽었던 명작들, 그 속에 깃든 불멸의 영혼들, 『이방인』에서 뫼르소오로 하여금 아랍인을 쏘게 했던 지중해의 찬란한 햇빛, 도스토에프스키의 주인공들이 고뇌하며 배회하던 러시아의 우울한 도시들, 인생을 커피 스푼으로 되질해 나누는 사람들의 실루엣이 어른거리는 T.S 엘리어트의 『황무지』, 에밀리 브론테의 사철 바람 부는 『폭풍의 언덕』, 윌리엄 포크너의 가상의 도시 요크나파토파 군의 『가문 9월』, 카프카가 『변신』에서 묘사한 기괴한 현실, 고래들이 거친 숨을 내뿜는 『백경』의 위험한 바다…. 그것들 또한 내 몸에 들어온 오래된 기억들이다. 그런데 나는 이제 그 기억들이 내 몸에서 점차 소멸해 가고 있음을 느낀다. 소멸해 간다는 것…, 망각의 밤이 찾아오리라는 것…, 그것을 더욱 견고한 어둠이 휩싸리라는 것…, 아들아, 떠나기 전에 이렇게 쓴다. 나는 그 예감들이 두려운 것이다.

어머니, 어머니….

나는 군용침대 속에서 밤새 뒤척거렸다.

아버지는 일제강점기 끝자락에 태어났고, 어머니는 한국전쟁이 시작되던 그해 여름에 태어났다. 성장한 뒤에야 나는 두 분의 생애가 처음부터 그렇게 궁핍과 비참과 상실 속에 시작되었음을 알았다. 아버지는 그 결핍을 해소하기 위해 투쟁하고 있었고, 어머니는 혼자서 끝없이 그 상실을 슬퍼하고 계셨는지도 모르는 일이었다. 그렇지만 그것 또한 추측에 불과한 것이었으니, 왜냐하면 나는 두 세대 사이에서 태어난 또 하나의 다른 세대일 수밖에 없었기 때문이었다. 그러므로 우리는 이전에 만난 적도 없이, 혹은 어쩌면 만나게 되리라는 희망도 없이, 광대무변한 하늘의 이쪽과 저쪽에 떨어져 흘러다니는 한 조각 구름같은 존재들이었는지도 모르는 일이었다.

김신운
1975년 서울신문신춘문예 당선. 장편소설 『구름 관찰자』 외 다수, 제6회 한국소설작가상(2014년), 제16회 한국문학백년상(2023년) 등 수상.

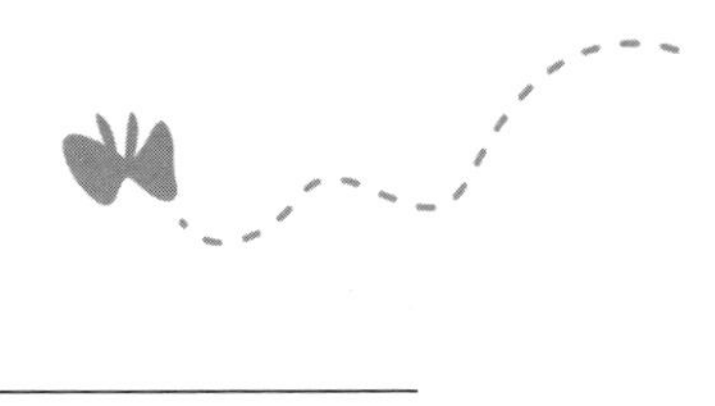

대발해 | 김홍신

공주께 올립니다.

아! 금강산, 무변 광대의 장엄과 천태만상의 경승이 정녕 천상이었소. 열흘 만에 금강을 보았다 함은 털끝으로 태산을 움직였다 함이요, 비로봉에 오르고 천선대에서 하늘을 보고 구룡폭포에서 물 마시고 해금강에 발 디뎠다 하여 금강을 아는 체하는 것은, 두 눈 감고 천상의 신비를 보았다고 우기는 것이리오.

어느 문장가가 감히 필설로 형상할 수 있으리오. 침묵으로 천의무봉天衣無縫의 위용을 느끼며 심연으로부터 끓어오르는 엄숙과 묵비로 금강을 맞아야 하리오.

세상에 어떤 말로도 표현할 수 없는 조화가 스며 있는 금강의 절세 풍광은 부처님 열반의 광엄이 아니면 천선의 태초 가름이더이다. 속기 있는 자가 밟아서는 아니 되고, 가슴이 옹졸한 자 발 디딜 곳 아니며, 신필이 아닌 자 논해서 아니 되고, 천지조화 모르는 자 비유해서 아니 될 것이오. 나 또한 두렵기는 마찬가지여서 차마 금강산을 보았다 말할 수 없어 그저 금강의 내음을 맡았노라는 티끌 견문을 전할 따름이오.

밤새 바다를 가르며 남으로 달려와 배를 멈추고 바라보니 동터 오르는 햇살로 사위가 고즈넉했소. 마을 너머로 아슴아슴 산자락이 펼쳐졌는데, 눈 덮인 수정봉이 병풍처럼 펼쳐지고 구름이 휘감은 바리봉이 스님네 공양 그릇 엎어 놓은 듯하더이다. 옆으로 천불산千佛山이 깎아지른 듯 솟아 있고, 된 바람은 뱃전을 사정없이 때리더이다. 선상에서 숨을 가다듬으며 문득 구름에 가린 흰 산자락이 미림공주처럼 보여 그리움이 북받쳤소.

금강산에는 실로 우주 만물이 다 모여 있더이다. 어디든 청정수요, 어디든 신선이 마신다는 옥수였나이다. 사방이 치솟고 뻗댄 앙지대는 오직 바라볼 곳이 하늘밖에 없다 하여 그리 이름 지었다는데, 정말 하늘 밖에 달리 눈 둘 데가 없더이다. 금강산에 산삼과 녹용이 녹아 흘러 사람과 짐승이 마시면 늙지도 죽지도 않는다는 불로장생수不老長生水가 있다더니, 과연 층층 벼랑 천만 낭떠러지 위에서 흘러내린 명경수를 마시고 어찌 신선이 아니 되겠나이까. 나 또한 그 물을 마시고 꿇어 엎드려 열두 번째 기도를 했더이다.

더 오르니 마치 성벽처럼 생긴 바위가 줄느런하고, 그 위에 까치발로 서 있는 푸른 소나무들은 영락없이 초계哨戒하는 군사 같았으니, 자연의 신비로움에 대한 경외심으로 가슴이 두근거렸소. 휘돌고 내지르고 뒤틀며 흐르는 옥류 계곡 아래로 은사류가 흐르는데, 그것은 마치 천상에 오르는 외줄기 밧줄에 옥수를 부은 듯이 잘근잘근 초롱초롱 흘러내리더이다.

금강산에 천존이 있다면, 해금강에는 그 따님과 선녀들이 목욕하며 비단옷을 널어놓고 물에 잠겨 노닐 듯했소. 만물상을 광기 서린 신선이 빚었다면, 해금강은 여신이 무릎 꿇고 앉아 천일 치성을 드린 연후에 다듬어 맑은 바닷물에 살포시 놓은 듯하였소. 그러면서도 푸른 해송을 광기로 빚고 망망대해를 광란으로 휘저어 한데 모은 듯 절묘한 풍광이었소. 갈 길이 바쁨에 그곳에서 해신에게 빌고 빌었으니 14번째 기도였더이다.

김홍신

1976년 『현대문학』 등단, 건국대에서 문학박사 취득. 경실련 상임집행위원. 제 15,16대 국회의원. 건국대 석좌교수. 통일의병 대표. 민주시민정치아카데미 원장. 홍상문화재단 이사장.

뿌리 | 이광복

　한식날이었다. 서울남부터미널을 떠난 버스는 고속도로로 들어서 자마자 전용차로를 따라 휙휙 신바람나게 달려가고 있었다. 고향 부여로 성묘 가는 길이었다. 양지 바른 도로변 산기슭에는 산수유꽃이 노랗게 피어 있었다. 다른 나무들 중에서도 몇몇 부지런한 녀석들은 긴 겨울잠에서 깨어나 엷은 연둣빛으로 기지개를 켜고 있었다. 눈에 넣어도 아프지 않을 고향의 아우들과는 10시 50분 부여시외버스터미널에서 만나기로 약속되어 있었다.

　우리 동기간은 4남 3녀 7남매로 '향기 복馥' 자 돌림이었다. 나는 윤복允馥, 둘째는 차복次馥, 셋째는 선복善馥, 넷째 막내는 계복季馥인데, 전원 우리 한산이문韓山李門 대종회가 정해 놓은, 즉 시조로부터 28세 항렬 '향기 복' 자에 준거한 작명이었다. 4형제와 달리 3자매는 큰누님 연희蓮姬, 둘째누님 채희彩姬, 누이동생 옥희玉姬로서 그 이름에는 대종회 항렬과는 관계없이 임의의 돌림자인 '계집 희姬' 자가 들어 있었다. 한산은 지금의 서천군에 속해 있었다.

　나는 세 살 때 (큰)아버지 내외분에게로 출계했다. 종가인 큰집에 종통을 계대繼代해야 할 후사가 없기 때문이었다. 종가의 무후. 그 절박한 마당에 아버지 어머니께서 일생일대의 중대 결단을 내렸다. 친가 부모님은 둘째딸을 큰집으로 보낸 데 이어 나까지 어머니 젖을 떼자마자 입후, 즉 양자로 바친 것이었다. 이로써 나는 갑자기 종가의 종손이 되어 누대 선조님의 제사를 모셔야 할 사손祀孫으로 자리매김했다. 운명이 바뀐 것이었다. 나는 그 사실을 훨씬 나중에야 알았지만, 철모르는 코흘리개 어린 아들을 떠나보낸 아버지 어머니 입장에서는 억장이

무너지는 생이별이었다.

 나는 유년 시절 (큰)아버지로부터 한글과 한문을 배웠고, 석양국민학교(지금의 석양초등학교) 들어가기 전 너덧 살 때 한글을 깨치고 천자문을 떼었다. (큰)아버지께서는 그런 나에게 틈만 났다 하면 세보世譜를 꺼내 놓고 가문의 역사와 전통을 가르쳐 주었다. 어떻게 보면 나는 그때부터 위선爲先과 보학譜學과 집안 내력에 처음으로 눈뜬 셈이었다. 어느 날인가 (큰)아버지가 내게 말했다.

 "윤복아, 너는 어디를 가든 항상 한산이가라는 사실을 명심하거라. 우리는 시조 호장공戶長公으로부터 7세 되시는 목은牧隱 할아버지 자손으로 양경공파良景公派 후손이여. 사람이라면 반드시 제 뿌리를 알아야 하느니라. 네가 조금만 더 크면 목은 할아버지를 비롯하여 우리 선조님들이 얼마나 위대하신 어른들이신가를 저절로 알게 될 겨. 내 말 잊지 말거라."

 진실이었다. 당신은 한산이문의 후예, 목은 자손으로서 무한한 긍지와 자부심을 가지고 있었다. 비록 끼니를 잇기 어려울 만큼 형편이 곤궁할지라도 가문의 명예와 자존심에 흠이 될 만한 일이라면 거들떠 보지도 않았다. 선조님을 흠숭하는 당신의 일편단심은 타의 추종을 불허했다.

이광복

충남 부여 출생. 1976년 『현대문학』 소설 추천. 현재 (사)한국문인협회 명예회장. 소설집 『화려한 밀실』, 『뿌리』 외 다수. 장편소설 『풍랑의 도시』, 『계백』 외 다수. 한국소설문학상, 조연현문학상, 한국문학상 외 다수 수상.

아버지의 녹슨 철모 외 | 김호운

나는 화분을 들고 밑을 확인했다. 정수리가 움푹 들어가 있었다. 할아버지가 사용하던 그 화로가 틀림없다는 확신이 들었다. 제실 관리인 말처럼, 전방도 아닌 이 평화로운 시골에서 철모를 보는 건 흔한 일이 아니다. "이게 너 애비다."라고 하던 할아버지 말이 환청처럼 들렸다. 그때 할아버지는 이 말을 하고서 세차게 담뱃대를 빨아대었다. 왜 그랬을까? 아들의 유품이라 생각했다면 고이 보관했을 텐데, 왜 뜨거운 불을 담는 화로로 사용했을까. 할아버지의 심정을 알 길이 없다. 부모보다 앞서 세상을 뜬 자식에 대한 원망이었을까? 아니면 죽은 자식에게 뜨거운 생명을 불어넣고 싶었을까? 새삼스레 할아버지의 그런 행동에 대해 깊은 의문이 들었다. (「아버지의 녹슨 철모」)

경호는 들에 있는 감자꽃을 올해는 따지 않을 작정이다. 감자꽃 구경하는 것도 농사지어 수확을 내는 것 못잖게 의미가 있는 일로 여겼다. 마을 사람들이 속내를 알면 농사를 망친다고 지청구를 늘어놓을 것이다. 꽃 따는 시기를 놓쳤다고 말할 참이다. 그리 두고 저절로 질 때까지 감자꽃을 구경할 작정이다. 애면글면 농사지어 수확해도 어차피 식구가 다 먹는 게 아니다. 내다 팔아봐야 큰돈이 되는 것도 아니다. 멧돼지도 내려와 먹고 고라니에게도 좀 나누어주면 참하게 농사를 지은 게 아니겠는가.

자주색 감자꽃을 바라보며 경호는 혼자 빙그레 웃었다. 그의 어머니가 그러고 있는 경호를 보고 또 한마디 한다.

"어서 감자꽃 따러 안 가고 뭐 하는 거냐?"

"참 예쁘지요, 어머니."

야단을 치면서 그의 어머니도 경호 곁으로 와서 자주색 감자꽃을 바라본다. (「자주색 감자꽃」)

노트북 화면에 빼곡하게 들어찬 소설을 처음부터 다시 읽으며 찬찬히 점검한 오민주는 이야기를 이어가기 시작했다. 오늘, 이 단편소설을 완성할 수 있을 것 같다. 환청인가? 그때 그녀는 어디에서 개 짖는 소리를 들었다. 피카소가 그리다가 지워버렸던 사라진 그 개, 그녀는 소설 속에 그 개를 초대할까 말까를 고민하다가 이내 생각을 지운다. 가상공간에서 존재하는 삶과 존재하지 않은 죽음을 탐색하며 그 실체를 잇는다. 피카소가 「맹인의 식사」를 그리기 위해 '외롭게 웅크린 누드'를 감춘 그 인디고블루와 코발트블루가 피카소가 말하고자 한 인생이었다. 그녀는 주문처럼 중얼거렸다.

"인디고블루와 코발트블루, 사라진 개." (「인디고블루와 코팔트블루, 사라진 개」)

여름이 한창 무르익을 즈음에는 아이들의 개구리 잡는 솜씨도 계절의 두께만큼이나 성숙해져갔다. 이때쯤이면 아이들은 개구리 뒷다리를 구워 먹는 고소한 맛보다 이젠 개구리를 잡는 그 순간의 짜릿한 전율을 즐겼다. 그것은 흡사 칠흑같이 어두운 밤길을 혼자 걸을 때처럼 등줄기에 땀이 후줄근 배는 무섬증 같기도 하고, 돌무덤을 헤치고 가재를 잡아낼 때의 그 알팍한 반가움 같기도 한, 그런 것이 범벅된 야릇한 기분이었다. (「유리벽 저편」)

김호운
1978년 『월간문학』 신인작품상 소설 당선, 장편소설 『님은 침묵하지 않았다』(전2권), 소설집 『사라예보의 장미』 외 30여 권 출간. 한국소설가협회 이사장 역임. 현재 한국예총연합회 부회장, 한국문학예술저작권협회 이사장, 한국문인협회 이사장.

그리운 밤섬 | 김영두

달빛인지 가로등 불빛인지 방안은 희뿜하게 밝다. 벽에 찍힌 수컷의 그림자가 그로테스크한 무늬로 어룽댄다. 나비의 날개짓 같다. 나비는 긴 대롱을 감추고 꿀을 찾아 비상한다. 색을 쓰듯 피어있는 꽃의 꿀을 탐하여 쉬지 않고 팔랑팔랑 춤을 추던 나비가 암컷의 맥이 뛰는 목을 타고 미끄러지듯 내려와 젖무덤에 돌기한 젖꽃판 위에 날개를 접는다. 젖꽃판에서 잠깐의 휴식을 취한 나비는 드디어 풀숲으로 날아간다. 풀숲에 피어 있는 꽃은 이미 만개했다. 함부로 닭벼슬 같은 수술을 내보이며 활짝 벌어졌다. 꽃 주위를 나비는 어지러이 맴돈다. 독향을 뿜는 맨드라미의 유혹에도 나비는 앉으려 하지 않고 주술에 걸려 춤을 춘다. 나비의 그림자에서 넝쿨 같은 뿌리가 성큼 자라난다. 물굽성의 뿌리는 샘을 찾아 뻗는다.

너의 뿌리를 내게 심어봐……. 긴 대롱으로 내 체액을 한 방울도 남기지 말고 빨아 들여봐……. 말피기관으로 내 자궁에 알을 쏟아봐…….

수맥을 찾아 풀숲을 헤쳐오던 뿌리는 늪 앞에서 주춤거린다. 부끄러운가. 뿌리는 더 자라지 못하고 제 그림자 속으로 숨는다. 꽃잎 위에서 넋의 정열이 힘없이 사그라진다. 그의 긴 대롱도 마른 그림자 안으로 빨려 들어간다.

그의 뿌리는 여덟 마디로 땅에 배를 깔고 기는 애벌레처럼 오그라들었다. 날개 찢어진 나비는 맨드라미의 대가리를 물고 가슴을 쥐어뜯는다. 꽃은 기력을 잃고 하염없이 낙하한다. 꽃의 환희와 열락은 간 곳이 없다. (장편『벚꽃이 진다해도』)

한강 하류에 위치한 밤섬은, 강물이 하류로 내려오면서 유속이 느려져서 생긴 삼각주이다. 이끼와 풀만이 늪에서 자란다고 한다. 물가에는 회갈색 수피로 운치를 더한 사스레피나무가 울타리처럼 둘러쳐져 있고, 죽었기에 차라리 신령스럽고 의연한 주목이 쓰러져 있다. 심재心材가 유난히 붉은 주목의 그루터기에는 타락한 독버섯이 요염을 자랑한다. 늪의 신비한 기운은 섬 전체를 촉촉하게 덮고 있는 이끼에 생명력을 불어넣고 있다. 달밤에는 바늘같이 긴 씨방을 가진 바늘꽃이랑 촛대처럼 하얀 꽃이 달린 촛대승마가 젖처럼 흐르는 달빛에 목욕을 하리라. 새들의 둥지가 있고…… 그리고 무엇이 있을까.

나는 사철 푸른 이끼로 덮여있는 밤섬을 바라본다. 한 밤중에 강가에 매어있는 작은 배를 훔쳐 노 저어 가볼거나, 헤엄쳐 가볼거나. 밤섬엔 철새가 날아오고 희귀식물이 자란다. 늪에 발이 빠지지 않을 만큼 몸무게가 가벼운 외계인이 살고 있단다. 풍선처럼 바람에 휩쓸려 다닐까, 아니면 수수깡 같은 배를 전갈처럼 땅에 깔고 기어 다닐까. 지구에 불시착한 부상당한 외계인은 착한 인간의 도움을 기다릴 거야. 나는 그 물체가 지렁이의 배설물을 먹고, 도마뱀 같은 네 다리에 물갈퀴가 달렸고, 외각 뿔에 외눈박이라 해도 만나고 싶다. 외계인은 어린 왕자처럼, 길들여진 나무에게 열심히 물을 주겠지. 다람쥐처럼 겁이 많고 눈물이 헤프지나 않은지…….

나는 손에 닿을 듯 가까운 거리 밖에서 밤섬의 낙원을 그린다. 내 접근을 제지하는 방해물은 강물인가, 출입금지의 팻말인가, 아니면 밤섬으로 향한 덜 자란 염원인가. 나는 왜 금단만을 탐하는가.

김영두
『월간문학』 소설 「둥지」 입선. 《중앙일보》 동화 「부소산소년」 입선. 『푸른달』, 『술꾼, 글꾼 우러러 그리되리라』 외 다수. 한국소설작가상, 문학저널창작문학상, 영랑문학상 대상 등 수상. (사)한국문인협회소설분과 회장, 이대문인회부회장.

이화령 | 강해원

…세월이 정상의 커다란 암벽을 쪼아 이렇게 많은 돌들을 아래로 흘려 내렸을 것이다. 다시 세월은 이 돌들을 계곡을 따라 흐르게 하고 영강의 질 좋은 오석烏石이 되게 하고 삼강三江, 낙동강의 조약돌이거나 모래이다가 하구의 티끌로 사라지게 할 것이다. 모두는 과거 속에 살지 말아야 했다. 지난 기억을 못 잊어 한으로 키우며 살아가는 건 허망한 노릇이다. 아쉬운 대로 아래로아래로 흘려보내야 했다. 그녀 할머니가 새재의 솔잎 스치는 쓸쓸한 겨울바람 소리를 못 잊어 한 것은, 그래서 더욱 부당하고 딱하다. 나는 무엇을 흘려보내지 못하고 이곳을 헤매는가.

혜국사로 오르는 갈림목쯤에서부터 땅을 울리는 소리가 들린다. 구웅 구웅. 눈 온 밤. 산이 우는 소리처럼 징소리는 발바닥과 다리를 타고 나를 울린다. 지심을 울리는 듯한 그 소리는 가슴까지 공명시키더니 이제 내 정신마저 들먹인다. 빠르게 걸음을 옮긴다. 숨이 목까지 차오를 때서야 나는 여궁폭포에 닿는다.

너무 높아 아득한 여궁폭포의 물줄기는 무성한 나무 사이를 뚫고 깎아지른 암벽의 낭떠러지로 떨어진다. 그 거대한 물줄기는 곧장 검푸르게 소용돌이쳐 깊이를 알 수 없는 소를 만든다. 소용돌이치는 파랑소波浪沼 가장자리의 조그마한 공터에 사람들이 모여 있다.

뽀얀 계란같이 동그랗게 응집된 불빛은 그들을 감싸고 있는 듯 침범해 드는 어둠을 완고하게 밀어내고 있다. 소리는 그러나 그것뿐이 아니다. 높은 하늘에서 부서져 내리는 폭포의 광포한 물줄기는 천지를 진동하듯 포효한다. 그 폭포음을 뚫고 징소리가 울려온다.

저 여자에 쌓인 업보가 저 폭포음 같을까. 제물을 차려놓은 상 앞에 홍철릭을 입고 깃이 꽂힌 갓을 쓴 큰무당은 알아들을 수 없는 소리를 하며 춤사위를 한다. 그 옆에 소복을 입은 정식이 색시가 기도하는 모습으로 다소곳이 앉아있다. 그녀를 괴롭혔던 이화의 넋은 이제 코뚜레가 꿰어질까. 생각할수록 업보란 냉혹하고 불가해하다. 죽은 개의 영혼은 자신을 잘 보살펴준 주인에게 빙의憑依되어 오히려 주인을 못살게 하듯, 이곳을 못 잊어 바다를 건너온 그녀가…… 참으로 아이러니다. 저 굿을 하고 귀신을 모셔둘 신당을 위해 정식이 처는 패물을 훔쳤을까.

새재의 무슨 바람이 이곳까지 그녀를 불렀을까. 그때 선뜻 정식이를 신랑으로 택한 건 이화의 넋이었을까 그녀 자신의 의지였을까. 그리고 밤이면 허둥지둥 그 몸신의 부름에 이곳까지 달려와야 했을 안타까움. 밤마다 덤벼드는 정식을 거부했을 슬픈 안타까움…… 자미궁이 열리고 태사성이 가장 밝게 빛나는 밤. 나는 하늘을 올려다본다. 그러나 분간이 안 간다. 가냘픈 초승달이 서쪽 산에 걸려 있다. 유성 하나가 부봉釜峰쪽으로 미끄러지듯 떨어진다.

강해원

경북 예천출생. 1989년 매일신춘문예 소설 당선, 영남일보신춘문예 소설 당선. 소설집 『이화령』 등.

물의 윤회 | 이목연

햇살이 깨진 거울처럼 반짝거린다. 오랜만에 나온 햇살은 무릎 높이로 쌓인 눈을 무대 삼아 맘껏 조명을 비추고 있다. 서로 쏘아대는 레이저 빛의 산란. 법당 앞 목련 가지 끝에 매달린 살찐 물방울이 추락을 두려워하듯 머뭇거린다. 홀로 예불을 드리고 나오던 나는 법당문에 기대선 채 눈을 가늘게 뜨고 그 물방울이 자라는 모습을 바라보았다. 물방울의 윤회는 짧다. 자라난 물방울이 몸을 떨군다. 그리고 기다렸다는 듯 그 자리에 물이 들이찬다. 몸을 부풀린 물은 금방 살이 오르고 또 떨어져 내리고. 왜 다른 지점이 아닌 그 자리로 물이 모이는 걸까. 미리 나 있는 길을 따라가는 게 쉽다는 걸 물길도 아는 것인가.

아직 길을 만들지 못한 나의 삶. 정확한 궤도를 모르는 나의 길, 나의 기도, 나의 수행도 저렇게 차오르는 물처럼 언젠가는 길을 만들까. 업을 쌓을 틈 없이 금세 커지는 물방울이라 그런가, 속까지 투명하고 영롱하다. 그렇게 맑게 고였다 지는 물방울이, 그들의 짧은 한살이가 몹시 부럽다. 문득 당신의 소리가 들린다.

그 자리로 물이 흘러들어 모이는 것이 업 아닐까요. 그렇게 물방울 맺힌 곳에서 움이 트고 싹을 밀어내는 것도 나무의 인연이고 쌓인 업 아니겠습니까. 또 그들의 입장에서 보면 그 한살이가 과연 짧고 맑기만 할까요.

나는 피식 웃는다. 나도 모르게 아직도 이렇게 당신에게로 마음이 흐른다. 저 물방울처럼 금방 툭 떨어져 내리고 싶은 마음이다. 그 마음을 흩트리기 위해 법당을 나선다. 추녀에서 낙수가 떨어지며 고무신 위로 튀어 오른다. 만세를 부르는 아이들 같다. (「곁불」)

슬쩍 건드리기만 해도 어머니는 그대로 추락할 것 같았다. 그러나 막말을 내뱉으려는 순간 어머니의 손이 눈에 띄었다. 그악스레 난간을 감싸 쥐고 있는 어머니의 손은 뛰어내리려는 동작이 아니었다. 무엇이 그리 궁금한지 어머니는 윗몸까지 난간 밖으로 내밀어 포크레인이 모델하우스를 때려 부수고 있는 장면을 넘어다보고 있었다.

어제까지만 해도 형체를 유지하고 있던 모델하우스는 앙상한 철골만 남긴 채 비뚜름히 서 있다. 아침마다 날카롭게 빛을 되쏘던 유리창은 안개 속에서 눈알 빠진 물고기처럼 횅했다.

주방으로 돌아와 어머니의 손을 닮은 굵은 닭발 하나를 골라 든다. 새벽에 난간을 움켜잡고 있던 어머니처럼 긴 발가락 끝에 붙은 발톱이 그악스럽다. 날기를 포기한 닭들은 땅에 더욱 집착해야 했을 것이다. 땅속 깊이 뿌리처럼 발톱을 박아 넣으며 잃어버린 하늘을 잊었는지도 모른다. 발가락마다 티눈이 박여 있다. 바닥 가운데의 도톰한 살갗도 시커멓게 변해있다. 땅을 헤집다가도 고개를 들어, 날 수 없는 하늘을 바라보던 이 닭들처럼 오늘 새벽 어머니가 난간에 매달려 넘어다본 것도 이젠 도저히 꿈꿀 수 없는 저 펜스 너머 세상이었을까. 어머니의 손에도 이런 티눈이 박여 있을 것이다. 어쩌면 손보다 마음에 박인 티눈이 더 깊을지도 모른다. (「닭발」)

이목연

1998년 『한국소설』 신인상 「악어새의 외출」. 김유정 소설문학상, 인천문학상, 한국소설작가상 수상. 단편집 『로메슈제의 향기』, 『꽁치를 굽는다』, 『맨발』, 『햇빛 더하기』, 『공을 굴리다』, 『달의 입술』 출간.

우아한 도발 | 김창식

몸이 왜소하다고 허술해 보이거나 같잖아 보이지 않았다. 바닥에 팽개치면 모서리가 뭉툭해질지언정 쓰러지거나 깨지지 않는 팽이처럼 깐깐하고 동작도 쟀다. 온종일 해야 할 일을 반나절도 못되어 뚝딱 해치우는 성미였다. 해가 길어지며 몹시 지루하게 지나가는 깐깐오월이 시모에게는 용납되지 않았다. 빈틈없고 잰 몸동작이 천성인지는 모르지만 아마도 아들이 어렸을 때 과부가 되었기 때문이 아닐까. 삶에 결코 도움 되지 않는 근심이나 슬픔 따위의 것들을 비워 내려 일부러 만든 습성일 터였다.

아들의 출근을 지켜본 후에 혼자 있는 며느리에게 왔다. 무엇이 서운해서 이른 아침에 왔을까. 시모가 오소리 눈으로 살림에 변화가 생겼는지 살핌을 잊지 않았다. 거실과 침실과 대학생이 되어 기숙사에 입소한 손녀의 방과 부엌을 차례로 살피고 화장실 문을 열었다. 베란다 화초에 갈색 반점이 생겼는지 꼼꼼하게 들여다보고 수돗물을 한차례 틀었다. 세탁기를 열어보고 눈살을 찌푸렸다. 남편의 바지가 세탁물에 섞여 아무렇게나 던져졌다. 세탁기 통이 돌면 양말과 수건과 뒤섞이고, 밑에 가라앉았던 이진의 속옷과 섞일 아들의 바지가 접혀 있음이 눈에 거슬린 게였다. 시모가 아들의 무릎이 접힌 바지를 반듯하게 폈다. 세탁기 통이 돌면 섞이고 접히고 뭉개질 아들의 바지였다. 오소리 눈을 반들거리며 거실에서 서성거리다가 식탁에 앉았다가 소파에 앉았다. 시모의 심정에 뿌리를 둔 맵고 차가운 시선이 허공을 쉭쉭 휘저었다.

몸이 한 덩어리인 것처럼 마음도 낱장인 줄 알았다. 작은 뼈가 연결

되어 직립 보행하는 중심에 척추가 있듯, 몸속 어딘가에 마음도 한 장이 담겼다고. 마음은 누군가에게 비치는 것이 아니라 자신이 담고 있는 것이라고. 그러므로 자신을 담는 저마다의 독특한 그릇이 있다고. 그릇에 담긴 빛깔이 마음씨라고. 그릇이 다르고 담는 빛깔도 다르므로 똑같은 마음은 불가능하다고 믿었다.

눈으로 보는 것. 누군가와 나눈 말. 마주 선 사람의 눈동자에 투영되는 일상. 이런 것들이 그 사람의 그릇에 채워져 마음이 되었다면. 오랜만에 다시 만난 사람이 새롭다고 말할 수 있음은 본래의 마음에 새로운 것들이 투영되어 덧칠된 것이라고. 덧칠은 더께이고 포장이므로 지워질 수 있으며, 다시 새로워질 수도 있는 가변성이라고. 덧칠해진 것들이 화석화되면 더는 새로워질 수 없는 기억세포가 된다고. 그러므로 마음도 몸을 따라 늙는다고 믿었다.

맨드라미는 꽃의 흐드러지기가 닭의 볏 같으니 이진 또래가 모를 리 없을 터였다. 더구나 학창 시절 화단에 심어졌던 꽃이 봉선화와 맨드라미와 샐비어와 채송화가 아니었던가. 더러는 꽃잎이 노란 튤립이나 새빨간 칸나의 매혹적인 색감이 기억의 세포에 남았다. 하지만 꽃잎이 너무 요염해서 길게 떠올려두고 싶지 않다. 맨드라미는 꽃잎의 생김과 생감이 유별나게 요염했다.

강물을 건너지른 다리의 그림이 생각났다. 사각의 화폭에서 저벅저벅 건너가야 할 다리가 길었다. 다리 건너에 심어진 미루나무가 다리보다 작아 보여서 그런 느낌이 들었다.

길게 걸어갈 수 있음의 호젓함일까. 구름에 엉기는 저녁연기의 고요함일까. 건너가면 뒤를 돌아보지 않을 다리. 그 다리를 건너고 싶은 생각이 익는 술처럼 고였다.

김창식

1997 서울신문 신춘 문예 단편소설 당선, 소설집 『바르비종 여인』외, 장편소설 『우아한 도발』외, 장편대하소설 전5권 『목계나루』, 한국소설문학상, 무예소설문학상, 충북소설가협 회장.

왼손잡이 아내 | 채종인

1510년 어느 봄날, 레오나르도는 아르노강을 건너 산타 마리아 누오바 병원으로 향한다. 짙게 흐르는 밤안개가 전날 밤, 절개하다 만 임산부의 복부에서 흘러내린 피의 냄새를 머금고 있는 듯 비릿하다. 병원 지하로 내려가는 계단은 깊고 어둡다. 제자 살라이가 들고 있는 촛불이 바람에 팔랑거리는 바람에 레오나르도는 하마터면 계단 아래로 굴러떨어질 뻔한다. 다행히 촛불은 어지러운 춤을 멈추고 짙은 어둠 속에 자리를 잡는다.

살라이가 습기 찬 지하실 여기저기에 촛불을 밝혀놓자, 죽어있던 공간이 되살아난다. 마치 수천 년 동안 묻혀 있던 무덤 속으로 한 줄기 빛이 스며들 듯, 정육면체 공간 속으로 여러 가지 사물들이 희미하게 모습을 드러낸다. 순간 살라이는 코를 움켜쥐며 눈을 감는다. 전날 절개하다 만 임산부의 시체가 거적때기에 널브러져 있었기 때문이다. 꼬들꼬들 굳어가는 핏물이 역한 비린내를 조금 걷어갔나 보다.

레오나르도는 살라이에게 촛불 두 개를 더 켜게 한다. 그리고 팔목만 한 초를 시체 가까이 세워놓는다. 그러자 벌거벗은 젊은 여자의 하반신이 그의 코 밑으로 들어온다. 그는 살라이에게서 건네받은 칼을 왼손에 그러쥐고 반쯤 긋다 만 여자의 복부를 마저 긋는다. 오른편에서 왼편으로 힘차게 긋는다. 굳어가던 피가 다시 비린내를 풍기며 거적때기 위로 쏟아져 내린다.

여자의 복부에서 꺼낸 자궁은 지구처럼 둥글다. 무슨 알 같기도 하다. 아니 씨앗처럼 야무져 보인다. 레오나르도는 피로 범벅이 된 칼을 살라이가 건네주는 헝겊에 한 번 훔치고는 여자의 복부에서 꺼낸 자궁

을 오른편에서 왼편으로 긋는다. 그러자 그 속에 한 아이가 앉아 있다. 무릎을 꼬고 앉아 두 손과 얼굴을 무릎 위에 가지런히 포개고 있다. 무엇이 두려웠던가? 사내아이는 마치 태어날 세상이 두렵기라도 한 듯 완고하게 몸을 웅크리고 여자의 씨앗 속에 말없이 앉아 있다.

촛불을 더 켜!

레오나르도는 여자의 자궁을 열어놓고 그 속에 앉아 있는 아이의 모습을 그리기 시작한다. 연필을 쥔 그의 왼손이 파르르 떨린다. 레오나르도는 천천히, 그러나 세밀하게 선을 그어나간다. 왼손잡이인 그는 도면 상단 왼편에서 하단 오른편으로 비스듬히 사선을 그려나간다.

살라이! 이것 봐! 정맥은 아주 길어. 뱀처럼 꼬여있지.

그는 잠시 손을 멈추고 꾸불꾸불 실타래처럼 놓여 있는 탯줄을 들고 소리친다.

인간의 몸은 자연을 닮았어. 심장이 호수라면 동맥은 강이고 정맥은 하천이지. 그리고 곳곳에 지하수 같은 모세혈관이 흐르고.

그는 세상이 두려웠다. 까딱없이 불안하고 무서웠다. 특히 밤은 더했다. 꼭 무슨 일이 벌어질 것 같았다. 그런 불안한 마음이 그를 가만두지 않았다. 그럴 때마다 그는 인체를 해부했다. 자연을 빼닮은 인체를 들여다보며 세밀하게 묘사를 이어갈 때면 두근거리던 가슴이 진정되곤 했다. 그래서 그의 소묘들은 숨 막힐 듯 구체적이고 아름다웠다. 결국 그는 가장 께름칙한 소재를 택해 가장 아름다운 예술 작품으로 승화시켰다.

됐어, 그만 가자.

살라이가 떠온 물에 손을 씻은 레오나르도는 어두운 지하 계단을 밟고 걸음을 옮긴다. 살라이의 양손에 촛불이 들려 있었지만, 아르노 강을 가득 채운 어둠은 둑을 넘어 그가 밟고 있는 지하 계단으로 유수처럼 쏟아져 내린다. (「왼손잡이 아내」)

채종인

1962년 경북상주 출생. 서울예술대 문창과 졸업. 경남신문 신춘문예, 김유정 신인문학상 당선. 제7회 한국문학인상 수상. 작품집 『사랑의 사막』, 『유미의 바다』 등 출간.

어떤 일을 기대하고 마음속으로 간절히 원한다면 뇌는 그 믿음을 성취하기 위한 화학물질을 만든다고 했다. 치료가 될 것이라는 극한 상상이 가져다주는 플라시보 효과다. 열등감이 심한사람, 열등감이 심하다는 것은 그것을 보상하려는 강한 무의식적 동기를 가진다. 준 역시 보상받고자 하는 심리적 폭이 컸을 것이다. 처음에 우리는 서로 만날 수 있을 것이라고 생각하지 않았다. 그래서 스스로 과대평가하고 과시하려는 무의식적 동기와 그런 허황된 짓에 도덕적 갈등을 느끼지도 않았다. 부조화를 벗어나는 길은 자신의 활동에 가치를 부여하는 것이다.

준과의 대화는 처음에 장난이었다. 현대인들이 많은 사람과 대화하고 만나면서도 외로운 까닭은 그들이 내게 의미 없는 사람들이기 때문이다. 그 말들이 내게 아무 소용없기에 기쁘지 않은 것이다. 관용이라고 할 수 있는 프랑스 말 톨레랑스는 '내가 남과 다른 점을 인정받으려면 남이 나와 다른 점부터 인정하라'는 것이다. 서로 인정해야 하는 나와 남은 힘이 대등하지 않다. 약한 자가 강한 자를 인정하는 것은 힘에 밀려 어쩔 수 없는 일이지만, 진짜 관용은 강한 자가 약한 자를 먼저 인정하는 것이다. 사실 준이 나를 속인 것도 아니다. 몸이 멀쩡하냐고 물어본 것도 아니다. 건강한 것이 꼭 신체이어야 한다는 논리도 없다. 나 자신 내면의 외로움이 그를 반겼나 보다. 그런 만큼 내가 받은 충격과 분노는 쉽게 사라지지 않았다. 가슴시린 아픔이다.

끊임없이 준 생각을 했다. 어느 누구도 다른 사람의 목적을 위한 수

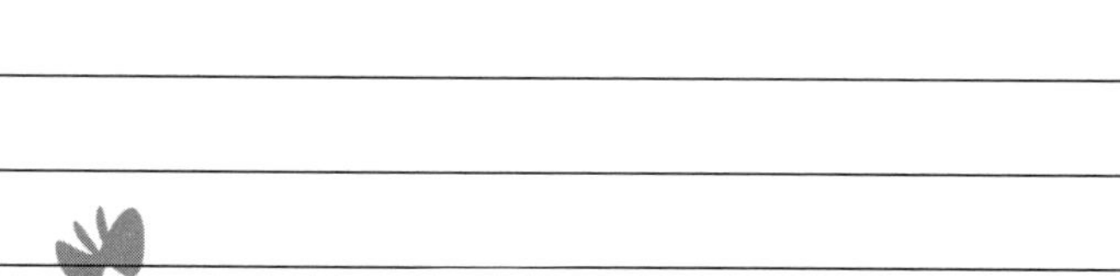

단이 될 수는 없다. 각자가 사회의 능동적이고 책임 있는 일원이 될 가능성을 갖고 있다. 준이 나의 욕구를 위한 사회인이라고 생각할 수는 없다. 사회 모든 일원이 자유로울 때 삶에 대한 사랑은 가장 원활하게 발달할 수 있다. 곰곰이 생각했다. 지난 수개월동안 준과 내가 진정 행복했었는지. 준은 모르지만 적어도 나는 설레었고 기뻤다. 남편을 만났을 때 기뻤던 것처럼 즐거웠다. 준은 행동할 능력을 잃었기 때문에 선택할 자유를 갖지 못한 것이다. 준은 정신적으로 무척 건강한 사람이다. 건강한 인격을 가진 사회와의 관계 맺기에 성공한 사람이라고 생각된다. 누군가가 함께 돕는다면 충분히 일어서는 데 어려움이 없을 것이라 믿는다. 구매를 취소할 수 없는 상황이라면 자신의 결정이 잘된 것이기를 사람들은 희망한다. 자신의 결정이 옳았음을 보여주는 정보를 추구하고 잘못된 것은 무시하고 회피하면서 부족한 것이 충족된다. 수 주일이 흘렀다.

준에게서 전화가 왔다. 꼭 하고 싶은 말이 있으니 한 번만 와 달라고 한다. 어찌할까 망설이다가 휴일을 택해 방문하겠다고 약속했다. 과일바구니를 챙겨 준의 별장으로 향했다. 사람에게는 선과 악을 선택할 자유가 있다. 준과 내가 필연이라면 굳이 얽힌 쇠사슬에서 벗어나고 싶지 않다. 사랑의 욕구는 받는 것에서 주는 것으로 이동한다. 사랑이란 무엇일까?

사랑이라는 배타적 인정 약속은 이성의 약속이라기보다 감정의 약속이다. 진심으로 사랑하는 것은 상대만 인정하면 된다. 남이 보기에 아무리 못생긴 사람도 내 눈에 안경이 될 수 있는 것은 내 감정이 그 사람만 인정하기 때문이다.

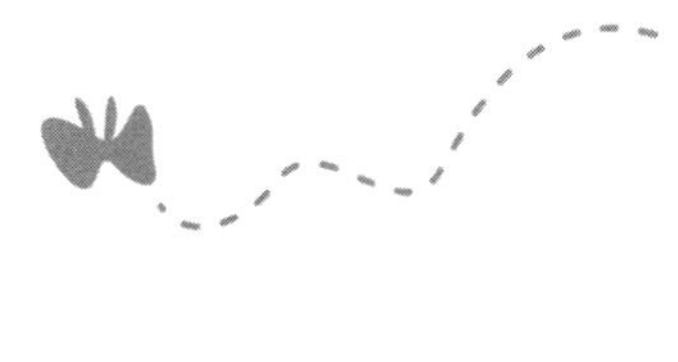

강시문
청주출생. 2016년 조선문학 시 부문 등단. 2019년 『월간문학』 소설부문 「낙원에 서다」 신인작품상 당선. 한국소설가협회 『2021 신예작가』 「먼 여정」 선정. 2023년 단편집 『낙원에 서다』 출간.

하얀노을 | 강인수

오후인데도 저수지 저 편에는 물안개가 살풋 끼어 있다. '싸늘해 진 날씨 탓인가?' 저수지 둑으로 젊은 남녀 둘이 걷고 있다. "사랑하는 사이 같다. 서로 허리에 팔을 감아 몸을 붙이고 있는 걸 보니." 남자는 잠바 차림이고 여자는 스커트 차림이다. "요즈음 치마 입은 여자를 보기가 어려운데…참 보기도 좋아." 영감은 곁에 아무도 없는데 나무와 이야기를 나누는지 제법 큰소리로 말한다.

김 영감은 길가 나무 그루터기에 앉아 안개 낀 저수지를 바라보다가 자기도 모르는 결에 리어카 앞쪽에 꿍쳐둔 담뱃갑에서 한 개비를 꺼내어 입에 문다. 담배 두어 모금을 빠니 꿀맛이다. 그리곤 옛 생각에 젖어든다.

―정말 오래 되었구마. 일사후퇴 전이니 50년도 넘었지. 젊은 시절 나도 아내와 함께 팔짱 끼고 고향 마을 함경도 장진호 저수지에서 산보를 했었지. 그땐 참 이뻤지. 처음 만난 게 추석 지낸 다음날 밤이었지. 밤중에 만나 새벽까지 산속의 저수지를 돌았지. 그날 밤 요샛말로 프러포즈란 걸 했지. 두 손을 맞잡고. 저 젊은이들처럼 허리를 껴안기도 하고. 달이 지고 새벽닭이 울 때야 헤어졌지.

김 영감은 아득한 옛날을 생각하며 얼굴에 그리움과 서글픔의 미소를 머금는다. 저수지 둑을 산책하는 젊은이를 바라본다. 그리곤 하늘을 바라본다. "날씨가 청명해…다, 옛일이야. 아내는 죽고 없는데, 생각하면 뭣하나."

그때 차 소리가 들리더니 영감 곁에 승용차가 멈춘다. "여보세요! 어르신! 숲에서 담배 태우면 안 됩니다." 젊은이가 차창으로 고개를 내

밀고 고함친다. 영감은, "젊은 친구, 미안하오."하고는 즉시 담뱃불을 끈다. "내가 왜 담배를 태웠지? 저런 젊은이가 많아야 해."하고는 리어카로 가서 담뱃갑을 짓밟아 신문지에 싼다.

저수지를 내려다보니 산책하는 젊은이는 숲길로 들어갔는지 보이지 않는다.

해가 지고 있다. 어두워진 듯하더니 금새 노을이 부엉산에 비친다. 붉은 노을이 맑은 하늘을 덮었다. 오리 몇 마리가 줄을 지어 수면을 나르고 있다. 까치 여남은 마리도 둥지를 찾아 솔숲으로 향하고 있다.

"보기도 좋아. 무지개는 일곱 가지 색깔이라던데 저녁노을은 몇 가지 색깔일까? 붉은 색, 주황색, 흰색이지. 불그레한 무지개 같은 긴 띠가 맑고 푸른 서녘 하늘에 걸렸어. 그 아래 부엉산의 단풍, 그리고 그 아래 맑은 호수의 물. 그림이야. 한 폭의 그림이야. 그림이라고. 야! 저기 노을 낀 하늘에 하얀 호수가 생겼어. 저녁 하늘에 하얀 노을이야. 노을이 유난히 붉으면 하얀 노을이 생기는 거지. 어릴 때 고향에서 몇 번 보았지. 하얀 노을, 저러다가 곧 사라지겠지. 사라질 거야…."

영감은 곁에 사람이라도 있는 듯 중얼거린다. (단편 「하얀 노을」)

강인수(姜仁秀)
1979년 단편 「밀물」 『월간문학』으로 등단. 저서로는 『밀물』(1981.유림사), 『최보따리』(1994, 풀빛), 『영남알프스』(2023, 세종) 등 23권. 부산시문화상(2000), 한국해양문학상대상(2008). 부산문협회장 역임(2004-2007).

이카로스 소년의 야간비행 외 | 강태근

간간이 깔매운 칼바람이 들판을 가로질러 산등성이로 치달아 올라
왔다. 그 바람을 타고 영원히 안식하라는 마지막 영결 찬송이 하늘로
흩어졌다. 그 찬송은 최 선생의 음성으로 바뀌어 우리들에게 반향 되
어 오는 것 같았다.

슬퍼하지들 말어. 살아 있다고 좋아할 것도 없구. 오늘은 내 차례지
만 내일은 느이들 차례야. 나도 느이들 같았으니까 느이들도 곧 나와
같을 거여.

우리는 다음 차례를 기다리기 위하여 어슬렁어슬렁 산을 내려왔다.
(「이카로스 소년의 야간 비행」)

나는 주 여사에게서 얼핏 천국의 모습을 엿보았다. 나는 그녀의 어
깨 위에 내려앉은 은행잎을 천국행의 티켓을 집어들 듯이 가만히 주워
들었다. (『그 여자의 겨울』)

그렇지만 그는 곧 그의 판단에 많은 오차가 있었음을 알게 되었다.
그녀 역시 세상의 보통 여자들과 다를 바가 없는, 천사와 악마가 공존
하는, 무수히 많은 감정의 건반으로 이루어진 연주하기 힘든 악기라는
것을 그는 살아가면서 절실하게 느끼게 되었다. 그녀는 상처 밑에 감
추어 두었던 본능의 비늘을 번뜩이기 시작했다. (『잃은 사람들의 만찬』)

대문은 말이 대문이지, 울타리와 잘 구분이 되지 않는, 판자를 잇대
어 만든 낡은 외쪽 문이었다. 대문은 영호가 시비를 걸듯이 가슴을 턱,

치자, 어이없다는 듯이 삐그덕, 하고 소리를 내며 뒤로 벌렁 나자빠졌다. (「우리 곁에 살다 간 나옹선사」)

　그래도 그 시절 사람들은 가슴 속 깊은 곳에 은장도처럼 자신이 지킬 양심과 정의를 은닉할 줄을 알았다.
　'빈곤 속에서도 우리를 지켜주던 그 아름다운 정체성은 어디로 사라졌는가! 지금 이 땅에 빵보다 마음의 가난을 더 부끄러워할 줄 아는 이가 몇이나 될까!' (『이제 일어나서 가자』)

강태근
1975년 국방부 주최 광복 30주년 기념 현상소설 당선. 제1회 대한민국 학생예술문화상 등 수상. 고려대학교 인문대학 교수 등 역임. 중단편집 『네 말더듬이의 말더듬기』, 중편집 『숨은 꽃들의 귀환』, 장편 『이제 일어나서 가자』 외 다수.

인생은 수면 위 물방울이런가 | 고천석

슬프고도 착한 청년을 위한 상여 길노래가 들려온다. 상여꾼들이 그 청년의 집을 떠나 북망산으로 향하다가 상여가 마침 진이의 집 문 앞을 지나는데 이상하게도 그 상여꾼들의 발이 땅에서 떨어지지 않았다. 꼼짝달싹 못 하게 되자, 뒤따르던 동네 사람들이 모두 매우 놀라 얼굴색이 변했다. 이것이 대체 무슨 까닭일까. 동네 사람들 간에는 한참 소란스러웠다. 그러던 차에 마침, 어떤 사람이 진 이를 만나 그 청년의 죽은 사정과 또 상여꾼의 발이 땅에 붙어 떨어지지 않는다고 이야기했다. 그러자 진이는 크게 감동스러워했다.

"내가, 이 세상에 여자로 태어나서 남자를 살리는 좋은 일은 못 하나, 나 때문에 남의 집 아까운 청년이 죽음에 이르렀다면 이, 아니 가여운 일인가, 난들, 이 죄악을 어찌 면할 수 있을까. 나의 미모 때문에 병들어 죽을 사람이 또 몇몇이 더 있을지 알 수 없다. 그까짓 구구하게 정조나 가문이나 따질 필요가 있을까. 나는 이제 자유로운 생활을 하고 싶다. 여러 사람에게 위안을 주고 나도 이 세상에서 마음껏 놀다가 죽는 것이 좋겠다."라고 마음 다졌다. 대담스럽게 자기 부모에게 그 사정을 자세히 말했다. 그러고는 소복단장으로 집을 뛰쳐나갔다. 상여 안에 안치된 청년의 몸을 끌어안고 어루만지며 매우 슬퍼한다. 그때 상여꾼의 발이 땅에서 떨어져 무사히 장례 길을 떠나게 되었다.

진이는 그날로 바로 부모에게 집을 떠나겠다고 선언했다. 이윽고 진이는 기생이 되었다. 원래 머리가 비상한 까닭에 기생이 된 지 불과 며칠 만에 노래와 춤, 모든 음악이 다 능통하게 되었다. 그의 됨됨이가 멋들어진다. 하늘 아래 세상 사람들이 아름답다고 입을 열었다. 그때

송 유수(宋, 留守, 조선왕조 때 요긴한 지역을 맡아 다스리던 정이품 외관직) 는 벼슬을 한 사람이었다. 그 역시 풍류를 즐겼다. 기생들 사회에서 풍치 있게 멋들어지게 노는 사람이었다. 그가 진 이를 한번 보고는 '과연 그의 명예가 널리 퍼진 것은 그만한 미모의 됨됨이가 갖추어져 있구나!' 싶었다. 그녀를 극히 사랑하고 후하게 대해 주었다. 그와 동거 중이던 평안도 명성 있는 기생이 문틈으로 진 이를 엿보고 놀랐다.

"이 세상에 어찌 이러한 미인이 있을까. 유수가 만일 저 여인을 사랑하면 내 일은 다 낭패가 되겠구나!"

하는 생각이 들자 급박하게 머리를 헤쳐 풀고 연회장에 버선발이 아닌 맨발로 뛰어들었다. 생트집하고 함부로 떠들어대었다. 송 유수는 기겁해 자리에서 일어나고, 다른 주빈들도 동시에 연회장을 피해 달아났다. 그 이후 어느 날 송 유수는 그의 부인에게 환심을 사려고 어머니 환갑 잔치를 베풀었다.

여러 지방의 유명한 기생과 명창들을 한곳에 다 모이게 했다. 가까운 지역의 관찰사 이하의 부윤, 목사, 부사, 군수 현감, 현령이 모두 참석했다. 다른 기생들은 모두 갖은 호사를 누리려고 얼굴은 화장으로 덧칠하고 저마다 자기가 제일 잘난 명기 노릇을 하려고 아름답게 꾸몄다. 유독 진이는 단장도 호화롭도록 사치스럽게 꾸미지 않았다. 수수하게 차린 의복에다 본바탕 얼굴 그대로였다. 거짓 없는 자연스러움이었다. 그 아름다운 모습과 태도는 늘어앉은 자리의 여러 사람들을 감동하게 했다. 모두가 진이만 바라보았다. 더욱이 옥을 굴리는 듯이 그 청아한 목소리가 창공을 요동치는 것 같았다.

연당 고천석
소설집 『세레나데』, 『물너울 저편』, 『산다화』. 역사소설 『풍류랑의 애가』(전3권), 『금술 잔』(전2권). 장편소설, 『공유경제 시대』, 『유년의 상처』. 산문집 『나울게 내버려두어요』.

어느 날 외 | 곽영애

·삶은 언제나, 누구에게나 간절한 소망의 강을 건널 수 있는 신비한 문門을 보여주는데!!

·지금 당신의 일상은 베일에 휘감긴 당신의 문을 찾아 나서고 있는가?

·과연 당신이 열게 될 문은 어떤 색채를 띠고 있을까?

·난 사랑의 절규에 귀를 쫑긋 할 거야!—

·살아가는 것에 극히 익숙해져 있는 노어부의 미소가 가벼운 햇살에 반짝거렸다.

·바다라지만 이미 인공화가 되어버린 이곳에서도 새벽이면 어김없이 삶은 시작 되고 있다.

·분주하고 억척스런 부두의 마을도 밤이 되면 조용해진다.

·얕은 파도만 힘없이 왔다가 맥없이 자지러질 뿐, 갈매기들마저 내일을 위해 고단한 날개를 쉬고 있는 듯하다.

·나는 가슴 한편에서 출렁거리는 휑한 바람소리를 들으며…부둣가 비린 내음 속에 서 있었다. (『어느 날』 제1부 「문門 : 사랑」)

·어느 날 내가 오랫동안 알아왔던 사람이, 물안개 속에 희미하게 가려져 있는 전설 속의 인물 같았던 기억이 있지 않은가!

·인생사 상전벽해桑田碧海라!!

·희락을 남용하지 말아야지!—

·그날 이후 참으로 긴 유랑이 시작되었다.

·난 깊은 잠을 이루지 못한 채 불면의 밤과 머리를 맞대는 날이 잦

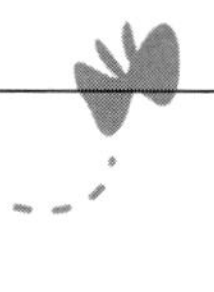

아졌다.

　·그러던 어느 날 한순간 얼핏 여윈잠을 잡으려는 길목에 서 있는 듯 했는데 꿈결인 듯,… (『어느 날』 제2부 「물안개의 전설 : 희락」)

곽영애
Ph.D, 국제신대원·중앙신대원·칼빈대학교 외래교수(전), 램퀴리오교회 담임목사, (사)성동문협사무국장(전), 성동문화원향토사사료발간자문위원. 『하나님 사랑해요』, 『흩어진 하늘 조각』, 『어느 날』. 공저 『시와 에세이16』 등.

박 씨의 돌 외 | 구자인혜

　호미의 예리한 끝부분으로부터 미세한 느낌이 전해졌다. 부드럽게 흙 속을 들어가던 호미 끝이 돌의 저항에 부딪힌 것이다. 이럴 때는 호미질을 멈추고 파던 곳의 주변을 파야 했다. 호미 날의 방향을 바꾸어 옆 부분으로 파 들어가면 돌은 쉽게 모서리를 드러냈다. 모서리를 발견하면 호미 등으로 돌의 모서리 부분을 땅땅 두들겼다. 두들김은 작은 울림을 만들어 땅 속의 침묵을 깨웠다. 서로 맞물려 견고했던 물림이 그렇게 조금씩 와해되면 호미 날로 그 틈을 파고들었다.

　박 씨가 고랑 양 끝에 지지대를 꽂았다. 지지대를 끈으로 단단히 묶고 펄럭이는 끈 밑으로 반듯하게 펼쳐놓은 뒤, 비닐을 고정시키기 위해 양쪽에서 흙으로 덮어나갔다. 긴 고랑에 흙을 덮어나가며 드문드문 묻혀있는 돌을 캐내었다. 단순하지만 힘과 적당한 순발력이 필요했다. 박 씨는 말없이 작업을 이어갔다. 가는 곳마다 대접을 받으며 전성기를 누렸던 박 씨였다. 경감님에서 박 씨로 불리게 되는 간극은 좁혀지기 어려웠고 스스로 납득하기에 긴 시간이 필요했을 것이다. 이 순간도 그는 그 경계선에서 자신을 추스르고 있는 지도 몰랐다.

　이순耳順인 박 씨가 귀가 순해져서 세상의 이치를 깨달았을까. 그것까지는 알 수 없다. 하지만 그는 묻혀 있는 돌이 아무리 크고 완강해도 더 굳센 고집으로 캐내고야 마는 농부임이 틀림없다. 박 씨가 앉아 있던 땅에서 일어섰다. 나도 따라 일어섰다. 굽었던 허리와 다리를 펴니 하늘과도 부쩍 가까워진 느낌이다. 박 씨가 혼잣말처럼 중얼거렸다.

　"순임이도 나를 알아본 것이 분명해요. 그래서 더 견딜 수 없었는지도 모르죠."

그의 시선은 아득한 곳에 머물러 있었다.

"사실 순임이는……. 내가 마음으로 짝사랑하던 애였어요."

갑작스러운 말에 놀랄 사이도 없이 그는 다시 곡괭이를 힘껏 쳐들었다. 박 씨는 앞에 묻혀 있는 커다란 돌을 캐내기 위해 땅을 팠다. 온 힘을 다해 곡괭이를 내리치는 박 씨의 볼은 사탕을 입에 문 듯 커다랗게 부풀었다. (「박 씨의 돌」)

부중불감(부중불감)이라고 했던가, 실제로는 없어지는 것도 없고 늘어나는 것도 없다 했다. 마음에서는 무엇인가 상이 나타나면 새로운 상이 따라 나오고 조금 전의 마음은 자취를 감췄다. 모두 어디어서 나와 어디로 사라지는 건가. 그것들이 횡으로 종으로 이어진 세계는 어떤 세계이며 나와는 어떻게 연결될까, 은합을 열어 무엇이 보이면 어떻고 무엇이 보이지 않으면 또 어떻단 말인가. 스님의 말처럼 있음과 없음, 나타남과 나타나지 않음은 차이가 없을 수도 있다. 근원은 부분이 없고 본래가 모두 하나일지도 몰랐다. 실체와 마음은 헤아리고 분별하는 순간에 생기는 경계일지도 모르겠다.

차장밖에는 가을비가 추적추적 내렸다. 혼신을 다해 자신의 순수를 지키던 노란 은행잎도 가을비에 자신을 덜어냈다. 다가올 겨울의 매서운 추위를 피하려면 쓸데없는 문을 닫아야 살 수 있는 나무들. 누군가에게는 아름다움이겠지만 그들에게는 생존의 문제일 것이다. 겨울은 은행잎이 가득했던 가로수 길을 황폐하여 쓸쓸하게 만들 터였다. (「은합을 열다」)

구자인혜
2000 한국수필 등단. 2008 『월간문학』 소설 등단. 동서문학상, 비전 AI문학상 수상.

대통령의 저주 | 권광욱

한소작은 서울 강북의 은평구에 사는 민주당원의 한 사람이다. 그는 소시에 호서와 호남이 하구에서 마주하는 군산 장항지역에서 상경하였다. 주거를 30여 차례 옮겨 다닌 끝에 서울의 서북단에 정착하였는데, 60이 다 되어서야 이사에 부대끼지 않게 되었다. 그게 또 강북에서만 옮겨 다니며 안 살아본 데가 없는데 강남에는 동서 간에 한 번도 건너가 전접해본 적이 없었다.

4·19 전 자유당 시절, 1956년 5월 3일 신익희 후보가 한강 백사장에서 30만의 열기를 휘몰고 다음날 새벽 호남선 열차에서 급서하자 그는 사춘기를 엄습하는 자살 충동에 전율했다. 3년 후 11월 26일, 해공 사후 이박사의 천운설이 더하여 그 종신 집권이 난공불락일 때 조병옥 후보가 샛별로 떴다. 그 명성明星이 또 신년초 발병하여 60년 2월 20일 이 행성의 반대쪽으로 날아가 운석으로 떨어졌다. 스무날 후 마산에서 사태가 터지고 4월 11일 잘생긴 고교생이 최루탄으로 눈이 막힌 모습이 그곳 중앙부두로 떠올랐다. 그 고교생은 소작보다 세 살이 아래였다. 이틀 후 소작은 유행이던 무전여행을 빙자하여 무작정 상경을 감행하였다. 장항에서 그가 탄 완행열차는 종일을 달려 천안까지만 갔다. 도중의 극심한 혼잡에 다리에 쥐가 나다 홍성을 지나면서 가까스로 자리 하나를 비집고 앉자 상이용사의 갈고리손이 명치를 지르며 검한 통을 강매하고 험악한 눈을 부라렸다. 천안 역전의 여인숙 골목에서 '나와바리'패의 불심검문에 걸려 반반한 '항코트'를 벗어주고 얇은 모직서츠 바람이 되었다. 다음 날 서울역에 내려서는 추레하게 주눅든 꼴에 맞게 의기가 소침하였다. 경무대를 향해 처음 밟아보는 서울의 태평로 거리를 비실비실 걸어가 관저의 담 주위를 두어 차례 돌아보았

다. 그 안의 절대자를 포착하여 전광석화로 접근한다는 게 무모한 몽상이었다. 어디 은신했다 노회한 대통령의 모습이 노출되면 비무장의 맨몸이 육탄으로 변신한다는 게 무슨 프란츠 카프카의 백일몽인가. 먹고 잘 곳이 없는데 외투도 없는 밤의 북악 산기슭은 턱이 떨어지게 추웠다. 4월의 봄볕은 따사하지만 주야의 일교차가 20도를 넘는 것 같았다. 날이 밝아 하산하여 경무대 울짱 밖을 어슬렁거리다 순경의 눈에 띄었다. 파출소로 연행되어 소지품 수색에 이것저것 신문당하고 일지에 적히고 훈방되었다. 이틀째 밤이 되어서도 먹지 못하고 다니며 어느 골목길 처마 밑에 쭈그리고 졸다 야경꾼에게 들켰다. 야경꾼은 그를 관할 파출소로 데려가 인계하고, 파출소에서는 여기가 노숙자 숙소가 아니라고 쫓아냈다. 다시 은신처를 찾아 돌아다니다 다른 야경꾼에게 잡혀간 게 같은 파출소이고 거기서는 왜 또 왔느냐고 꾸짖었다. 서울 장안의 통금 시간대에 잘 데 없는 사람이 이렇게 막막할 수가 있나. 혹시 여자라면 어디라도 비집고 들어가 하룻밤 투탁이 되기 쉽지 않을까. 여자가 윤락하는 변곡이 이런 봉변일 것만 같았다. 죽음의 수면이 의식을 짓눌러 감각이 사월 즈음, 통금해제 경포가 고막을 쳤다. 놀라 깨어 흐느적이며 향방을 찾다가 날빛이 부엿할 때 동대문 밖 전차 종점에서 외숙에게 발견되었다. 뜻밖의 해후라 비켜나 숨을 어림도 없었다. 불호령이 '너의 어머니가 집에서 실성하여 난린데 너 여기서 뭐 하는 거야?' 경을 쳤다. 친애가 유난한 어머니의 여러 자식 중 가출한 것은 그가 처음이었다. 지저분한 뚝섬행 전차종점에서 머잖은 창신동의 외숙 집으로 따라갔다. 외숙도 깜짝 놀라, 새벽 참에 출타하고자 전차를 타려던 일을 중지했던 것이다.

권광욱

1940년 충남 서천산. 군산에서 초중교 다니며 성장. 1981년 중앙일보 문예중앙 제3회 신인문학상으로 등단.

—더 이상 미룰 수 없습니다.

박무영의 강직한 목소리가 바르르 떨렸다. 기수는 입을 꾹 다문 채 주변의 동정을 살피고 있었다. 박무영은 조금 더 기다리며 기회를 보자는 구국단원들과 정면으로 부딪쳤다.

—동지들이 서두르지 않겠다면 나는 혼자라도 옹주마마를 구출할 것이오.

늘 차분하고 냉정했던 박무영이 요즘 부쩍 날카로워졌다. 그는 하루라도 빨리 행동을 개시하자며 동료들을 재촉하고 있었다. 하지만 그동안 몇 번의 실패를 거듭한 대원들은 좀 더 기다려 보자는 미온적인 태도를 보였다. 박무영은 그런 분위기에 이성을 잃은 사람처럼 화를 냈다. 결국 제 기분을 못 이기고 밖으로 뛰쳐나갔다. 누군가 빈정거렸다.

—허허, 박 대원이 왜 저러나? 혹시 옹주마마를 연모하고 있는 건 아닌가?

기수는 곧바로 박무영을 따라나섰다. 저만치 앞서서 뛰어가는 박무영을 따라 기수도 뛰었다.

'오늘은 반드시 내막을 알아보리라.'

기수는 박무영이 들어간 술집 안으로 천천히 들어갔다. 박무영이 구석진 자리에 앉아서 술잔을 기울이고 있었다. 맞은편 의자에 앉는 기수를 보고서도 그는 술 마시는 일에만 몰두했다. 벌컥벌컥, 물을 들이켜듯 술을 부어댔다. 기수는 말없이 박무영의 행동을 지켜보았다. 갈증을 해소하듯 술을 마시던 박무영이 불쑥 술잔을 기수에게 내밀었다.

-자네가 나와 함께하지 않겠는가?

박무영이 기수를 향해 말을 던졌다.

-그리 하지요. 그동안 쭉 제 친형님처럼 의지하고 있었어요.

그 말에 박무영의 얼굴에 잠시 화색이 돌았다.

-그런데…형님은 나를 믿지 못하는 것 같아요.

-무슨 소린가?

-형님이 하자면 무슨 일이든 목숨을 바칠 각오가 돼 있습니다. 하지만 우선 형님의 사연을 먼저 알아야겠어요.

그 말에 박무영의 표정이 어두워졌다.

-끝내 말씀을 안 하시면 저도 형님의 뜻을 따를 수 없습니다. 죽어도 무엇을 위해 죽는지 알고나 죽어야지요.

-….

박무영의 표정이 곤혹스러워졌다. 한참을 고민하던 박무영이 기수의 얼굴을 똑바로 쳐다보며 말했다.

-내 이름은 박무영이 아닐세. 김장한일세.

-예에? 김장한?

-내가 고종의 시종이었던 김황진의 조카이자 옹주마마의 내정된 약혼자였네. 기수의 표정이 더없이 복잡해졌다.

-죄송합니다. 어리석은 호기심 때문에 형님의 아픈 곳을 건드리고 말았군요.

-아픈 곳이지. 오래전 우리가 옹주마마를 구출하려다 실패했을 때 기억나나? 그때 자네가 했던 말을 나는 아직도 기억하고 있네. 나라를 구하는 것이 곧 옹주마마를 구하는 길 아니겠냐고, …일단 마마를 병원에서 모시고만 나오면 그 후의 일은 수월할 걸세. 조선으로 가는 방편은 형이 준비하고 있네.

권비영

1995년 신라문학 대상 수상. 창작집 『그 겨울의 우화』, 『달의 행로』, 『벨롱장에서 만난 사람』. 장편소설 『덕혜옹주』, 『은주』, 『몽화』, 『하란사』, 『잃어버린 집』, 『소호리 산192』 등. 한국소설가협회 편집위원, 소설21세기 회원.

내가 참 녹주綠珠니라 | 김광수

1980년대의 다대포多大浦 풍광을 지금과는 비교할 수 없지. 그 중에서도 몰운대沒雲臺 여사旅舍의 대청마루에 올라 보는 모습은 바다 먼 모습, 수평선과 손잡은 하늘, 앞바다 풍경과 그림자로 내리는 산의 능선, 바위를 치는 파도 소리와 놀라 달아나는 바람 소리, 거기에 선남선녀까지 자연스럽게 어우러진, 한마디로 일품 또 일품 연달아 일품이었지.

모래사장이 드넓고 그 만큼 모래가 우라질 정도로 많은 포구라고 사하구沙下區 다대포 아니던가. 거기에다가 해안 아무 곳에서나 서서 바라보면, 구름이 다대포 전체를 가리고 있다가 바람 한 줄기에 순식간에 흩어져 버린다는 몰운대.

바로 그곳에, 판소리 명창이자 한때는 판소리「춘향가」의 기능보유자로 지정되고 다시 판소리「흥부가」의 기능보유자로 지정되었으며, 춘향가 흥부가에서는 필적할 자가 없었다는 필적할 자가 없었다는 박녹주朴綠珠는 가짜고, 하이고야 당신이 진짜 박녹주 참 녹주라 주장하는 여자의 슬프다기보다는 기이하고도 안쓰러운 사연이 숨어 있었다.

신 새벽 안개가 걷히기 직전이면 어김없이 몰운대 반석 위에 나타나 우뚝 서는 처녀이기에는 농했고 아줌마이기에는 헷갈리는 여자. 그때부터 다대포 앞바다를 바라보고 있는 몇 개의 안개산 중 첫 번째 산에 안개가 개는 시간까지 정미 두 시간 반, 딱 그 시간까지만 춘향가와 흥부가를 열창하며 사이사이 호곡하는 여자가 있었다. 그리고는 선창의 선술집에서 통음하다가 자신마저도 안개나 된 듯 흔적도 남기지 않

고 사라져버리는 여자, 나이를 가늠하기 어려운 얼굴과 몸매의 여자, 그림자 선정적인 아줌마…

오늘날 자칭세칭 정악이라 일컫는 단가 시조창時調唱과 단가로 줄인 가사창歌辭唱만이 전통국악의 적자라 외치고 다니면서 무대에 오르면 단가 일색이니, 여성국악의 계승자라 자임하는 신예 여성국악인 단가의 유일한 시조창이라면 장가는 판소리일 수밖에 없을 것이니까.

여자가 득음(得音 사람이 낼 수 있는 소리 전부와 자연이 내는 소리 일부)하기가 불가능하게 여겨지던 시절, 왕벌 남자가 학병, 징용 등으로 끌려가던 시절, 판소리에 도전한 여성들이 정열에 심취하기 시작했으니 여성의 승리 아니겠는가.

부산 장단 정가와 판소리 다섯가 중 가장 길다는 흥부가와 기중 세련되고 아름답다는 춘향가[烈女春香守節歌]까지의 일설이다.

"정악 시조창과 장가 판소리 다섯가 중 제일 세련된 춘향가를 복습 호흡 창가로 노래해 봐요. 쾌식과 쾌변과 쾌면까지 자유자재로 할 수 있다니까. 거기에 유쾌한 일상은 기본이거든. 스무 해 정도 젊게 살기야 식은 죽 먹기지."

그녀가 그랬다. 수줍은 눈으로 훔쳐보면 처녀 겨우 면한 새색시 티가 가시지 않은 가슴이었으나, 지쳐서 골아대는 그녀를 도적눈으로 훑어보면 아줌마 한참 지난 큰 이모였다.

김광수(金光洙)
경북 중·고등학교(45회), 경북대학교 문리과대학 국어국문학과(65학번). 1971년 단편소설집 『여행자들』 발간, 요산김정한 창작기금본상(장편소설 『빈들』 2012년 4회), 향파이주홍문학상 일반문학부(장편소설 『자전거』 2016년 36회) 수상.

돌아온 나의 목마 | 김광욱

편지는 닷새 만에 아프리카에 도착했다. 채영은 세계평화봉사 단원의 자격으로 나이지리아 외무부에 긴급 여권을 신청하여 비행기를 타고 서울로 향했다. 아프리카에서 출발하기 전에 서울 병원에 전화하여 수술팀을 구성해 달라고 부탁했다.

편지 받고 서울까지 도착하는 데 사흘이 걸렸다. 여행 시간은 20시간. 공항에서 택시를 타고 성표가 입원해 있는 병원으로 달려오면서 안타까운 마음, 초조한 심정을 필설로 표현할 수 없었다.

병원에 도착한 게 오전 열 한 시였다. 병원에선 신채영 씨가 올 것에 대비해서 수술팀을 구성하여 만반하게 준비하고 있었다.

수술팀은 신속하게 양성표 환자의 심장 수술을 시작했다. 의사와 간호사들의 분주한 움직임. 한 치의 오차도 용납하지 않는 메스와 생명의 싸움. 기계소리와 메스가 사각사각 움직이는 소리. 인체의 표피를 파헤치고 피투성이된 심장을 꺼내어 감염된 부분을 절단하고, 그 자리에 인공조직을 꿰매기 위하여 의사들이 진지하게 주고받는 숨가쁜 언어가 꿈속에서인 양 성표의 귀에 들렸으리라.

채영의 숨소리. 그녀의 눈빛. 그 맑은 시선이 그의 심장을 주시하고 침식된 부분을 메스로 침착하게 잘라냈다. 불타 버린 사랑을 자르듯이. 그것은 그녀만이 할 수 있는 일이었다. 냉정할 정도로 침착하고 민첩한 손동작. 두뇌의 회전. 채영의 가슴에서 멎었던 심장의 박동소리가 쿵쿵 들려온다.

성표의 심장은 만신창이가 돼 있었다. 얼마나 고통스러웠을까? 그 고통의 크기를 채영은 짐작할 수 있었다. 깊이 패인 우물처럼 함몰된

그의 한쪽 심장. 그 위로 채영의 눈물이 뚝뚝 떨어졌다. 간호사가 손수 건으로 눈물을 닦아 주었다. 닦아도 닦아도 하염없이 흐르는 채영의 눈물.

오직 그를 살려야 한다는 일념뿐. 세상의 모든 소리와 느낌들이 채영의 체내에서 빠져나가고, 성표에 대한 사랑의 기도만, 기도하는 그녀의 손만 있었다. 자신의 손이 어떻게 움직이는지, 성표의 병든 혈관과 세포를 어떻게 수습하는지 모른 채 그저 기계적으로 시간과 싸우고 있었다.

성표의 살을 찢고 그의 심장을 만지고 꿰매는 마음. 그것은 채영이 자신의 심장을 찢는 아픔이었다. 그녀 자신의 육체를 수술하는 일이었다.

(성표 씨를 꼭 살려야 한다.)

많은 환자를 돌보고, 죽어가는 생명을 살린 경험으로 자신을 가지고 기꺼이 여기까지 왔지만, 성표의 생명을 살리는 수술은 채영이 자신의 삶과 직접적으로 결부되기에, 그녀는 샘솟는 눈물을 억제할 수 없었다.

김광욱

월간 『영화잡지』 시나리오 공모 당선, 계간 『우리문학』 시 추천, 월간 『문학세계』 소설 신인상, 광주문학상, 대한민국향토문학상 수상. 시집 『아침의 노래』. 소설집 『비수기』, 『별이 비친다』. 장편소설 『인형과 나』, 『햇빛숲』 외 다수.

전시작전권은 어디로! 한반도 분단의 이유 | 김동형

세계 2차 대전이다. 유럽에서는 독일이 39년 5월에 정복 전쟁의 일원으로 폴란드를 공격하면서 시작이 되었고 극동지역에서는 역시 일본이 청일전쟁을 시작으로 동남아 지역을 정복한 후 41년도 12월 8일에 미국의 전진기지 하와이를 폭격하면서 전쟁이 시작되었으나 미국을 비롯한 연합군에서는 45년 5월에 독일을 먼저 항복시키면서 독일의 군사전략을 약화시키기 위하여 동,서독으로 분단을 시켰다. 그렇다면 45년도 8월15일 일본을 항복시키면서 유럽의 독일처럼 일본을 분단시켜야 마땅했거늘 엉뚱하게 한반도를 분단시킨 결과로 400만명이나 목숨을 앗아간 6·25의 비극을 가져왔고 현재도 좌,우파의 극심한 정치적 대결로 왜 국가의 존망이 위태롭겠는가?

분단의 첫째 이유라면 45년 8월 6일 일본의 히로시마에 원자폭탄이 떨어지면서 일본의 패망이 기정사실화 되자 김홍일 장군이 임시정부 김구 대표를 찾아가 선전보고를 하자고 권유할 때 김구는 선전포고와 동시에 중경에 있는 일본군 헌병초소 한군데만이라도 공격점령 했다면 우리나라도 당당하게 유엔의 일원국이 되어 분단을 막을 수가 있었고 두 번째는 극동군 사령관 맥아더 장군이 세계의 전쟁 영웅이 되고자 일본군의 항복조건에서 ①분단을 막아주고 ② 전범은 도조 시대기 총리에게 물어주고 ③천왕제도를 유지해 달라는 요청을 카이로 전후 처리 협상에서 맥아더 장군이 받아주지 않았다면 또 미 육본성 참모장으로 있던 러스크 대령이 그럼 일본 대신 한반도를 분단하자고 제의만 하지 않았다면 당연하게 일본이 분단되었을 것이 아니겠는가?

비록 일본의 침략국이었을망정 대한제국의 정통성을 가지고 있던

임시정부를 대표하는 김구가 적절한 시기에 선전포고와 함께 참전을 했다면 또 점령군 사령관이었든 맥아더 장군이 일본의 분단을 반대를 하지 않았다면 독일처럼 당연하게 일본이 분단되었을 것이 아니겠는 가?

불구하고 분단이 되었으니 이는 정치부재요 지도자의 무능이었다. 다시 말해 분단을 막을 만한 걸출한 인물들이 임시정부에서는 없었다는 것이다,

김홍일 장군이 지휘하는 일당백의 광복군이 우리나라 임시정부 조직 하에 분명 있었다. 늦었지만 45년 8월 8일 소련이 선전포고를 할 당시 대한제국에 대표성이 있는 김구 주석이 선전포고와 함께 중국의 서북부 중경에 주둔하고 있는 일본국의 1개 경찰서나 헌병경비초소 한 군데만이라도 폭파를 했다면 우리 대한제국도 유엔의 일원 국가로 당당하게 입성할 수가 있었고 맥아더가 패망국 일본을 꼭 재건시키겠다는 영웅심으로 일본의 분단을 반대하지 않았다면 지금쯤 우리나라는 삼천리 방방곡곡에 무궁화 꽃이 활짝 피었을 것이다.

김동형

중앙대학교 예술대학원 전문가 과정 수료. 크리스찬 문학으로 신인상. 장편『전시작전권은 어디로』외 다수. 민주신문 대한민국을 빛낸 21세기 한국인물 대상.

기억의 분식집 외 | 김명석

인적이 드문 거리에 폭우가 쏟아진다. 기억은 시간을 잃었는지 존재하지 않고 수많은 눈동자의 흔적도 보이지 않는다. 오도 가도 못하고 붙박인 가로등만이 비의 존재를 확인하고 있다. 수 킬로미터 높이에서 추락한 빗방울들이 거리에 부딪치며 마침표를 찍는다.

유성은 가게 앞에 오도카니 서서 기억을 찾고 있다. 기억이 파열되어 빗방울의 존재를 알 수 없다. 어차피 인생은 현재를 살아가는 것이고 미래로 향하는 것이지만, 자신의 과거를 모르니 상실된 자아로 느껴진다. 시간은 지나면 없어지게 마련인데 굳이 지나 버린 시간에 집착하는지. 훌훌 털어 버리고 싶지만 정체성에 혼란을 느낀다. (『기억의 분식집』)

유성은 집으로 돌아와 하늘을 올려다보았다. 줄기차게 쏟아지던 비는 그쳤어도 구름이 시야를 가려 별은 보이지 않는다. 옥탑방이 여름엔 무지하게 덥고 겨울엔 엄청 추워도 하늘을 바로 볼 수 있어서 좋다. 유성은 잠이 안 오면 옥상으로 나와 별을 바라보았다. 별똥별이 떨어지길 기다렸다. 도시의 빛들이 삼켜 한 번도 본 적이 없지만 언젠가는 목격하리라 기대했다. 궤도를 이탈해 떨어지는 별똥별이 자신의 처지를 나타낸다는 심정이다. 길바닥에 떨어진 운석 꼴이다. (『기억의 분식집』)

"만족을 모르고 과욕을 부린 탓이오. 한순간에 거리에 나앉아 아내는 친정집으로 가고……. 기억상실증이라고 했소? 나도 형씨처럼 과

거를 잊었으면 좋겠소." (『기억의 분식집』

봄빛이 비치고 있었다. 봄은 거듭나는 계절이다. 동면했던 기억이 소생하는 계절이다. 봄빛을 받은 수목이 기억을 되찾고 있었다. 수목은 잎사귀로 벌거숭이를 가리고 꽃을 피우고 있다. (『기억의 분식집』)

공원은 어둑하고 하늘에는 달이 이지러져 있었다. 은주와 나 사이처럼. 바닥에 쌓인 메마른 낙엽과 나무의 앙상한 가지도 그러했다. 달은 반달이었다. 보름달처럼 둥글고 완전한 달이 아닌 반쪽 난 볼품사나운 반달. (『반달』)

"나는 보름달에서 이지러지는 하현달보다는 보름달로 가는 상현달이 더 좋더라. 둘 다 보름달처럼 둥글고 완전한 달이 아닌 반쪽 난 볼품사나운 반달이지만. 아니, 그렇게 말하면 상현달과 하현달에 대한 모독이니까 우리 앞으로는 둘 다 이쁘게 아가달이라고 해 주자. 아빠, 어때? 아빠도 동의하는 거지?" (『반달』)

나는 눈을 번쩍 뜨며 자리에서 벌떡 일어났다. 꿈이었다. 저절로 안도의 한숨이 내뿜어졌다. 온몸이 식은땀으로 흠뻑 젖어 있었다. 설마 지금도 꿈을 꾸고 있는 것은 아니겠지? 지금도 꿈을 꾸고 있는 게 아니라고 확신할 수 없다. 나는 거울에 거울을 비춰 거울 속의 몇 겹의 내 모습을 보듯 몇 겹의 꿈을 꾸었다. 지금까지의 모든 시간과 일들이 꿈일지 모른다. 나는 마지막 꿈에서 깨어나서야 현실과 내 모습을 알 수 있을지 모른다. (『반달』)

김명석
≪한국수필≫ 수필, ≪미래시학≫ 시, ≪현대계간문학≫ 소설 등단. 한국문인협회·한국수필가협회 회원. 한국예술인복지재단 창작디딤돌·예술활동준비금 수혜. 장편소설 『기억의 분식집』, 『반달』. 시집 『행복 구둣방』 등 11권 출간.

해어화 그대 | 김범선

　말두斗 달월月. 달이 차서 두월(보름달)이 되면 그 다음에는 달은 하현으로 기울어 자신의 몸을 비우기 시작한다. 나이가 들어 노인이 되면 이젠 채우는 것 보다 비워야 한다. 오늘도 두월마루에서 아내와 보름달로 지냈던 지난 시절을 이야기하며 대화로 마음을 비웠다. 우리에게 남은 시간은 한 생을 살면서 가득 채웠던 모든 것을 비우고 태어날 때부터 가지고 있던 본래의 마음자리로 되돌아가는 본심本心을 찾는 일만 남았다. 인간은 태어나서 제일 먼저 우는 방법을 배운다. 그럼 제일 마지막에 배우는 것은 무엇일가? 생명을 사전에서 찾아보면 '목숨이 있는 것, 이라고 나온다. 목숨을 찾아보면 '살아서 숨을 쉬는 힘, 이라고 한다. 노인들에게 살아서 숨을 쉬는 힘이 언제까지 계속이 될까? 젊은 시절에 만나서 결혼했을 때는 부부가 젊음의 힘으로 산다. 자식들을 낳고 교육시키고 분가시킬 때까지는 동반자로 힘을 합쳐, 때로는 삶이라는 전쟁터에 전우가 되기도 한다. 꿈만 같은 그 모든 것들이 지나가고 늙고 노쇠한 노인 두 사람의 삶은 무엇일까? 오직 사랑의 힘이라는 것만 깨닫게 된다. (「해어화 그대」)

김범선 (金梵善)
경북 영양군 출생, 관 봉훈(奉塤), 경북고등학교, 동국대학교 졸업. 장편소설 『눈꽃열차』, 『황금지붕』, 『개미허리의 추억』(상,하권), 『영혼중개사』, 『협곡열차』, 『북서풍의 골짜기』. 소설집 『땅콩밭에 여우들』. 에세이 『남자로 사는 법』 외 다수.

인천강 모래톱 사람들 | 김상휘

─향수병鄕愁病에 시달렸던 소년은 비가 오지 않아도 눈빛이 젖고, 바람 불지 않아도 흔들거렸던 인천강 모래톱 사람들의 궤적을 그리고 싶었다─

봄─

햇살마저 멈춘 듯한 적막한 봄 들녘, 나비 한 마리 허공 스쳐날 때 마루 밑 강아지 눈꺼풀은 그리도 무거운가 보다. 서녘 하늘, 저녁놀이 황홀하게 펼쳐지자, 병바위 텃새 떼는 허공 차며, 활공滑쏜을 시작한다. 강 건너 사래沙來긴 밭, 하루를 쟁기질하던 늙은 소 워낭이 마을 모퉁일 돌아들자, 인천강 모래톱 사람들의 하루도 마무리된다.

소년 양 볼과 손등 위로 꽃샘바람 따갑게 일면, 자라목 소년은 바지 속 깊게 두 손 집어넣고, 작년 봄 오색 깃발 휘날리며, 자갈 등 고갤 벅차게 넘어왔던 소달구지 곡마단을 떠 올렸다.

태수 형이 월남파병 떠난 지 6개월 후쯤이다. 평소 없던 까마귀 앞산 콩밭 어지럽게 날던 날, 아닌 밤중에 홍두깨처럼 태수 형 전사戰死 우편이 마을 모정엘 도착하자, 영월 댁은 자리에서 자지러졌고, 말숙누나는 당숙 집 장독대 끌어안고, 몇 날을 몸부림했다.

쭉정이처럼 말라버린 말숙누나가 당숙 집 부엌일을 접고, 탑 정 고갯마루 귀석歸石 탑에 앉아, 눈물 떨군 돌멩이 한 개, 힘겹게 올려놓고 고갯길을 넘어갔다.

1년 후 줄포 갯벌, 말숙누나와 꼭 닮은 젊은 처자가 머리 뒤로 재껴, 잠든 갓난아기 업고, 조개 캐는 모습 보았다는 소문과 난쟁이 패 따라갔던, 남순은 마술은커녕 부엌데기로 전락, 어린 삭신 심하게 망

가졌다는 저민 이야기들이 인천강 빨래터를 탔다.

여름-

연일 맹폭 더위다. 감잎 뒤로 뒷걸음치던 참매미가 '쌔릉~ 쌔릉' 왕매미는 '때까중~ 때까중'하며, 울기 시작했다.

맹더위 피서는 마을 모정詩亭이 최상이다. 덕칠은 짧은 점심 휴식도 아랑곳하지 않고, 소년 또래 애들에게 번번이 지는 고누놀이에 여념 없다.

작년 여름이다. 소년은 고리대금 압박 이기지 못하고, 남편과 어린 자식 남겨둔 채, 농약 마셔버린 장흥 댁 자살 사건이 떠올랐다. 두 눈 감지 못한 장흥 댁 꽃상여가 떠나던 날, 목멘 선소리꾼이 '명사십리 해당화야 봄이 오면 다시 피겠지만, 한번 간 우리 님은 언제 다시 돌아올까~' 대목에선 덧없는 풍경만 흔들어댔다.

바늘 찔러도 피 한 방울 안 난다는 외다리 고리대금업자가 불편한 몸 소달구지에 싣고, 마을 농작물 파악차 모정엘 나타나면, 마을 사람들은 삼복 맹더위도 아랑곳하지 않고, 더운 바람만 남겨놓은 채, 사라져버렸다. 인천강 모래톱 소년, 소녀 애들은 어려서부터 가난을 체득한 탓으로, 초등학교 졸업하면 중학 진학보다, 자기 밥벌이 찾아 도회지 떠남을 운명처럼 받아냈다. 서울 영등포 봉제 공장 마을을 단체로 떠나던 날, 어른들은 모정 기둥에 기댄 채, 쓴 골초만 태워댔다.

김상휘
고창. 한국예총대외혁렵위원장, 전북소설가협회장 등 역임. 한국소설가협회특별상(2009) 전북문학상(2013) 한국예총문화대상(2015) 전북소설문학상(2017) 외 다수. 소설집 『국풍김정호』, 『추사의 숨은꽃』, 『서울의 달』 외 다수.

민달팽이 외 | 김성금

낚시꾼이 떡밥을 던지자 치어들이 떼를 지어 군무를 춘다. 치어들이 방향을 바꿀 때마다 바닷속 물풀이 따라서 춤을 춘다. 세파에 시달리지 않은 어린것들은 무엇이나 아름답다. 저들은 언제, 어떻게 내항을 떠나 거친 바다로 나가는 걸 알게 되는 걸까? 우리도 저마다 인생의 거친 바다를 헤치고 나갔다가, 자연의 순리에 따라 고향의 품으로 회귀하는 늙은 물고기들 같다. (「우리들의 동창회」)

어디를 둘러보아도 진달래꽃이 지천이다. 작년 가을에 떨어졌을 상수리잎들이 카펫처럼 푹신하게 깔려 있다. 브래지어를 엎어놓은 듯 봉긋봉긋한 무덤이 저 건너 산등성이를 다 차지하고 있다. 봄기운이 완연한 묘지 위로 큰 바윗덩이 같은 구름 그림자가 지나간다. 산이 일어서려고 한다. 그러나 뿌리가 박힌 나무들은 머리채를 흩날릴 뿐이다.

벤치에 누워 올려다본 하늘은 분주하다. 눈부시게 뽀얀 구름을 가리우며 먹장구름 떼가 몰려오고 있다. 연록과 분홍으로 봄 치장이 한창이던 산자락에 음산한 바람이 불기 시작한다. 모래바람이 원을 그리며 춤을 추다가 얼굴을 후려치고 도망간다. 티가 들어갔는지 눈을 뜰 수가 없다. 눈을 끔뻑거려 억지로 눈물을 흘려 보지만, 안구는 여전히 깔깔하다.

어디서 떨어졌는지 꿈틀거리는 생명체가 뿌옇게 보였다. 갑자기 뒷덜미가 선뜩해져서 벌떡 일어나 앉았다. 그것은 내가 숨을 죽이자 배를 밀며 벤치 위를 기었다. 브이 자로 세운 더듬이는 낯선 곳에 대한 공포로 허둥대고 있는 듯하다. 이곳은 어디일까? 나는 왜 여기서 한 발

도 움직일 수 없는가. 갈 길이 보이지 않는다.

　-난 지쳤어. 더는 기어오를 힘이 없어. 시간강사로 만족할 거야. 그까짓 돈줄, 연줄 같은 거 없어도 좋아. 그까짓 껍데기 필요 없다고.

　-중략-

　민달팽이는 열심히 배밀이를 하지만, 제자리걸음을 하고 있다. 살금살금 다가가 손가락으로 민달팽이의 앞을 막았다. 민달팽이는 이리저리 머리를 움직이며 몸을 옴찔거린다. 그에게는 몸을 보호해 줄 껍데기가 없다. 알몸이다. 민달팽이는 언제부터 자신을 보호해 줄 껍데기를 잃고 말았을까? 민달팽이는 가슴속에 자그마해진 껍데기를 지니고 있단다. 괜시리 갈빗대 밑이 뜨끔거린다. 나는 끝장났다. 나는 결코 이런 대접을 받아서는 안 된다. 이제 난 어떻게 해야 하나. 시커먼 하늘이 가까이 내려와 있다. 하늘이 찌푸리면 인간도 기압골의 영향을 받는다고 하더니, 어깨를 내리누르는 것 같다. 내 존재를 알려야 되겠지. 철저하게 사라질 수 없다면…. 굵은 빗줄기가 쏟아진다. 그들은 다 차지하고도 부족한 게 있었나 보다. 내 가슴 속에 박혀 있는 조그만 껍데기까지도 빼앗고 싶었나 보다. 비는 좀체로 그칠 것 같지 않았다. 그칠 때까지 기다릴 것인가, 빗속을 뚫고 전진할 것인가 망설여졌다. 뒤집어쓸 것을 찾다가 쭈그러진 가방을 머리에 썼다. 나는 영락없는 달팽이 사내였다. (「민달팽이」)

김성금
소설집 『민달팽이』 외 2권. 장편소설 『티눈』 외 2권. 한글 영문판 소설 『디톡스 여행』. 연작소설 『우리들의 동창회』. 2002년 한국소설문학상 수상.

낙타의 시간 | 김성달

눈앞을 가득 메운 황사가 태수의 몸을 뒤덮으며 눈을 아프게 찔렀다. 태수는 모래에 묻히는 아이의 발목을 안타깝게 바라보며 묵묵히 걸었다. 발목을 파묻고 있던 모래가 어느 틈엔가 검은 스타킹을 신은 아이의 가느다란 종아리 위로 슬금슬금 기어오르기 시작하는 것 같았다. 태수는 갑자기 조급해져 걸음을 서둘렀다. 모래와 시멘트로 만들어지는 도시 위에 또 모래가 쌓이고 있었다. 아이가 모래에 묻힐 것 같이 위태위태해 보였다. 태수는 쫓기듯이 아이를 채근했다. (중략)

아이 말처럼 황사가 옷 위에 모래성을 쌓고 머리카락과 얼굴, 목덜미를 타고 끊임없이 흘러내렸다. 태수는 모래와 시멘트로 이루어진 신도시로 들어서는 순간 아이의 몸이 모래처럼 흩어지는 것을 확연히 느꼈다. 아이의 몸이 모래처럼 자꾸 바스러졌다. 태수는 절대 놓치지 않으려는 듯이 아이의 어깨에 손을 올려 꽉 잡았다. 순간 손가락 사이로 모래가 흘러내렸다. 태수는 자신의 남은 시간이 이렇게 모래로 흘러내리는 것 같아 안타까운 마음이 들었지만 형체를 알 수 없는 안타까움이었다. (중략)

마두금을 옆구리에 매단 어미 낙타는 먼 초원의 끝을 바라보고 외롭게 서 있었다. 낙타와 마두금의 실루엣이 하나였다. 그곳에는 보이는 것과 보이지 않는 것이, 도달할 수 있는 것과 도달할 수 없는 무엇이 함께 암흑 덩어리로 뭉쳐 술렁거리고 있었다. 속을 알 수 없는 암흑의 덩어리는 태수를 다시 소생하는 어떤 불안에 떨게 하면서도 기이한

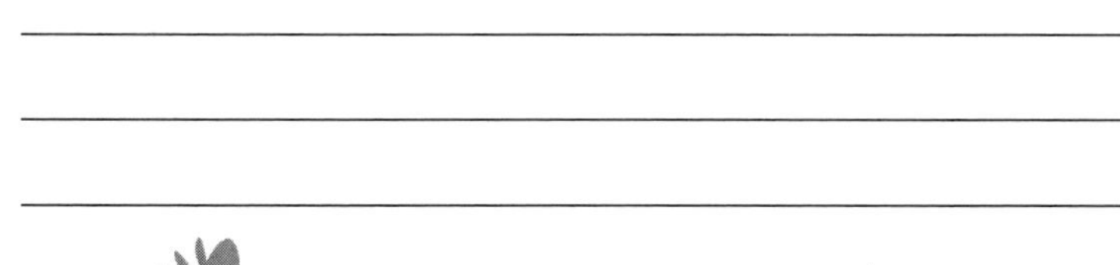

기쁨으로 전율케 했다. 태수는 흥분된 마음으로 마두금 연주소리를 기다리기 시작했다. 마두금 연주 소리가 낙타에게 온전히 전달되기를 기다리며 태수는 자신의 그런 마음이 여자에게도 가닿기를 간절히 빌었다. (중략)

　　방 문턱을 끊임없이 넘나들며 무엇인가를 계속 중얼거리던 노인이 태수보다 먼저 이불을 덮고 누워 꼼짝하지 않았다. 그러자 눈앞에 고정된 것처럼 붙어있던 아이의 영상이 흘러내리는 빗물이 되어 어디론가 사라졌다. 아이의 모습을 쫓아 주위를 둘러보던 태수는 하마터면 '악' 비명을 지를 뻔했다.

　　노인의 몸 위에 커다란 짐승 한 마리가 올라앉아 천연덕스럽게 이쪽을 지켜보고 있었다. 짐승 밑에 깔린 노인은 아프다는 비명은커녕 언제 잠이 들었는지 코를 가늘게 골았다. 두려움 속에서도 정체를 알기 위해 주춤주춤 나아가던 태수는 짐승이 던지는 강렬한 눈빛에 그만 눌러앉고 말았다. 짐승은 다름 아닌 낙타였다.

　　이튿날부터 노인은 낙타가 되었다. 등에는 한 개의 혹이 생기고 사막의 매서운 먼지바람을 막기 위해 사랑스럽게 속눈썹이 길어진 모습으로 우두커니 앉아 이따금 꺼억꺼억 트림을 토하여 입속에서 뭔가를 끊임없이 되새김질하다가 생각난 듯이 아무데나 침을 찍찍 뱉었다. 낙타가 된 노인 몸에서 짐승 냄새가 났다. (「낙타의 시간」)

김성달

『한국문학』에 단편을 발표하며 작품활동 시작. 소설집 『환풍기와 달』, 『낙타의 시간』, 『이사 간다』. 평론집 『한국소설을 읽다』 등. 조연현문학상, 고양행주문학상, 한국문인협회작가상, 탄리문학상 등 수상. 계간 『문학저널』 편집주간.

청보리 | 김성렬

……그녀가 퇴근을 하고 저녁준비를 하고있는 데, 며느리가 불만이 가득한 얼굴로 들어오고 있었다. 그는 가슴이 철렁했다. 아무래도 아들과 무슨 일이 있는 것만 같았다. 갑자기 며느리가 무서워졌다. 아니나 다를까? 며느리는 다짜고짜 정색하고는 아이들은 점점 커가고 집 장만은 언제 하냐며 턱을 받쳐 들고 시어미에게 대들고 있다.

"적막강산이라더니 앞이 전혀 보이지를 않아요, 그런데 어떻게 한 평생을 같이 산대요? 어머니! 어머니와는 아무런 상관이 없다고 생각을 하세요, 이럴 때 어머니라면 어떻게 하시겠어요?"

그것은 시어미에 대한 정면 도전이었다.

"어머니! 목 좋은데 빈 점포가 하나 나왔대요. 그 상가를 어떻게든 사들여 애들 아빠는 회사 납품도 하고 판매도 하면 괜찮을 것 같아요, 그렇게 되면 어머니는 집에서 아이들 돌보고 집안 살림만 하시면 되세요."

며느리의 당돌한 말에 그녀는 가슴이 터지는 듯했다. 이제는 시어미를 방안에 가두겠다는 말로 들렸고, 그나마 시어미가 살고 있는 방 한 칸마저 팔아서라도 가게를 차려달라는 심보다. 며느리는 자기 일생의 주어진 마지막 기회라며 보채댄다. 며느리의 요구는 거기서 끝나지 않았다. 이번 일이 성사되지 않으면 이혼도 불사하겠단다. 며느리의 날선 독설은 협박에 가까웠다. 그녀는 너무나도 황당해서 할 말을 잃었다. 그런데다 아들과 며느리는 아직도 혼인신고를 하지 않은 상태다. 얼마간 살다가 결정을 짓겠다는 해괴망측한 논리다.

그녀는 혼자서 마음속으로 삭히려다 피붙이인 딸네 집으로 달려갔

다. 친정엄마로부터 그 말을 들은 딸은 길길이 뛰며 분개했다.

"오빠는 도대체 뭐 하는 사람이래, 올캐성 하나 못 다스리고, 그리고, 그 집이 어떤 집인데 감히 엄마한테 대들어, 대들기를, 도대체 엄마를 뭘로 보고 그런데. 이거는 엄마한테 심각한 도전이라고, 아버지가 살아계셔서 봐 그런 소리를 어떻게 하냐고, 이거는 엄마 혼자 산다고 얕잡아 보고 그러는 거라고요, 그 말을 들으니 분통이 터져 못 참겠네, 엄마 그 집 팔면 집만 날아가는 거라고, 그렇게 되면 엄마 어떻게 되는 것 알지, 정말 집도 없는 거지라고요, 거지, 엄마 길거리에 노숙자 봤지. 그렇게 된다고요, 어떤 일이 있어도 올캐성한테 그 집이 넘어가면 안 된다고요. 엄마, 설마 그런 일은 없겠지만, 만약에 그렇게 되면 지금은 딸한테도 상속권이 있다는 것 엄마도 알지?!"

딸로부터 그 말을 들은 그녀는 진심이든 아니든 너무나도 차갑고 야속하게만 들렸다. 세상에 아들도 딸도 제 욕심들뿐이고 엄마 생각은 손톱만큼도 없다는 것에 가슴속으로 피울음을 터뜨리고 있었다.

그런데다, 다달이 흐르던 강물도 말라붙었다. 여자로서의 기능이 마감되었다는 것이 자괴감 마저 든다. 날이 밝자 그녀는 광탄 용미리 공원묘지를 가기 위해 서둘렀다.

김성렬
경기 파주. 현대그룹창사기념 현상공모 최우수 작품 당선. 『포스트모던』 신인상. 한국문협, 한국소설가협회, 한국수필가협회, 국제펜, 파주문협 회원. 강서문협 고문. 수필집 『아내의 향기』 외 3권, 소설집 『그 여자의 마지막 겨울』 등.

불온한 외출 | 김영범

종착지를 알 수 없는 내선 순환 열차 2호선을 탔다. 열차는 시청역 방향으로 달리고 있다. 곧 신도림역이다. 1호선으로 환승하려는 이들이 출입문 쪽으로 몰려들었다. 앉을 자리를 잡을 수 있는 절호의 기회.

가방을 움켜쥐고 좌석 쪽으로 붙어 섰다. 열차가 멈칫하는 사이, 옆 사람 발을 밟았다. 미안하단 인사를 건넸다. 그런데 이 친구, 눈꼬리가 비끌린다. 언짢다는 표정, 요것 봐라. 독 오른 뱀처럼 그의 시선을 낚아챘다. 나는 서슴없이 가방 속을 더듬었다. 무엇이 튀어나올지 나도 알 수 없다.

내 눈깔이 더 소름 끼칠 것 같았을까. 그가 먼저 눈을 깔았다. '으흠 으흐음' 상대를 을러 그가 다시 째려보기를 기다렸다. 그러나 그는 그러지 않았다.

내가 들고 있는 가방 속에는 위험한 끝이 도사리고 있다. 독사 이빨보다 날카로운 송곳, 돌멩이보다 둔중한 망치, 악어 이빨보다 심하게 엇갈린 톱날, 깨진 유리 조각보다 예리한 커터 칼, 손톱을 단번에 뽑아버릴 수 있는 펜치, 엿 같은 세상을 싹둑 잘라버릴 수 있는 전지가위, 한순간에 불길을 피워 올릴 수 있는 라이터까지도. 며칠 후면 햇살에 비끼는 도끼날이 배달될 참이었다. 어쩌면 불온한 이것들.

순환 열차는 순식간에 지하로 빨려 들어갔다.

어쩌면 불온한 돌멩이. 돌멩이로 사람을 위협할 수 있을까. 돌멩이로 사람을 죽일 수 있을까. 돌멩이로 세상을 바꿀 수 있을까. 그렇다. 돌멩이는 무기다. 분노에 찬 불온한 결기.

나는 돌멩이를 집어 던졌다. 보도블록을 깨 던졌다. 전투경찰들은 방패를 둘러치고 무수히 날아드는 돌멩이를 막았다. 방패에 부딪는 돌멩이 소리가 바닥에 떨어졌다. '툭— 툭—' 부서지는 무위한 소리, 김샜다. 그들이 쏘아대는 최루탄에는 어림없었다.

어쩌면 불온한 것은 또 있었다. 공구 가방에 들어 있었다. 누런 표지에 표제조차 없는 책 한 권과 불법 전단지. 그들은 그런 것들에 '불법'이란 낙인을 찍었다. 박종철 고문 살인 규탄과 호헌 철폐를 내건 전단지 한 묶음이었다.

어떤 경로로 그게 내 가방에 들어 있는지 알 수 없었다. 추측건대, 미순이가 돌아간 이후였으리라. 미순이 말고는 그런 걸 내 가방에 넣어둘 사람이 없었다. 내가 잠에 곯아떨어진 사이, 미순이는 기숙사로 돌아갔을 것이다.

기숙사에는 짭새들이 얼쩡댔다. 그들은 불온한 서적이나 문서, 그런 것들을 염탐했다. 수상한 낌새가 발각되면 끝장이었다. 짭새들이 출몰하면서부터 미순이는 내 방을 제집 드나들 듯했다. 순식간에 내 방은 불온의 온상이 되었다. 삼엄한 기숙사에 비해 비교적 안전한 곳이었다. 표제 없는 책자와 전단지는 그렇게 내 가방에 들어앉아 있었다.

미순이를 생각하며 돌멩이를 던졌다. 순전히 그녀를 떠올리며 던졌다. 그녀는 광주에서 열차를 타고 올라왔다고 했다. 5·18 광주민주화항쟁 때, 오빠를 잃고 산산조각이 난 가족을 등지고 서울로 올라왔다는 그녀. 더는 광주에서 살 수 없어 그곳을 떴다는 여자. 낮에는 공장에서 일했고 밤에는 야간학교에 다녔다.

김영범
당진 출생. 2014년 『월간문학』을 통해 소설가로 등단. 작품집 『불온한 외출』, 『길 위의 길』(e-book) 등. 제10회 〈박종화문학상〉 수상. e-book 전문출판사 〈서가의나날〉 편집 주간, 남산도서관 문학아카데미 〈청소년문학교실〉 강사.

꿈 외 | 김영익

"땅거미와 함께 다가오는 바닷바람은 더욱더 거세어졌고 부서지는 물결소리는 함성과도 같았다. 붉게 물들었던 석양은 어느새 자취를 감추고, 수평선 너머로 밤이 밀려들었다." (『꿈』)

"나는 그 누구와의 만남도 지금은 내 주도적으로 갖질 않고 있어요. 현시창의 사조가 그런 것을…." (『한 번의 데이트』)

"문명의 입김이 화전火田으로 베어 들어와 삶의 전을 펼쳐놓은 산 아래로 내려가는 이들이 하나둘 늘어 낫고." (『황야의 랩소디』)

"양심은 영혼을 가지고 있는 인간이라면 누구나 할 것 없이 소유하고 있는 기본 바탕의 모랄이라 할 수 있을 겁니다." (『스나꾸에서 만난 사람』)

"고귀한 생명이 육신의 몸을 입고 인간으로 현현하는 곳이 분만실이라면 영안실은 인생의 마지막을 생각게 하는 엄숙한 장소이다." (『혼혈주의』)

김영익

2002년 문예사조 『위기에서 헤어난 남자』 등단. 同年 『숯대문학』 3회 추천 완료. 한국문인협회 제도개선위원, 한국소설가협회 중앙위원, 문예사조 문인협회 회원, 계간문예작가회 이사. 삼성전자 清脈文學 同人.

삼작三作 노리개 | 김영탁金泳卓

*"우리는 꼭지점을 찾는 게 아니고 평행선을 이탈하지 않고 달리면 됩니다. 우리의 꼭지점은 죽음이고, 그것은 새로운 삶의 시작이기도 합니다. 인간의 생명은 목적일 뿐 수단이 아니지요. 이 땅에서 우리의 관계는 이쯤에서 머물러야 해요."

*모든 사람은 필연적으로 미쳐 있다. 미치지 않은 것도 다른 형태의 광기라는 점에서 다르지 않다. 톨스토이가 그랬나요? 행복한 가정은 비슷한 모양으로 행복하지만 불행한 가정은 각기 다른 이유로 불행하다고….

*중년 여인들의 가슴을 뒤흔든 왕년의 명화『메디슨 카운티의 다리』관람의 뒷얘기, 일탈을 꿈꿔 봤다나요.

*개나리가 먼저 피어나는데 가온량加溫量이 있듯이, 벚꽃도 나름대로 가온량이 있답니다.

*죽음은 산 자의 남은 몫이오, 인간은 슬프면서 슬픔을 달랜다고 했다.

*"갈매기 구애 방식은 간단하지만 명료합니다. 그네들의 프러포즈 방식은 수컷 갈매기가 마음에 드는 암컷 갈매기에게 먹이를 물어다 줍니다. 암컷 갈매기가 먹을 것을 받으면 프러포즈를 승낙한 것이고, 받지 않으면 프러포즈를 거절하는 것입니다."

*"거미도 자기 길을 다니고, 물도 그 주인을 만나면 얼굴을 붉힌다"고 했습니다.

*"너무 그러지 마세요. 평생 연애 한 번 못해본 수국도 눈물을 흘린다고 했습니다.

*"집파리가 발바닥에 있는 혀로 맛을 느끼듯, 눈치껏 세상을 살아야 한다. 맹인 돌다리 건너듯 조심성이 있어야 한다. 30 청상도 많다. 잘 생긴 것이 너의 죄이니라.

*'앉은부채'라는 식물이 있다. 뿌리에 저장한 탄수화물을 소모하며 열을 만드는 방식으로 일정 기간 온도를 20~25정도 유지하며 가루관이 잘 자라게 하여 꽃을 피운다.

*"하마는 자기 몸집의 3분의 1 정도가 위협을 느끼면 물속으로 피신하고, 피그미하마는 반대로 뭍으로 도망간다네요. 보리는 위험지수가 3분의 3을 넘겼는데, 도망갈 통로가 보이지를 않네요."

*"달맞이꽃은 벌 날갯짓 소리가 나면 꿀을 더 많이 분비한다네요."

*"가위, 바위, 보 개임에 숨어 있는 원리를 아시나요? 초보자에겐 '보'를, 고수에겐 '가위'를 내면 이길 확률이 높다고 되어있습니다."

*'부엉이 셈'이란 말이 있다. 이해관계가 어두운 사람을 두고 이른 말이다. 부엉이가 수를 셈할 때 반드시 짝으로 센다는데, 그렇게 되면 하나가 없어진다는 것은 알아도 짝으로 없어지는 것은 모른다'는 데서 생긴 말이다.

김영탁(金泳卓)
강남문인협회회장. 한국문인협회자문위원. 국사편찬위원회사료조사위원.

신풍구금 | 김영한

추운 겨울, 소년이 학교에 가려고 나서면 누렁이가 먼저 댓돌에 놓인 소년의 고무신을 깔고 앉아서 그 체온으로 신발의 냉기를 덜어주었다. 눈이 소복이 쌓인 날이면 누렁이가 앞장서서 미끄러운 눈길을 먼저 터 주었다. 그 뿐인가. 어스름한 오후, 하굣길에 항상 기분이 찜찜한 산모퉁이의 성황당까지 비를 맞으면서도 마중을 나와 소년의 두려움을 덜어 주던 그 누렁이에게 뭔가 좀 먹이고 싶었으나 모두가 마음뿐이었다. 농가의 가축을 쓸어 가기 위해 순사들이 개울 건너 마을을 들쑤시고 다닐 때, 소년은 어머니의 손에 이끌려 이웃 마을의 잔칫집에 급히 다녀왔다. 소년은 누렁이와 함께 잔칫집에 가서 버려지는 음식찌꺼기라도 먹이지 못한 것이 마음에 걸렸다.

"탕, 타당―!"

어느 집의 개가 죽어 가는지, 깨갱거리는 울부짖음과 순사들의 날카로운 총소리를 들은 소년은 황급히 누렁이를 끌고 뒤꼍으로 달려갔다. 하늘이 안 보이도록 어두컴컴한 대나무 숲에 들어간 소년은 누렁이를 껴안고 울며 말했다.

"누렁아, 나쁜 놈들에게 잡히면 안 돼. 순사 놈들에게 잡히지 말고 빨리 멀리 도망쳐서 잘 살아야 해."

소년은 다정한 친구에게 말하듯 누렁이에게 타이른 후, 손가락을 입속에 넣고 왝왝 토하기 시작했다. 처음에는 아무것도 나오지 않았다. 손가락을 목젖까지 깊숙이 밀어 넣자, 전신이 오그라들면서 창자가 비틀렸다. 비로소 잔칫집에서 먹은 지 얼마 되지 않아 미처 삭지 않은 국수 가닥이 올라왔다. 산토닌을 먹은 후 허연 회충이 입으로 기어

나올 때처럼 눈물이 찔끔 나면서 코가 매웠다.

　소년은 울컥울컥 힘들여 토해낸 거라도 누렁이에게 먹이려고 목구멍 깊이 손가락을 찔렀다.

　누렁이는 시큼한 토사물을 잠시 외면하다간 이내 코를 벌름거리며 혀를 내밀었다. 배가 고팠던 누렁이는 소년의 멀건 토사물을 깨끗이 핥아먹었다.

　"어서 가! 순사들이 오기 전에 빨리 도망가서 잘 살아야 해."

　소년은 거머리처럼 붙어있는 누렁이를 쫓다시피 뒷산으로 내몰았다.

　'컹, 컹!' 누렁이가 컴컴한 숲속에서 하늘을 향해 크게 짖었다. 가기 싫은 길을 쫓겨 가듯 멈칫거리면서 주인을 흘끔흘끔 바라보았다.

　컹, 컹! 내 걱정 말고 잘 있으라는 듯, 누렁이가 또 짖었다. 목이 메었다. 소년은 댓잎이 푹신하게 깔린 눅눅한 자리에 퍼질러 앉아 멀리 사라진 누렁이를 부르며 마냥 울었다. 바람에 나부끼는 대숲 사이로 초저녁 멀건 보름달이 너울거릴 때까지 하염없이 울었다는 스님의 말에 영완도 코허리가 시큰했다. 스님이 어린 시절 누렁이에게 베풀었던 글자가 바로 보시행이자, 몸소 실천하는 체선을 파자한 것이 신풍구금이었다.

　영완은 뜻도 모르고 아무렇게나 내뱉는 아내의 '보시'란 말이 영 귀에 거슬렸다. (『신풍구금』)

김영한

만주 하얼빈 출생. 『문학저널』 신인문학상 등단. 『문학저널』 제4회 창작문학상, 제10회 한국문인협회 월간문학상 수상. 현재 (사)한국문인협회 이사, (사)한국소설가협회 중앙위원 역임. (사)동방문화진흥회 회원. 소설집 『엄마의 행방』 출간.

망부가 | 김영희

「우선 그 절이란 게 내가 다니던 작은 암자와는 너무 다르다. 웬 사람은 그리 많은지 정신이 없고, 유리창막이를 해놓은 법당이랑 스님들도 모두 신식이라 그런지 선뜻 다가서질 못한다. 모름지기 부처님이 계신 곳은 경건해야 하고 찾는 사람 역시 뭔가 좀 넉넉한 품안이 그리워 오는 사람이 아닌가? 그저 소란스럽기만 하고, 절을 한 번 하려면 남의 엉덩이에다가 꾸뻑거리며 부딪히기 일쑤다. 그렇게 대충 예불이 끝나면 밥판을 든 채, 우우 몰려들어 차례를 기다리는 모습 등이 영 마땅치가 않다. 그뿐인가, 기도비는 삼천원, 인등비는 이천원, 또 연등값은 몇 만원 하고, 값을 매겨 놓는 것도 꼭 장삿속 같은 생각이 들어 이상했다. 옛날이야 어디 그랬는가? 가을에 방아를 찧으면 제일 먼저 부처님께 올릴 쌀을 시렁 위에 챙겨두고, 양초 한 통. 향 한 곽이면 되었지. 요즘 같이 그저 돈이면 만사가 해결되는 절은 아니었다. 그렇게 나는 신식 절을 두어 번 따라가 보고는 그냥 집에서 향을 피우며 아들이 사다준 예불 테이프를 듣는 것으로 마음을 달랜다. 한 달에 한 번씩 나를 보러오는 아들을 기다리며……」

「오늘따라 조그만 방안이 더 썰렁하다. 마음이 심란해 텔레비전을 틀어보니 웬 산발한 여자가 온몸을 흔들어 대며 뭔 소린지 신이 나 있다. 요즘은 노래가 저런 건가 보다. 세상이 좋아진 것인지 요란스럽게 달라져 간다. 속곳까지 모두 내 보이며 웃어대질 않나, 사내가 빨래 소쿠리를 들고 다니질 않나 원, 난 이내 흥미가 없어 꺼 버린다. 옛날 시집 올 때 해 온 손때 묻은 오동나무 반닫이 하나, 그 위에 솜이불, 여름

이불, 담요 하나가 달랑 올려있고, 고운 때 하나 안 묻은 베개 하나가 주인을 기다리고 있다. 그러나 오늘도 난 하얀 머리칼 한 오라기 묻어 있는 납작한 베개만 저고리를 횃대에 걸친다. 뚝딱거리는 시계를 머리 맡에 놓고 누구라도 좀 와주었으면……」

「난 며느리가 하는 소리에 정신이 번쩍 들었다. 그리고 찬찬히 그 얼굴을 훑어보았다. 볼이 발갛게 상기되고, 두 눈을 반짝대며 떠드는 며느리를 보니 정말 제 정신이 아닌 것 같았다.

"니가 아무 것도 몰라 그려러니 한다. 예수는 귀신이 어디서 왔느냐 하른 말이다. 내 무식하지만 알려주마. 우리나라가 육이오 난리가 났었지 그 난리가 끝나고 너도 나도 배를 곯는 세상이 됐단다. 그렇게 어려운 사람 천지인 우리한테 밀가루, 사탕가루 주면서 믿으라고 꼬셔댄 귀신이란 이야기다. 그거 한 포 얻으려구 우르르 달려가서 알지도 못하는 '아멘아멘' 소리 질러대며 믿기 시작한 귀신인 걸 아냐? 너, 말이다. 부자 나라가 믿는 귀신은 힘도 센 거다. 모두들, 그 놈의 사탕가루 때문에 그래 놓고, 이제는 아득한 옛날부터 우리를 지켜준 하나님이라나? 아니 우리의 창조주라구? 내가 '모르쇠'해두 난 그네들 속을 안다. 그라고 난 그때 중말 밀가루 한 됫박이 아쉬울 때도 안 팔아 버린 조상님이다. 내게는 니가 세상에 다시없는 소중한 며느리이구, 눈에 넣어두 안 아플 자식에, 손자 손녀다. 하지만 에미야! 그것만은 안 된다. 내가 지성껏 조상님을 모셔왔듯이 너두 조상님만큼은 다해 모셔야 한다. 뭐니뭐니 해두 우리가 이렇게 사는 건 모두 조상님이 있기 때문인 거여. 명심해야 한다 알긋냐"

김영희
1991년 문학세계 중편소설 「망부가」 신인상 수상. 소설집 『하얀 봄날의 이야기』, 인터넷 연재소설 「잃어버린 소리」, 『안수길 소설 연구』, 「김영희의 토론과 국어 기초」 외 다수. 대덕문학, 한국여성문학, 한국문인협회. 한국소설가협회 회원.

화사畵師, 의겸의 생각 | 김용필

4월이 되면 여수 흥국사의 영취산에 진달래꽃이 붉게 물든다. 산사의 정경은 마치 영상회상과 수월관음기도 탱화의 설법장 같다. 수월관음도는 화사 의겸이 달빛이 비친 물 가운데 금강보석에 앉아 입법을 설도하는 부처님의 입법계품의 한 장면이다. '모든 중생이 극락국에서 태어나 무량수명을 누리면서 불도佛道를 이루기를 기원한다.' 흥국사 탱화 수월관음도는 조선 최고의 화사 의겸의 생각이었다.

1723년 화사 의겸은 흥국사 원통전 화실에 향오, 신감, 적조 등 10여 명의 화사를 불러 탱화를 그렸다. 수월관음도는 화면 구도가 안정적이고 필선이 섬세하며 색채의 조화가 뛰어나 조선 후기 탱화로 최고 걸작이었다.

푸른 물로 둘러싸인 바다 동굴의 권좌에서 세상을 내려다보는 수월관음 보살의 두상에서 나오는 빛이 다른 부처와 보살의 몸에 발산하여 동굴 안을 밝게 비추어 밝힌다. 얼굴과 신체비례가 배경 석굴과 조화롭게 구성한 회화이다. 물 위쪽 중앙에 정좌한 수음관음이 왼손은 무릎에 얹고 오른손은 뒷벽을 짚어 몸을 기댄 편안한 자세다. 그 아래 방문한 선재동자가 허리를 빳빳한 채 합장하는 행동이 부자연스러워 그를 바라보는 수음관음의 눈빛이 광채를 띤다. 발밑에 출렁이는 물결이 거칠지만, 뒷벽에 나는 청조의 날갯짓이 평화롭고 관음의 양어깨 뒷면 우측으로 쌍죽이 푸르고 좌측으로 정병에 꽂힌 버드나무가 싱그럽게 평온한 세상을 음미하고 있었다.

세상을 관조하는 관음보살의 암좌한 금강옥석이 안정된 구도로 적·녹·청색이 화려하면서도 온화한 느낌의 색채와 조화를 이룬다. 정교

하면서 자연스럽고 세련된 필선의 비단옷이 보일 듯 말 듯 속옷을 드러내고 앉은 모습이 평화롭다. 단정하고 맑은 갈색의 밑바탕 색조 위로 밝고 부드러운 적색과 녹색이 주선을 이루고 흐드러진 비단결이 붉은빛과 흰색의 문향이 영락 구술에서 화려하게 빛나는 세상이다. 그러나 평화로운 관음보살의 미소가 어쩐지 왼쪽 구석에 허리와 무릎을 약간 굽히고 합장한 선재동자의 부자유스런 행동에 머문다. 수월관음과 눈을 마주치지 않고 먼산을 바라보는 선재동자의 모습은 억지로 구도장에 끌려 나온 듯하다.

화사, 의겸의 생각이다. 그는 조선 중기 영조 대에 남해안 사찰을 돌며 탱화를 그렸던 화승이다. 스님과 비구니 사이에 태어난 그는 화엄사 승방에서 고아로 자라면서 부모에 대한 울분을 단청화로 그리면서 불제자가 되었다. 그러나 목탁치고 염불하는 중을 거부하고 염불대신 부처님의 설법 장면을 그림으로 그리는 화승이 되었다. 그는 여수 흥국사 원통전에 불화당을 만들어 남도의 화승들을 불러 후불탱화를 그리며 많은 제자를 길렀다.

그가 부모님을 찾으려고 남도의 절을 돌아다니며 수월관음도와 영상회상도 같은 후불탱화를 그리며 내면의 화를 불화로 승화하였다. 그는 수월관음도에서 아난존자의 방탕한 모습을 숨겨 그려 놓았다. 그렇게 아난존자의 모습을 자신의 모습에 비춘 것이다. 영상회상도는 영취산 설법 만찬장이다. 석가모니가 정좌한 상단 좌측에 백의 관음보살이 서고 우측에 지장보살, 그 아래 약사여래가 서고 좌측의 아미타불이 보좌하였다.

김용필

KBS 교육방송 극작가('77). 열린문학 등단. 한국소설가협회 감사, 한국문인협회 이사. 마포문협지회장 역임. (현)코스미안뉴스 칼럼리스트. 월간문학상, 한국소설작가상, 여수해양문학상. 대하소설 『연해주』, 『추억의 카투사』 외 다수.

다카마스에서의 혼욕 | 김유조

봄비를 맞으며 어둠 속에서 나오미는 이미 발가벗고 야외 혼탕 속에 앉아 있었다. 키 큰 그녀의 벗은 모습은 앉아서도 정말 잘 빚어낸 그리스의 여신상이었다.

"날 기다렸어?"

"날 쫓아왔네요."

그녀의 체모가 일렁이는 온천의 물결을 뚫고 흐린 조명 속에서도 내 시선 쪽으로 빗겨 올라왔다.

"타월을 갖고 들어올걸 그랬어요….”

그녀가 내 시선을 의식하며 말했다.

"사람도 없는데 뭘….”

"형은 사람이 아닌가, 뭘.”

"요즘 젊은이들은 오빠라고 한단다. 근데 요새 말로 진짜 몸짱이네, 나오미야.”

"자꾸 그러면 난 나갈래.”

"아니 미안해. 내가 물결, 그러니까 일본말로 나미波를 만들어 줄게, 나오미야.”

내가 물을 휘휘저어서 물결을 만들었다. 그게 어이 차단막이 되랴 만 우리는 그렇게 감각상의 차단장치를 마치 시골집에서의 한지 창호 지처럼 두어서 감정을 격리시켰다.

"왜 열녀가 되었어? 돈 때문에?”

"삼류 소설 쓰지 마세요.”

그녀가 남편을 만난 건 한일 관계가 단절 직전이고 일본 신문사의 특파원들이 모두 퇴거 명령을 받았던 시절이었단다. '요미우리 신붕[讀賣 新聞]'의 한국 특파원으로 온 재일 교포 출신의 남편을 프리랜서로 신분 변화를 하게하고, 첫 부인과 이혼시킨다음 재혼을 하여 지금까지 살고 있는 것이 '그녀의 일생'이었다.

남편이 풍을 맞은 것은 이혼한 첫 부인이 일본에서 목을 매고 자살한 직후였다. 두 연인이 혼례식을 올리고 밀월 시절을 채 한 해도 즐기기 전이었다.

"내가 슬퍼하는 첫 부인과 대면하여 '남편 관리, 간수 좀 똑똑히 했어야지요.'라고 눈을 치뜨고 소리 질렀거든요."

부인이 쓰러지더란다.

"아마도 그 순간, 그 부인은 이미 자살을 생각했으리라는 생각이 들어요. 후업이랄까, 죄짓고 해원 굿 하는 게 제 나머지 삶인 것 같아서 끈기 있게 남편 병 수발하며 잘 지내고 있어요. 세월이 흐르고 해가 바뀌어도 나는 안타깝지도 당황하지도 않아요. 그렇다고 죽음을 기다리며 사는 삶도 아니고…. 설명키 힘들어요. 주로 일본에 살았는데 요즈음은 다시 서울에 와서 정신대 할머니들을 돕는 사업에 손을 좀 대고 있어요. 일본 언론 재단에서 펀드를 조금 내 놓았는데 그건 마침 남편의 예전 언론 인맥과 인연이 닿아서…. 인터넷 사이트와 일반 신문에 광고도 하고 있으니 관심 갖고 적은 돈이라도 내시고 참여하세요."

비가 후두둑 세차게 내렸다.

내가 얼른 알몸으로 일어나서 입구에 걸어놓은 베트남 식 고깔모자를 두 개 갖고 와서 하나는 내가 쓰고 또 하나는 나오미에게 씌워 주었다.

김유조
국제PEN한국본부 부이사장, 건국대 명예교수(부총장 역임), 미국소설학회회장
역임, 코리안드림문학회장, 한국작가주간, 학술원 우수도서상, 김태길수필문학상,
헤밍웨이문학상 등 수상. 장편『빈포사람들』, 소설집『세종대왕밀릉』외 다수.

잘가 나의 별똥별 외 | 김은신

마지막 페이지를 덮고 나서 창가로 가 커튼을 젖히고 창문을 열었다. 초가을 상쾌한 바람이 얼굴에 닿아왔다. 그리고 드넓게 펼쳐져 있는 하늘 저편까지 별들은 크고 작은 보석을 뿌려 놓은 듯이 반짝거리고 있었다.

그 별들 사이에서 별똥별 하나가 길게 꼬리를 남기면서 산 너머로 사라져 갔다. 무슨 소린가 들려오는 듯했지만 별똥별이 보이는 시간은 그리 오래지 않았다. 별똥별은 이어서 크고 작은 것들이 연달아 달려 나와 산 너머로 흐르듯이 사라져갔다. 그런 별똥별을 본 것은 처음이었다.

별똥별은 티끌이나 먼지라고 했다. 우주를 떠도는 소행성에서 떨어져 나온 티끌이거나 태양계를 떠도는 먼지라고 했다. 그 티끌이나 먼지들이 지구의 중력에 이끌려 대기 안으로 들어오면서 마찰을 일으키고 그때 불타는 현상이 일어나는데 그것이 바로 별똥별이라고 했다.

긴 꼬리는 마치 신호를 보내는 듯했다. 잘가라고 손을 들어 흔들었다. (『잘가, 나의 별똥별』)

타다닥 타닥. 오늘도 밤이 깊어갈수록 키보드 두들기는 소리는 점차 또렷하게 들리기 시작했다. 어둠이 서서이 퍼지기 시작하면서 그 소리는 마치 살아나는 듯이 들려오기 시작했고, 전등이 하나 둘씩 밝혀지면서 어둠이 완전히 이 변두리 마을을 점령하게 되었을 때는 비로소 들려오는 소리처럼 원래의 제소리를 갖추어 가고 있었다.

서울에서는 별 보기가 참 힘들다는 말이 있다. 하지만 그것은 모르

는 소리이다. 서울의 밤하늘에도 별들이 그야말로 보석처럼 빛나고 있었다. 옥탑방 창문이 닫히지 않고, 그 창문을 통해 오늘도 키보드 두들기는 소리가 들려오는 밤에 보면 서울의 하늘은 참으로 아름다웠다. 별들이 있기 때문이었다.

서울에서는 별을 보기 힘들다고 말하는 사람은 그런 하늘을 바라보지 못한 채 잠을 자는 사람들일 것이다. 모두 잠이 든 밤, 서울의 하늘에도 별은 총총히 떠 있었다. (『강호의 문사들』)

김은신
1974년 경향신문 신춘문예, 1979년 한국일보 신춘문예 소설 입선.

대서양의 민들레 | 김종찬

마스트에 닿을 듯 낮게 내려앉은 하늘은 틈서리 한 군데 없다. 온통 잿빛으로 도배한 천정이다. 시퍼렇게 날선 바람은 포탄 날아가는 소리를 내며 무섭게 질주한다. 와르르 일어서는 파도는 절벽같이 아득하게 뱃머리를 가로막는다. 질풍에 휘말린 물마루가 부서지면서 비산하는 물방울들이 강물을 이루며 흘러간다. 뿌옇게 흩날리는 물보라와 끝없이 몰려오는 새하얀 파도의 등성이. 바다는 강풍이 휘몰아치는 설봉보다 아찔하다. 현창을 때리는 바람은 살을 저미듯 맵차다. 데릭포스트에 부딪친 물보라는 촛농처럼 타내리며 순식간에 얼어붙는다.

24년 동안이나 해풍에 녹슬고 파도에 찌그러진 「아틀랜틱 덴덜라이언」호는 늙은 육신을 주체하지 못하고 유령선처럼 휘청거린다. 해골같이 움푹움푹한 현창은 모두 흰자위만 드러내고 있다. 브리지의 프런트글라스에도 성에와 염분이 엉겨붙어 우윳빛 커튼을 치고 있다. 밤낮없이 돌아가는 뷰크리너만 동그랗게 눈을 뜨고 선수루를 지켜본다.

오 선장은 뷰크리너 너머로 줄 지어 떼 지어 몰려오는 파도를 근심스럽게 바라보고 있다. 발을 넓게 벌리고 서서 양손으로 벽에 붙은 핸드 레일을 붙잡고 있지만 널뛰기와 그네타기를 동시에 해대는 선체의 격렬한 요동에 몸을 가누기도 힘들다. 또 한 차례 높다란 물마루가 쏴와아 함성을 지르며 뱃머리를 물어뜯는다. 터엉! 아우성과 함께 물기둥이 하는 높이 솟구친다. 선수루는 범람하는 물거품 속에 잠기며 천 길 벼랑 아래로 곤두박질친다. 오 선장의 눈꼬리가 가늘어지며 양미간에 주름이 잡힌다. 걱정이 분노로 바뀌면서 숨결이 가빠진다.

미카엘이라고? 천하에 악귀 같은 녀석이!

오 선장은 깊은 숨을 내쉬며 가까스로 울분을 달랜다.

째앵, 째앵, 째애앵! 고전압 안테나가 애처롭게 울어댄다. 마스트를 뒤흔들고 가는 칼바람이 기승을 부리는 것이다. 저기압은 미카엘의 사주라도 받은 듯이 쌍둥이로 발생하여 「덴덜라이언」 호의 침로를 가로막고 있다. 겨울철의 북대서양 항로라면 어느 나라 선원이든 꿈속에서도 손사래를 친다. 여태까지는 정기선처럼 브라질 항로로만 보내던 「덴덜라이언」 호를 하필이면 왜 바다가 가장 험악한 계절에 북대서양 항로로 보낸단 말인가? 운임도 좋지 않은 석탄을 실으면서. 브라질 항로로 뛰었다면 지금쯤은 비로드같이 잔잔한 적도 부근을 항해하고 있을 텐데…. 지난 항차에도 브라질 비토리아 항에서 철광석 10만 톤을 적재하여 프랑스 덩케르크 항에 풀어주었다. 그런데 이번 항차에는 캐나다 동부에 있는 캐피어 항에서 석탄 11만 톤을 선적하여 스페인 히혼 항에 풀어주라는 게 아닌가? 노후선이 침몰하면 선주는 화장실에 가서 웃는다고 한다. 그 의도는 뻔하다. 유빙과 돌풍으로 악명높은 센트로렌스 만에서 용궁으로 사라지라는 소리다. 전문을 받아본 오 선장은 분노로 손이 벌벌 떨렸다. 당장 보따리 싸고 싶었지만 비겁하게 선장 혼자서만 도망칠 수는 없었다. 그래서 이렇게 불쌍한 선원들과 함께 파도와 싸우고 있는 것이다.

김종찬

경남 창원 출생. 해군 중위 전역. 84년 신동아 넌픽션 「북양트롤선」, 94년 『월간문학』 등단. 한국소설가협회 중앙위원. 2004년 한국해양문학 대상. 2013년 부산일보 해양문학 대상. 작품집 『괭이밥』, 『대서양의 민들레』. 장편 『피닉스호의 최후』 등.

울 엄마 | 김종화

먹구름이 낮게 드리운 하늘이 온통 잿빛이다. 살아생전, 엄마의 가슴속에 담겨있던 아픔이 잿빛 먹구름을 닮았을 거라는 생각이 문득 뇌리를 스친다.

그 누구에게도 피해를 주지 않고 올곧게 살아온 울 엄마는 이제 내 곁에 없지만, 세상은 하나도 변한 게 없다. 언제나처럼 아침 해가 떠오르고 어제 왔던 버스가 변함없이 도로 위를 질주한다.

울 엄마가 하늘나라로 가신 며칠만이라도 세상이 변했으면 좋겠는데, 변한 게 아무것도 없다는 것이 너무 속상한다. 죽도록 고생만 하다가 돌아올 수 없는 강을 건넌 울 엄마가 불쌍하다. 그 생각만 하면, 내 가슴은 까만 먹물이 된다.

늘 가까이에서 지냈기 때문에 그 소중함을 모르고 살았다. 엄마를 떠나보낸 날 느낀 알 수 없는 두려움은 세상이 내게 던진 첫 번째 시험이 아닌가 싶다. 그 시험을 통과하기 위해 나는, 이루 말할 수 없는 고통과 좌절 그리고 땀으로 얼룩진 날들을 이겨내야 한다.

엄마는 없지만, 표정이 풍부한 아빠와 사랑하는 동생 미진이 그리고 귀여운 연진이가 나를 지켜 줄 거라 생각하니 만두 먹은 속처럼 든든하다. 내 정신적 지주였던 엄마 없는 하늘아래서 혼자 걷다보면 쉽게 넘어질 수 있다는 걸 안다.

연두 햇빛 일렁이는 날이면 동생들과 손을 맞잡고 열심히 살겠다는 각오를 다진다. 멀고도 험난한 여정에 지쳐 주저앉고 싶을 때 동생들에겐 소금과 우산이 되고, 때로는 편안한 쉼터가 될 수 있도록 꿈을 가꾸며 차분하게 준비해야겠다.

엄마가 떠난 자리에 가장 힘들어 하는 건 초등학교 다니는 연진이다. 엄마의 사랑을 독차지 했던 막내가 날개 잃은 철새처럼 생기 잃은 모습을 볼 때면 나는 그만 목이 멘다. 엄마에게 밥투정을 하던 녀석도 이젠 더 이상 통하지 않는다는 걸 아는 모양이다. 그래서 날 힘들게 하지 않고 자기가 해야 할 일은 곧잘 해낸다. 그런 막내를 볼 때마다 내 가슴 한편에는 찬바람이 몰아친다.

며칠 전에는 막내가 학교에서 만점짜리 시험지를 들고 왔다. 마음이 얼마나 흐뭇했는지 모른다. 엄마가 계셨다면 무척 기뻐했을 텐데…. 일상의 작은 즐거움이 삶을 활력 있게 만들어 준다는 사실도 알았다.

사는 게 힘들어도 이런 맛에 세상사는 재미를 느낀 모양이다. 울 엄마도 삶이 고달프고 힘들 때마다 자식들의 이런 모습을 지켜보며 인고의 세월을 견뎌왔는지 모른다.

그럴 줄 알았다면 공부를 좀 더 열심히 해서 엄마를 즐겁게 해 드릴 걸, 지금은 후회가 된다. 사람들은 왜 바보같이 때늦은 후회와 번민을 되풀이하며 사는지 모르겠다. 그땐 철이 없어서 그랬을 거다.

가난이 덕지덕지 묻은 생활도, 눈보라가 휘몰아치는 혹한의 추위에 얼어붙은 마음도 먼 훗날 엄마의 자랑스러운 딸로 거듭나기 위한 과정이라 생각하면 꿋꿋하게 이겨낼 생각이다.

'젊어 고생은 사서도 한다'는데, 희망을 가지고 새로운 각오로 살다 보면 언젠가는 좋은 날도 찾아올 거다. 그렇게 살다보면 무심한 세월이 약이었다는 걸 알게 되는 날도 오지 않을까.

김종화
『문학시대』 소설 등단, ≪국방일보≫ 수필 등단, 『3사문학』 발행인, 『한국전쟁문학』 주간, 한국문인협회 이사, 한국소설가협회 회원. 소설 『울 엄마』 외 2권, 『초보자를 위한 글쓰기 ABC』 외 15권, 박종화문학상 외 다수.

부활의 꽃 | 김진명

고욤나무에 접목한 단감나무는 감쪽같았다. 민호가 살던 전셋집 주인은 제천여고 생물 선생님이셨다. 앞마당에 고욤나무 세 그루가 자라고 있었는데 날씨 화창한 어느 봄날 우연히 단감나무를 접목하는 것을 보았다. 너무 신기하여 초등학교 3학년 학생이었던 민호가 생물 선생님께 물었다.

"선생님, 서로 다른 나무를 접붙이는데도 정말 감이 달려요?"

"그럼. 여기서 단감이 열린단다. 감이 열리면 제일 먼저 너에게 주마."

민호는 선생님의 전지가위와 칼을 다루는 기술을 보면서 어떻게 고욤나무가 감나무로 변신한다는 것인가? 어린 나이에도 생명의 신비에 의구심이 생겼다. 민호는 그때부터 학교에 갔다 돌아오면 마당의 감나무를 관찰하는 버릇이 생겼다. 선생님은 초여름 접목 때 감아준 비닐테이프를 다시 가볍게 묶어 주셨다. 신기하게도 상처가 아물고 감쪽같이 감나무가 자라나는 것이었다. 어린 마음에 감이 열리면 얻어먹을 욕심에 빨리 감이 열리기만을 기다렸다. 그러나 민호는 국어 선생이셨던 아버지가 다른 학교로 발령이 나면서 모두 청주로 이사를 가야 했다. 50여 년 전의 일이니 아마도 접목한 감나무가 고목이 되었을 테고 가을마다 단감이 주렁주렁 열렸으리라.

행정안전부 감사관실 강민호 감사과장은 세종시 행정안전부 청사 1층의 커피숍에 내려와 혼자 상념에 잠겼다. '왜 하필 감나무야?. 과수원의 감나무는 어릴 적 생물 선생님이 접목한 방식의 감나무였을까?' 그때 감사팀장이 황급히 다가와서 말한다.

"과장님, 브리핑실로 가셔야 합니다. 기자들이 기다리고 있습니다."

"얼마나 모였어?"

"약 50명 정도 모였고, 관심과 취재 열기가 대단합니다. 과장님, 브리핑실로 올라가시죠?"

"감나무라? 거참." 혀를 차며 강민호 과장은 감사팀장을 따라 브리핑실로 향했다.

민호는 열흘간의 특별감사로 인하여 피곤한 내색이 역력했다. 그의 발걸음은 평소의 속도와 많이 달랐다. 청주시 개신근린공원 조성사업의 토지보상과정에서 청주시가 김인영 국회의원이 소유한 감나무 과수원 보상과정에서 실제보다 많게 부풀려서 보상했다는 감사의뢰를 받은 상황이었다. 이와 관련해 행정안전부는 부처 차원에서 강민호 감사과장을 단장으로 하여 특별감사를 실시했다.

김진명
2021년 『월간문학』 소설 부문 「탈피」 신인상 수상. 제6회 아산문학상 소설 부문 「줄 위를 걷는 형제들」 금상. 한국소방청 제5회 119문화상 소설 부문 「불꽃영웅」 은상.

손이 없는 날 외 | 김학섭

김 씨는 잡풀이 무성하게 자란 묘뚤 앞에 신문지 한 장을 펼쳐 놓고 캔 맥주와 초코파이, 막걸리, 새우깡, 땅콩 봉지를 차례로 차려 놓았다. 잠시 후 상돌 위에는 제법 그럴듯한 제사상이 차려졌다. 저만치 도롯가에 세워 둔 소형트럭에서 남 씨가 가스통을 메고 앞서 걸어오고 그 뒤를 오 씨가 작은 화덕을 메고 숨 가쁘게 따라오고 있었다. 두 사람은 묘 가까이 와서 짐을 내려놓았다. 얼굴은 잘 익은 사과 빛으로 물들었다. 등줄기에는 땀이 줄줄 흘러내렸다. (「손이 없는 날」)

태수는 오늘도 선창가에 나갔다가 할 일이 없어 피곤한 몸을 이끌고 집으로 돌아왔다. 고기가 잡히지 않으니 몇 개월째 실직 상태였다. 고기잡이를 떠나지 못한 배들은 몸을 비비고 선창가에 묶여 있었다. 바닷물이 기온 상승으로 잘 잡히던 고기들이 북상했기 때문이다. 인간의 무분별한 개발로 지구의 온도가 상승하여 바닷물에까지 영향을 미치고 있었다. 태수는 객지를 떠돌다 묵호항에 정착한 후 삼 년째 선원으로 일을 해 왔다. (「눈물의 웨딩드레스」)

박동혁은 나이 일흔 중반이 되자 얼굴에는 광대뼈가 튀어나오고 젊었을 때 번쩍이던 두 눈은 생기를 잃었다. 칡넝쿨 같은 주름이 얼굴을 덮었으며 한때 패기에 넘쳤던 젊음은 사라지고 눈이 침침하고 기력도 약해졌다. 가뜩이나 비쩍 마른 몸에 허리는 구부정하고 배가 앞으로 불룩 튀어나와 백구십 센티의 키가 이 센티나 줄어들었다. (「서울의 달」)

　오늘도 소라 할머니는 아들 내외가 출근하고 난 후 버스 정류장으로 출근했다. 의자에 앉아 무료한 듯 흘러가는 구름을 바라보기도 하고 땅 밑을 살펴보며 오늘은 개미가 무엇을 물고 가는지 관찰하기도 했다. 무료한 시간을 달래기에는 안성맞춤이었다. 어떤 날은 자기 몸보다 더 큰 벌레를 물고 가는 개미를 보며 감탄사를 연발했다. 열심히 일하는 개미를 보며 소라 할머니도 바쁘게 일하던 고향을 떠올려보았다. (「마지막 버스」)

김학섭
1960년 한국일보 신춘문예 소설 「어머니」 당선. 소설집 『달집 태우기』, 『지붕 없는 방』 외.

탈피 외 | 김현삼

명창의 아귀성은 지하 연습실을 뒤흔들었다. 제자들의 소리보다 더 깊고 곰삭은 소리다. 그 소리에는 명창의 그리움이 매달려서 밀려 내달리다가 끌려서 진득거리다가 독처에 갇힌 몸이 되어 몸부림쳤다.

"내가 만일에 임을 못 보고 옥중 원귀가 되거드면, 무덤 근처 있난 돌은 망부석이 될 것이요…, 아이고 답답 내 일이야. 이를 장차 어쩔거나…"

끝예는 입을 달싹거리면서 따라 하다가 끝내 눈물을 훔쳤다. 소리가 어느새 끝예의 답답함을 품고 옥죄었다. 명창도 소리하다 말고 북을 끌어안고 엎드려 있다. 등이 들썩거린다. 끝예는 명창의 등을 쓸어 줄 엄두를 못 내다가 시간이 흘러서야 입을 뗐다.

"사람을 키운다는 것이 임병지랄 같은 것이네. 시간이 늦었응께 주무시지라!" (「탈피」)

"혹시, 달팽이 속을 걷는 상상을 해본 적 있으세요?"

엉뚱한 질문이었다. 커다란 동굴 입구에 들어서면 점점 좁아지는 길을 따라 걷다가 마지막에는 막다른 곳에 다다를 것 같았다. 하필 달팽이 속을 걷는 상상인가 싶었다.

"오빤 달팽이 속을 걷다가 꼬리에 다리가 끼고 말았어요." 나는 웃었다.

"더는 나아갈 수 없는데 뒤에서는 비키라고 난리래요. 비킬 곳이 없는데도 뒤에선 정신없이 밀고 소리치고…, 그래서 다리가 끼었어요."

"오빠의 상상입니까?"

"오빠 소설을 써요. 계속 더 나쁜 상황에 빠지는 주인공의 상황을 〈달팽이의 꼬리〉로 쓰고는 툭하면 자기 다리 좀 찾아 달라죠."

"실제 그런단 말이에요?"

"주인공이 사회 부적응자여서 계속 더 나쁜 상황에 빠져요. 그런데 그게 오빠 일이에요. 멀쩡한 다리를 두고 잘린 다리를 내놓으라고 야단이죠." (「달팽이의 꼬리」)

모선이 띠배를 이끌고 난 바다로 나갔을 때였다. 할아버지는 모선의 고물에 앉아 있다가 띠배를 묶고 있는 줄을 끊어야 하는 장면에서 도끼를 들었다. 늘 그랬듯이 밧줄만 풀어도 되고 낫으로 잘라도 되는데, 할아버지는 모선과 띠배를 묶고 있는 줄을 도끼로 자를 계획 같았다. 밧줄은 팽팽했다. 주름살투성이의 할아버지는 그 밧줄을 노려보다가 도끼로 휘둘러 단번에 끊고 말았다. 인생과 사생결단을 내는 모습이었다. 한 번에 인연의 줄을 끊어야 하는 필연이 있는 것처럼, 눈을 부릅뜨고 이를 악문 채 팽팽히 당겨져 있는 줄을 도끼로 내리찍었다. 사진에 잡힌 모습은 떠나는 자와 남는 자의 여운이 더 극명하게 드러났다. 비스듬히 파고드는 햇빛에 펄럭이는 바지와 은비늘 같은 파도와 띠배 주변을 맴도는 오색기는 배경이었다. 그렇게 줄이 끊겨 바다에 남게 된 띠배는 역광에 휩싸여 있어서 그런지 더 애잔해 보였다. (「띠뱃놀이」)

김현삼

소설집 『달팽이의 꼬리』, 『디오게네스의 탱고』 등. 해양문학상, 등대문학상, 여수해양문학상 등. 한국문인협회, 한국소설가협회, 국제펜한국본부 회원.

엽흔 | 김현진

－"낯선 자연 속의 여행이 얼마나 가슴 설레는 일인지, 경험해 보지 못한 사람은 잘 모를 거야! '있게 한 세계'에서 '있어 온 세계'로의 준비 없는 길 떠남, 그것이 바로 내가 하는 여행이거든. 도회의 가로수나 공원의 꽃들은 그곳에 '있게 한 세계'이지만, 산비탈의 나무나 길섶의 풀들은 그곳에 '있어 온 세계'야. 멜빵 달린 주머니에 아이를 담고 젖병 꼭지를 물린 엄마의 모습은 '있게 한 세계'요, 낮잠 자는 엄마의 앙가슴을 헤치며 젖을 빠는 아가의 모습은 '있어 온 세계'이지. 어떤 비단 이불도 풀냄새 머금은 봄 언덕의 산들바람만큼 부드러울 수 없고, 아무리 좋은 향수라 해도 초여름 숲속에 숨어 핀 들꽃 향기보다 더 감미로울 수 없어. 또 이 세상 어떤 보석이 이른 아침 꽃술에 맺힌 이슬만큼 영롱할 수 있을 것이며, 화가의 그림이 제아무리 아름답다 한들 어찌 시골 숫눈길만큼 순수하고 이름다울 수 있겠어? 이처럼 아름다운 '있어 온 세계'는 늘 우리 가까이 있고, 맘만 먹으면 언제든지 떠날 수 있지. 심지어 몸은 침대 속이나 창가에 그대로 놔두고 마음만 살짝 떠났다 올 수 있는 여행이 '있어 온 세계'로의 여행이지."

찬진이의 말에 랑은 갑자기 사방이 들풀 냄새로 가득 차고 시냇물의 속삭임이 귓밥을 간질이며 들려오는 듯했다. 자신도 모르게 두 눈이 사르르 감기어졌다. 찬진이가 한 손으로 턱을 괸 채 다른 한 손으로 포도주잔을 만지작거리며 다시 입을 열었다.

"도투락 곱게 땋은 소꿉친구를 떠올리게 하는 곳도, 강낭콩 꽃잎만큼 서럽게 살다 떠난 사람들을 생각나게 하는 곳도, 다 영혼이 순수해질 수 있는 '있어 온 세계' 속에서이지. 해거름 녘 산속 호숫가에 앉아

서 미늘창 같은 산 그림자에 찔려 내지르는 호수의 아픈 신음 소리를 듣고 있을 때나, 밤새 안개비를 호흡으로 들이마신 숲들이 이른 아침에 피워내는 골안개 속에 우두커니 서 있을 때, 아지랑이 아련한 밭두렁에 팔베개하고 누워서 나풀거리는 나비들의 날갯짓을 무심히 바라보고 있을 때, 우리는 순수와 진실에 가장 가깝게 다가갈 수 있어. 이렇게 순수와 진실과의 만남에 익숙해지고 나면 곧 '있어 온 세계'가 얼마나 위대한 스승인가를 깨닫게 되고, 그럴 때마다 우리의 영혼은 조약돌처럼 조금씩 조금씩 다듬어져 가. 삶에 있어 순수보다 아름답고 진실보다 더 큰 가치가 어디 있겠어? 순수와 진실 속에서의 영혼은 물에 뜬 오리처럼 자유로워져. 그렇게 다듬어진 영혼은 양심이라는 거울이 되어 우리의 모든 행동을 지배하게 되는데, 거기까지 승화되지 못한 순수와 진실은 아무런 가치가 없어. 대부분의 위선이 그렇게 승화되지 못한 순수와 진실이거든! 하지만 그렇게 승화된 양심일지라도 조금만 게을리 다스리면 청동거울처럼 녹이 슬어버리기 때문에 끊임없이 갈고 닦아야만 해. 그래야 항상 살아서 반짝반짝 빛나게 되고, 그런 양심만이 진실을 만났을 때 공명진동을 일으켜 행동으로 나타나게 되니까! 양심을 늘 살아 있게 하는 일은 우리 영혼을 끊임없이 순수와 진실 곁으로 다가가게 하는 일이고, 그 길이 바로 '있어 온 세계'로의 여행이지!" (『엽혼葉痕』 제1부)

김현진
경남 산청 단계 출생. 장편소설 『비탈길에서 만난 사람들』, 『엽혼』(1.2), 『모시등불』(1.2) 외. 한국소설가협회, 한국문인협회 이사 역임.

하루꼬 | 김호진

'온 세상이 잠든 밤, 당신은 대양 한복판에서 고기잡이를 한 적 있는가. 바람은 자고, 파도소리도 바닷새 우는 소리도 들리지 않는, 숨을 쉬는 것조차 두려운 밤에 말이다. 달은 있고 별은 없거나, 혹은 은하수만 불꽃처럼 쏟아지거나, 어쩜 깜깜한 밤일 수도 있겠지.

내가 그런 밤에 무슨 음성을 듣고 전율한 것은 무엇 때문일까. 나는 그때 들은 말을 정확히 기억 못한다. 신이 말했는지 바다가 말했는지도 분간 못한다. 그러나 그때 내가 고개 숙여 기도한 것은 확실하다.

내가 바다로 가는 것은 참치 잡이를 위해서지만 그게 전부는 아니다. 사실은 먼 바다의 신비한 소리에 홀렸기 때문인지 모른다.

『모비 딕』의 에이해브 선장이 고래에 미친 사람이라면 나는 참치에 미친 사람이다. 아니다. 나는 참치와 사랑에 빠졌다고 말해야 옳다.

고독이 흐르는 바다에서 참치 떼를 만나면 친구를 만난 듯이 반갑다. 크고 멋진 놈을 만날 때는 경외심도 느낀다. 정말이지 나는 녀석들을 낚기 싫고 낚는 게 옳지 않다고 생각한다. 그런데도 낚고 있다. 이번 뱃길에서도 2000톤의 참치를 잡았다. 어부니까.

태초에 말씀이 있었고 모든 것이 신에 의해 만들어 졌다고 했다. 만들어진 것 중에 의무가 주어지지 않은 것은 없었다. 암컷은 새끼를 낳게 했고, 밀알은 썩어서 싹을 틔게 했고, 강과 바다는 물고기를 기르게 했고, 어부는 고기를 잡게 했다.

어부가 참치를 잡고 사람들이 맛있게 먹는 것은 자연의 질서 아닌가. 나는 이 질서에 순응했을 따름이다.

어부는 신성하다.

사도 베드로도 어부였고 안드레도 어부였다. 야고보와 요한도 한가
지로 어부였다.

그분이 말씀하시되, '내가 너희로 사람을 낚는 어부가 되게 하리라
하시니' 그들이 따랐듯이 나도 마음은 그러하다.

일몰의 바다에 고요가 내린다.

기도할 시간이 되었나 보다.'

김호진

고려대 명예교수, 전 노동부 장관. 창작집 『문경의 새벽』. 한국문협서울시문학
상, 강북문협문학상 수상.

선善만 존재하는 결과를 보려는 극단적인 생각보다는 선쪽으로 변화시키려는 노력을 중요하게 여기게. 악惡을 없애버리고 선만 두겠다고 생각하면 투쟁이 생겨. 악은 선을 있게 하는 연동작용이니까 악을 없애려고 하지 말고 발전하지 못하도록 하게.

그러고 보면 관계란 그것이 지니는 의미보다는 훨씬 더 허망한 것인지도 모른다. 부부관계나, 부모와 자식 간의 관계, 형제간의 관계는 절대적인 의미를 지니고 있지만 그 의미만큼 절대적으로 결속돼 있는 경우는 거의 없다.

우주 자체는 진리 그것이므로 침묵만을 지킬 뿐 입을 뗄 수가 없어. 그러므로 우리가 살아가는 하루하루의 생활이란 우주의 모습을 현실 속에 표현시키는 것과 같은 것이네. 이렇게 우리는 우주 속에 싸이면서 그 속에 그림자를 드리우는 반면, 또 우주를 감싸면서 침묵하고 있는 진리를 표출시켜 내는 역할을 동시에 하고 있지. 그러므로 우린 진리의 세계를 장엄하는 본분도 자연히 가지게 되는 것일세. 이것이 바로 우리의 세계관이며 또한 인생관이 되어야 함은 말할 필요도 없지.

채련은 푸른 호수를 바라보며 오래도록 앉아 있었다. 물속에 잠긴 그림자도 그녀와 같은 모습으로 자신을 바라보고 있었다. 나의 실체는 어느 것인가? 물 위에 앉아 있는 이것인가? 물 속에 잠긴 저것인가? 실체는 분명하지 않는데 고통은 왜 이리 분명한가. 존재 자체가 바로 고

통이라면 존재하고자 하는 욕망은 또 무엇인가?

"한 자루의 초가 다른 초에 불을 붙이고 몇천 자루의 초가 한 자루의 초로 타듯이, 하나의 마음은 다른 마음에 불을 붙이고 몇천의 마음도 하나의 마음으로 탄다는 노교수의 말씀을 들었을 때 그 말이 무척 아름답게 느껴져서 조금 울었습니다."

"…"

"삶의 진정한 아름다움은 타인의 마음에 불을 붙이고 그 마음을 타게 하는 게 아닐까요?"

"그렇겠지. 상직자나 철학자 아름답게 살다 간 사람들의 삶이 오래도록 칭송되는 것은 그래서이겠지."

조화, 아름다움의 극치는 바로 조화이리라. 서로 다른 것이 한 덩어리로 엉켜 하나가 되었을 때, 그러면서도 하나가 아니라 서로 다른 모습을 간직하고 있을 때, 다름이 다름이 아니고 일체가 일체가 아닌 상태, 그것이 바로 조화일 것이다.

사람들은 청년기를 그리워 하지만 그 세월을 되돌려 주고 다시 한 번 살라고 한다면 아마 대부분의 사람은 머리를 흔들고 사양할 것이다. 그때는 혼돈의 시기이므로 어쩔 수 없이 시행착오를 저지르게 되고 시행착오로 받았던 상처는 암울한 기억으로 가슴속에 남아있게 마련이다.

채련도 청춘이라는 짧지 않은 터널을 지나면서 수많은 상처를 받았고 상처를 받을 때마다 누군가 자신의 손을 잡아주기를 간절히 기다렸다. 채련은 그때의 목말랐던 기억을 회상하며 진심으로 동화한테 힘이 돼 주고 싶었다.

남지심

소설가. 이화여대 졸업. 대표작 『솔바람 물결소리』, 『연꽃을 피운 돌』, 『우담바라』(전4권), 『인간은 죽지 않는다』(전3권) 등.

물의 귀환 | 류 담

햇빛을 듬뿍 받은 석류나무가 다가온다. 흰 햇살과 신 알갱이가 튀어든다. 말간 타액이 괸다. 시큼한 침이 지난날을 당긴다. 청년이 손에 든 과일을 힘주어 쪼갠다. 꽉 찬 알갱이가 희끄무레하다. 둘의 눈이 휘둥그러진다. 선혈처럼 붉어야 할 속살이 간데없다.

"뭐가 이래?"

그가 맥 빠진 시늉으로 시르죽은 과육을 바라본다. 땅을 얼리던 냉기가 빛나던 선홍을 지웠다. 후딱 스친 환영이 그렇듯 덧없다. 청년이 아쉽게 입을 다신다. 목을 태울 그의 갈증이 내게 얹힌다. 미련을 못 버린 그가 풀기 잃은 알갱이를 떼어 씹는다. 그의 미간이 좁혀든다. 행여나 했지만 역시 마찬가지다. 새뜻한 맛까지 색깔 따라 스러졌다.

"밍밍해. 못 먹겠어."

갈라진 석류 쪽이 포물선을 그린다. 저만치 떨어진 풀숲에서 툭 소리가 난다.

"한 개 더 남았어."

내게 던진 말일 텐데 스스로 다독이는 것처럼 들린다.

"이번 건 괜찮기를!"

주문처럼 뇌며 칼집을 긋고 두 손에 힘을 준다. 다섯의 뼈가 줄줄이 일어선다. 움푹 팬 곬이 고집스럽고 진지하다. 번 틈에서 알갱이 몇이 후드득 떨어진다.

"히야!"

둘의 소리가 하나로 섞인다. 빼곡히 박힌 진홍 보석이 제 빛을 드러낸다. 청년이 쪼갠 반쪽을 내게 내민다. 큰 쪽을 건네던 사촌이 앞에

있다. 티 없이 고운 알갱이가 루비보다 찬란하다. 지속되는 시간이 짧은 것만 빼면 값비싼 돌보다 탁월하다. 보기도 아까운 다홍이 투명한 햇살을 담는다. 나를 비우겠다던, 모처럼의 결심이 후루룩 날아가려 한다. 단단한 껍질에 싸인 순결한 속살이 볼수록 매혹적이다. 나를 지켜줄 억센 힘이 그립다. 채워진 적 없는 갈망이 너울처럼 까분다. 하염없이 내린 볕이 횅한 벌판을 덮는다.

순간을 조심해. 잠깐 견디면 지나가. 그림자로 따라온 수가 넌지시 찌른다. 나도 모르게 받아든 반쪽을 도로 건넨다. 왜? 말없이 묻는 눈에 대고 도리질한다. 청년의 표정이 알 듯 모를 듯 펴진 것 같다.

남의 몫을 축내지 않았다는 만족감이 흐릿하게 번진다. 먹지 않고 비워서 묵은 찌꺼기를 태운다는 라마단이다. 견딘 만큼 가벼워질 나를 그린다. 끄트머리를 드러낸 식탐이 아직 미적거린다. 나는 손에 남은 알갱이 서넛을 가만히 움킨다.

청년이 석류 알을 이빨로 훑는다 한 움큼 모은 알갱이를 몽땅 털어넣던 사촌이 앞에 있다. 지질리게 신맛이 입안에 퍼진다. 나는 찡그리며 괸 침을 삼킨다. 헛헛증이 덜한 건가. 더한 건가. 눈을 먼 데 둔다. 눈시울 안쪽에 말간 진홍이 어리댄다.

류담

연세대 졸업. 계간 21세기 문학 신인상 「새 기르는 남자」, 소설집 『샤허의 아침』, 『야만의 여름』, 『소심한, 너무나 소심한』. 장편소설 『헤이 맘보 잠보』, 『물의 귀환』, 『그대 그림자 되어』(우수출판콘텐츠 선정). 문예바다 소설상 수상.

살아야 할 이유 | 류재순

　머칠의 폭우에 잔뜩 사나워진 강물은 그가 몇 발자국 들여놓기 바쁘게 허리를 치며 힘없이 몸을 맡기는 그녀를 넘어뜨렸다. 물갈기에 말려들어가는 그녀는 추후의 미련도 없었다. 오히려 온몸이 알 수 없는 무아지경의 격정에 붕 떠 있었다. 그는 물을 삼키며 자신의 곁을 떠난 저 세상의 아들을 보았고 남편을 보았다. 그들의 세계로 가는 길임에 그는 안온하였고 갈망과 기대로 조급해졌다.

　바로 이때였다 조그마한 물체 하나가 물을 삼키고 있는 그의 얼굴을 할퀴었다. 눈을 번쩍 뜬 그녀의 눈앞엔 자그마한 강아지 한 마리가 물결 속에서 안간힘을 쓰며 헤엄치고 있었다. 물속에서도 그녀를 바라보는 강아지의 눈빛은 엄마를 찾는 어린 아기의 처절한 눈빛이었다. 강아지는 살겠다고 깽깽거렸다. 그녀는 무의식적으로 강아지를 끌어당겼다. 그리곤 자기도 모르게 안간힘을 다 써 강아지를 품에 안고 물을 토하며 강가로 간신히 걸어 나와 풀숲에 훌러덩 누워 버렸다.
　세상의 모든 것이 멈추어 버린 것 같았다. 얼마가 지났을까? 몸이 부들부들 떨렸다. 그녀는 간신히 눈을 뜨고 눈앞에 놓인 작은 물체를 바라보았다. 물에 푹 젖어 착 달라붙은 털 때문에 역시 가느다란 알몸뚱이가 된 강아지의 얇은 뱃가죽이 팔딱팔딱 할딱이고 있었다. 조금 있더니 강아지는 몸을 일으켜 그의 몸으로 파고들었다. 연약한 생명체가 희미한 숨결을 고르며 그에게 다가왔다. 그녀의 눈에서 가느다란 눈물이 흘렀다. 어린 강아지는 그녀의 눈빛을 느끼자 혓바닥으로 그녀의 얼굴을 싹싹 핥아 주고 있었다. 먼 옛날 어린 아들이 젖을 달라고

엄마 품을 파고 들던 기억이 아리송하게 떠올랐다. 방금 강가에 버렸던 만두 바구니가 눈에 띄었다. 그리고 그 옆에 만두 하나가 떨어져 있었다. 긴 팔을 내밀어 만두를 주웠다. 어둠 속에서 파란 불이 켜진 강아지 눈이 재빨리 만두를 겨냥하고 있었다. 그래 먹어라, 살아야지. 강아지는 그녀의 손바닥에 있는 만두를 냉큼 삼켰다. 그리고 다시 그녀의 품으로 파고들었다. 그녀는 비칠거리며 강아지를 바구니에 담고 일어섰다.

얼마가 지났을까, 동네 사람들은 "칡나무 댁"이 얼룩 강아지 한 마리를 늘 품에 안고 다니는 걸 보았다. 비가 오는 날이면 그 강아지도 그 여자의 우산 아래서 꼭 동반하고 있었다.

류재순
한국문인협회회원, 한국공무원문협 부회장. 중단편소설집, 산문집 다수 출간, 동포문학 소설 대상, 해외문학상 등 수상. 한국문예평론협의회 제42회 특별문학예술인으로 선정.

장다리꽃 외 | 문선희

나는 사랑함으로써 죽음을 이기고 싶었다. 미움을 버림으로써 얻어지는 것이 무엇인지 체험하고 싶다. 내가 사람이니까, 사람이라면 이런 희망쯤은 품고 살아야 당연하다. 그렇게 내 운명에 길들여지는 것도 괜찮다고 생각한다. 그건 어쩌면 내 나름의 살아가는 방법이었을 것이다. (「긴 복도가 있는 미술관」)

대자연은 여전히 광풍 같은 코로나19의 영향을 전혀 받지 않는다. 수선화는 지고, 밤꽃이 피어났다. 어머님의 유품도 2층에서 봄꽃처럼 화사하게 부활했다. 서주희는 반닫이에서 망자의 노랑저고리와 다홍치마를 꺼내, 바람이 잘 통하는 2층 베란다에서 말렸다. 망자와 외아들의 회한은 환한 빛 아래 쪼그라든 채, 우아한 바람 한 줄기의 등에 올라타고서 저 아득하게 먼 우주에서 흔적조차 없이 사라져 버릴 것이다. (「바람, 바람, 코로나19」)

삶이란 아무도 돌봐 주지 않아도 제 나름의 모양과 빛깔을 가지고 소박하고 수수하게 피어나는 장다리꽃과 같은 것이다. 장다리꽃에서 씨앗은 영글어가고, 씨앗은 생명의 존엄성을 퍼트린다. 씨앗은 존재의 중심부이며 생명의 진실이다. (『장다리꽃』)

옥합을 깨트렸던 여자가 지금 속살거리고 있습니다. 기적이 일어났대요, 그 가정에요. 향유를 아낌없이 썼더니, 바닥이 보였던 동글납작한 옥합이었는데, 아! 글쎄, 자고 일어나 보니 어느새 합의 입구까지

찰랑거릴 정도로 다시 향유로 가득 채워져 있었답니다. 그 여자는 이
상하기도 해서 또다시 몽땅 써버렸대요. 하지만 다음 날에도 향유는
다시 차 있었답니다. 마르지 않는 샘물처럼, 향기로운 장미 기름이 고
작은 옥합에서 계속해서 솟아나더라는 것입니다. 그 비결을 여자가 말
하고 있습니다. 옥합 속에 든 장미 기름은 바로 사랑이었다고 알려줍
니다. (『사랑이 깨우기 전에 흔들지 마라』)

문선희
동아일보 신춘문예 동화, 『문예사조』 소설 신인상. 소설집 『바람, 바람, 코로나
19』, 동화 『나의 분홍 삼순이』, 영문판 『Radish Flower』 외 26권. 제1회 울산문학
상 등.

강의 문서 외 | 박규현

산 정상에서 물가로 하강하던 직박구리 하루를 접는 어둠의 능선으로 침몰하네. 어둠의 혼 가냘픈 영혼이여. 강가에 머물러 있을 때 숲을 노래하라. 참나무와 다복솔 그리고 청설모, 망명해 있었던 것들에게 상형문자 한 줄 남기네. 강물을 차고 오르는 새 떼들 하류로 나네. 비록 작은 날갯짓에 불과하더라도 하류에 당도할 수 있으리. 날개 품에 있었던 옛날이여, 오늘은 어머니와 함께 비상하는 날. 상류를 지나니 중류. 중류를 지나 하류에서 착륙할 지점을 찾고 있는 중. 한 세대가 사뿐히 내려앉네. 방황의 계절. 씻길 대로 씻겨 뼈대만 남은 바위. 천둥소리 듣지 못하고 눈으로 보기만 하네. 종점 부근 가쁜 숨결 턱에 걸려 길 앞에서 멈칫거리네. 익을 대로 익어 슬픈 연대. 돌아올 수 없는 강. 내 작은 영혼 낙엽이 지는 강가 험한 협곡으로 가랑잎 되어 흩날리네. 우리 다시는 재생할 수 없으리. 햇볕 질긴 이 생생한 가을날 나는 다시 부르리라. 흔들리는 잎새들의 희미한 기억을. 강을 에워싼 초목들의 함성 건실한 축제의 노래이니 열리는 문으로 들어가 당당하게 착륙을 서두르자. 내가 걸어온 길 비포장도로 자욱한 먼지여. 덜컹거리는 귓속의 이명을 이제 하류에 묻으려 하노니. 수상 조끼를 입고 돛을 잡은 양손에 체중을 싣네. (『강의 문서』)

높은 상공 뿌연 공간. 비행은 멈추지 않았어. 하강만 하지 상승은 불가야. 속도감은 지나간 기억 속에 있었어. 온 세상이 안개였어. 하강하면서 조금씩 안개가 걷히더군. 연료가 문제였지. 연료 잔량이 비행 시간을 결정했어. 자꾸만 계기판을 쳐다보게 되더군. 그것은 수직 비

행의 기본 원리야. 아, 연료를 아꼈어야 하는데. 후회는 새로운 세계로
의 진입이었어. 그때부터 잔잔한 호수가 가슴에 들어왔었으니까. 대로
를 찾아 걸어왔는데 오솔길이 좋아진 것도 그때부터였지. 오솔길을 걸
으면 새소리가 들렸어. 서녁 하늘에 번지는 노을이 병원 창유리에 펼
쳐졌어. 그때 참 빠르게 하강하고 있더군. 가속이 붙을수록 소음이 커
졌어. 쓰리엠 귀마개로 귓구멍을 막았지. 관제탑이 보인 것은 어느 흐
린 날 오후였어. 하강 속도가 빨라지면서 귓속이 먹먹하더군. 참 슬픈
날들이었지. 나의 계절은. 지상이 가까워지면서 돌멩이가 널브러진 바
닥이 보였어. 조금 겁이 나더군. 파편처럼 튀는 육신. 분수처럼 치솟는
피. 안 돼, 안 돼! 살아야 해! 번쩍 눈을 떴어. 두 주먹을 움켜쥔 채. (「미
네르바의 올빼미는 밤에 난다」)

박규현
명지대 사회교육대학원 석사. 계간『문학과비평』단편소설『벼랑 위의 집』당선,
1991년 경인일보 신춘문예 단편소설『벽에 대한 노트 혹은 절망 연습』당선. 소
설집 4권, 장편소설 3권, 장편융합소설 1권. 제18회 한국문학백년상 수상.

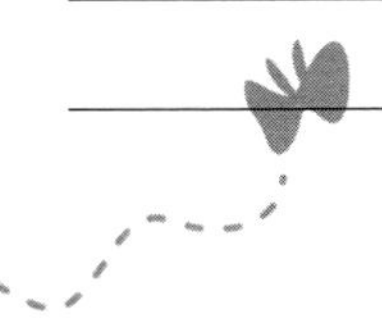

17.5페이지 외 | 박서영

민재가 황톳물에 바짓가랑이를 적시며 황급히 도망치고 있을 때, 칠흑 같은 어둠속 원두막 안에서 민재를 다급히 불렀다. 민재야. 민재야. 야. 나쁜 새끼야. 당장 돌아와. 나는 비명처럼 민재를 부르다가 포기해 버렸다. 이미 어떤 소리도 들리지 않을 만큼 민재는 멀어졌기 때문이다. 비가 퍼붓는 어둠속 원두막 안에는 놈과 나 둘만이 남았고 둘 사이에는 팽팽한 긴장감이 감돌고 있었다. 원두막에 들어서서 놈을 발견하는 순간 나는 뼈를 에워싸고 있던 살점들이 모조리 분해되는 것 같은 두려움과 절망감을 느꼈다. 기둥에 등을 붙이고 비스듬히 앉아 있던 놈이 슬로우 모션으로 몸을 일으키더니 나이프를 들었다. 놈은 마대바닥에 나이프를 꽂더니 앞으로 잡아당겼다. 두둑두둑 마대가 찢어지는 소리는 진저리가 처질만큼 소름이 돋았다. (「17.5페이지」)

머리맡에서 부르르 떨리는 핸드폰을 집어 들었다. 매끄러운 금속성 차가운 촉감이 손끝으로 전해졌다. 꼬박 삼일 째, 꼿꼿이 앉아 밤을 새운 동공에는 핏발이 서 있었다. 한쪽 눈이 감긴 채 나머지 한쪽 눈을 간신히 열었다. 오늘 아빠 발인이에요. 기억하시죠? 딱 삼일이에요.

유리창이 벌겋게 달아오르고 있었다. 초저녁부터 시작한 비는 처음에는 자박자박, 세 살배기 어린아이 발자국 소리 같더니만 아침을 준비하는 지금은 어수선한 생활의 소음과 뒤섞인 수많은 군중이 저벅거리며 내닫는 소리로 변해 있다. 난데없는 일방적인 통보는 쇠붙이가 속살에 닿았던 기억보다 더한 냉기를 띠었다. 그 오싹한 목소리. 발인. 기억. 삼일. 그 세 개의 단어를 낮고 건조하게 내뱉던 그녀는 오늘이

발인인 것을 기억하고 있느냐고 묻는 것인지, 삼일 간의 말미를 준 것을 기억하고 있느냐고 묻는 것인지는 말하지 않았다. 그녀가 게워 내놓은 조각난 파편들의 진의를 파악하지 못한 채 전화는 그만 끊어졌다. 목소리 주인이 누구라는 것을 알아차린 것만으로도 일시에 신경이 오그라들었다. 커튼을 열어젖히자 어슴푸레한 그물에 둘둘 말린 창밖에는 빗소리만 철떡거렸다. 삼일이에요. 여전히 길을 못 찾고 윙윙대는 비수 같은 주문들이 환청처럼 들어와 귀에 박혔다. 목소리 주인은 병원 냉동실에 드러누운 양춘식 분신 난정이였다. (「모래 위의 정원」)

고막을 째는 총소리였다. 하늘이 내려앉는 듯 엄청난 파열음이 지축을 뒤흔들었다. 방금 전까지 마주 앉아 이야기를 나누던 작은아들이 내 눈앞에서 나무토막처럼 쓰러졌다. 뒤이어 또다시 총성이 울렸다. 작은며느리가 허연 눈동자를 뒤집으며 거실바닥에 코를 박았다. 두 사람 가슴에서는 붉은 선혈이 옷자락을 빠져나와 주변을 벌겋게 물들였다. 지금 일어나고 있는 이 엄청난 일이 꿈인지 생시인지 가늠하기조차 어려웠다. 생지옥에서 장승처럼 뻗치고 서있는 짐승의 손에는 아직도 공기총이 들려있다. 서슬 퍼런 눈에는 광기가 번득이고 있었고. 금방이라도 탄내 나는 총구멍을 내 가슴으로 들이 댈 것 같았다. (「야바위꾼」)

박서영
『문학세계』 등단. 동서문학상, 근로자 문학상, 미래엣세이 문학상, 스토리 문학상 수상. 한국문인협회원. 강동문인협회 사무차장. 저서 『욕망의 혀』.

덤으로 사는 무게 | 박정수

나는 그저 덤으로 사는 인생이라오. 태평양 전쟁의 포화 속에서 유년 시절을 보냈고, 피난길에 오른 6·25 전쟁은 내 삶의 지울 수 없는 흉터가 되었소. 그리고 4·19 혁명의 거리에서 뜨거운 함성 속에 앞장섰던 젊음은 정의를 향한 갈망으로 타올랐지.

그러나 삶은 나를 다시 전쟁터로 내몰았소. 월남의 정글 속에서 수없이 죽을 고비를 넘기며, 나는 매 순간이 '덤'이라는 것을 뼈저리게 느꼈소. 스쳐 지나간 총알, 폭발음 속에서 간신히 살아남은 나날들은 그 자체로 기적이었지. 마치 나에게 주어진 삶은 원래 없었던 것처럼, 그저 덤으로 얻은 선물 같았다오.

나이 여든다섯, 삶의 굽이굽이를 돌아 여기까지 왔다. 허나 그 발자국마다 스며 있는 고엽제의 그림자는 쉬이 지워지지 않는구나. 푸르렀던 청춘, 조국의 부름에 기꺼이 몸 던졌던 월남의 정글은 뜨거운 피와 땀으로 얼룩진 기억으로 남아 있다.

그곳에서 마주했던 고엽제는 눈에 보이지 않는 칼날이 되어 내 몸과 마음을 갈가리 찢어 놓았다. 귀국선을 탔을 때, 나는 영웅이 아니었다. 다만 고통을 짊어진 병사였을 뿐. 처음엔 미미했던 증상들이 시간이 흐를수록 거대한 파도처럼 밀려왔고, 내 삶은 예측할 수 없는 고통의 바다를 항해해야 했다.

밤이면 찾아드는 환영과 악몽은 정글의 습한 기운처럼 나를 짓눌렀고, 온몸을 휘감는 통증은 시도 때도 없이 나를 잠식했다. 사랑하는 이들의 걱정 어린 눈빛은 비수가 되어 가슴에 박혔고, 스스로의 나약함에 절망하기도 했다. 세상은 나의 아픔을 온전히 이해하지 못했고, 나

는 고독한 섬처럼 홀로 떠다녔다.

하지만 이 '덤'이라는 삶은 결코 가볍지 않소. 오히려 더 무겁고, 더 깊은 책임감을 지니고 있지. 남들보다 한 번 더 살아남았다는 것, 다시 한 번 숨 쉴 기회를 얻었다는 것은 그만큼의 이유와 의미를 찾아야 한 다는 숙제로 다가왔소. 덤으로 얻은 삶이기에, 나는 더욱 치열하게 살 았고, 더욱 간절하게 순간들을 붙잡았소.

내 어깨에 짊어진 삶의 무게는 덤으로 사는 자의 고뇌이자 특권이 라오. 언제 끝날지 모르는 이 '덤'의 여정 속에서, 나는 오늘도 살아있 음을 감사하며, 내게 주어진 시간의 의미를 되새기고 있소. 이 삶이 덤 이기에, 나는 더욱 살아있음을 증명하며 살아가려 한다오.

내

하지만 나는 결코 좌절하지 않았다. 쓰러질지언정 무너지지 않았 다. 내게는 꺾이지 않는 생명의 의지가 있었고, 묵묵히 나를 지켜준 가 족들의 사랑이 있었다. 그 사랑은 고통 속에서도 빛을 발하며 나를 일 으켜 세웠다.

고엽제가 남긴 상흔은 내 몸에 새겨진 훈장과도 같다. 비록 아픔으 로 점철된 세월이었지만, 그 속에서 나는 인내를 배웠고, 삶의 소중함 을 깨달았다. 이제 여든다섯의 노병은 오늘도 덤으로 사는 무게에 감 사하며, 남은 생을 의연하게 살아내려 한다.

박정수
(전)한국문인협회 이사, (전)한국소설가협회 기획실장. (현)마포문인협회 고문.

"작품 제목을 [Black]이라 한 이유를 물어도 되는 건가요?"

"색깔을 흑백으로 한정하여 이미지를 형상화했기에 붙인 제목입니다. 제목에서 스토리를 연상할 필요는 없습니다. 그림은 이미지만 전합니다. 그림을 그리다보면 몰입하게 됩니다. 몰입 상태에서 저는 이런 생각을 했습니다."

리반이 말을 곧바로 잇지 않고 한 뜸을 쉬자 세 사람이 그에게 집중한다. 강의할 때 주의를 집중시키기 위해 하던 습관이 나온 것이다.

"세상은 빛 가운데 아름답지만, 사람의 마음은 늘 어둠 속에 있습니다. 어두운 창고에 갇힌 나비를 빛의 세계로 건져내려고 손을 내밀면 나비는 잡히지 않으려 피하기만 합니다. 자기가 어둠에 있다는 것을 스스로 깨닫기 전까지는 말입니다. 마치 신과 인간의 숨바꼭질 같은 것이지요."

리반이 말할 때 황 목사는 검은 색조의 화폭 한 부분에서 감지되는 회색의 형상이 나비라는 것을 알아차리고 고개를 끄덕이며 말을 받는다.

"오! 나비 혼자서, 자기가 어두운 곳에 있다는 것을 스스로 깨닫는 것, 나비가 그것을 자각하기란 어려운 일입니다. 나비는 잡혀야 살 수 있는데……. 아! 그곳에 종교적인 구원救援이 있습니다. 리반 교수님의 메시지는 구원이군요!"

그 말에서 지혜를 찾아냈을까? 황 목사의 표정이 아이처럼 해맑아진다.

"맞아! 구원. 불교에서는 각覺이고, 해탈解脫이지요."

이번에는 조연재 의원이 말을 받는다.

"종교는 결국 한 길이 아니겠습니까? 정진해 가는 방법에서 궤를 달리할 뿐이지요!"

붓끝에 색을 묻히지 않았던 작품. 색이 없으나 색이 느껴지는 작품 두 점이다. 무채색의 두 작품은 나름의 색깔로 생명력을 얻어 나비로, 구원으로, 해탈로 신과 인간의 숨바꼭질을 드러내고 있다.

"운명! 신은 인간을 운명이라는 그물망에 가두었습니다. 그물망을 뚫고 새롭게 태어나는 일이 구원입니다. 구원은 스스로 싸워 깨달은 자의 전리품입니다."

빛으로 빚은 세상은 아름다운 에덴동산이었다. 그러나 세상을 빚은 존재의 의도대로 살지 못한 인간은 빛 이면에 숨어들어 어두운 존재가 되어버렸다. 절대자는 어둠에 갇힌 피조물들을 긍휼히 여겨 구원의 손을 내민다. 하지만 어둠의 꿀맛에 익숙해진 피조물들은 혀가 썩어가는 줄도 모르고 구원의 손길을 뿌리치고 피하려고만 한다. 그에게, 그 손에 잡혀야 살 수 있다는 깨달음, 그 깨달음은 익숙해진 생활방식이나 고정관념까지 넘어서야 만날 수 있는 피안의 세계에 있는 것이 아닐까. 의식 속에서 인성을 싹틔웠던 순수 에너지가 겹겹이 쌓인 표피를 뚫고 나가야 빛을 맞을 수 있을 것이다. 순수는 애초에 창조주가 심어 놓은 구원의 씨앗이 아닌가. (『해리』)

박종규

한국작가교수회 부회장. 장편소설 『주앙마잘』, 『파란비1, 2』, 『해리』, 『굿바이 파리』. 소설집 『그날』. 수필집 『꽃섬』, 『바다칸타타』. 역발상 문학행위예술 '북소리콘세트' 75회 시연 (2007.11~2024.12).

엄마 | 박충훈

소설은 거짓말이 아니다

소설이 거짓말에 빗대어지며 더럽혀지고 있다. 국어사전에 小說을 이렇게 정의한다. '작가가 경험하거나 구상한 사건 속의 진리와 인생의 美를 형상화하여 보여줌으로써 독자를 감동시키는 창조적 문학예술의 형태'라고 했다.

소설은 아무나 쓰지 못한다. 문학은 창작예술이기에 그러하다. 작금에 엉뚱한 사람들이 소설가도 아닌 사람들을 빗대어 '삼류 소설을 쓴다'며 소설을 거짓말에 비유한다. 소설은 三流가 없고 따라서 삼류 소설가도 없다.

'문형文衡'이란 문화의 저울대, 내지는 지성의 저울대란 뜻이다. 고시 합격하고, 정치 권력을 잡고, 돈을 많이 벌었다고 해도 아무나 문형을 쥐는 것은 아니다. 열 장관이 소설가 한 명만 못하다고 해도 과장된 말이 아니다.」

어느 동양학자의 말이다. 밥 먹고 똥 싼다고 모두 사람인가? 모든 동물은 먹고 싼다. 하지만 사람은 다르다. 사람은 가장 진보된 고등동물이며 지능이 높고, 두 발로 걷고, 말을 하고, 연모와 불을 사용하며 문화를 만들어내는 동물이 태초부터 사람이었다.

사람 사는 세상이 어찌 되려는 것인지, 사람을 아무렇지도 않게 살해하고, 인격과 인권을 무자비하게 짓밟는 인간이 점점 많아진다. 사람과 인간은 다르다. 사람이 인간이 되는 것은 때때로 순간적이다. 그

원인은 천성적인 거짓말에서 비롯된다.

거짓말에도 색깔이 있다. 누구나 어쩔 수 없이 하게 되는 선의의 하얀 거짓말. 천진한 아이들의 고스란히 드러나는 노란 거짓말. 허세에서 오는 파란 거짓말. 표정 하나 바꾸지 않고 하는 새빨간 거짓말. 자신을 속이고 남을 속이는 음흉한 새까만 거짓말이 있다.

말은 그 사람의 인격이다. 행위는 그 사람의 품격이다. 인격과 품격을 갖춘 사람을 '인품'이 있다고 말한다. 인품이 높은 사람. 인품이 좋은 사람. 이런 사람이 공자孔子가 말하는 군자君子가 아닐까 생각한다.

군자에 대비되는 말이 小人이다. 소인은 도량이 좁고 간한 사람을 이르는 말이다. 小人輩는 소인들의 무리를 말한다. 세상에 소인배들이 많아지면 사회가 어지럽다.

박충훈

1990년 『월간문학』 등단. 역사소설 『대왕세종』(전3권) 외 35권 저서 출간. 제37회 한국소설문학상 수상.

요꼬하마의 하얀 손수건 | 박혜숙

"이제는 사전을 인쇄를 해야 해. 하지만, 식민지하의 인쇄 기술은 형편없으니."

오성근은 요코하마의 복음 인쇄소 사장을 만나서 얇은 종이에 인쇄된 사전을 보며 깜짝 놀랐다. 일본의 인쇄 기술이 이렇게 발전할 줄이야. 일찍부터 발달된 우리나라의 인쇄술을 계승해오지 못해 안타까웠다. 그는 우리나라가 따라잡아야 할 거리. 그 거리는 얼마이고, 언제 이 장벽을 넘어 세계사에 우뚝 설 것인지 마음이 답답했다.

1923년 그는 한영사전을 인쇄하러 일본에 가 있었다. 9월 1일, 오성근이 44살이 되어서야 처음 경험한 지진은 실로 엄청난 것이었다. 아침부터 비가 오기 시작하더니, 점점 캄캄해지고, 바람은 심하게 불고 있었다. 우리나라에서 데리고 간 의주 학생은 출근도 안 했다. 중식 후 다시 일을 하고 있는데, 딴 사원들이 책상 위도 챙기지 않고 바쁘게 밖으로 나가 버렸다. 순간 2층 건물이 세게 흔들린다.

옷과 가방을 챙겨 허둥지둥 2층에서 내려가는데, 한 계단을 남겨 놓고 지붕 위에서 기왓장이 구부린 허리를 내리쳐서 비명을 지른다.

"선생님, 빨리 바닷가로 나가야 해요. 빨리요."

"허리를 다쳐서 못 걷겠어. 으윽!"

그때 나타난 의주 학생이 부축하며, 수보 앞을 지나간다.

"선생님 제 어깨에 기대세요. 앗! 허리에서 피가 많이 나요."

꿍음을 내며 인쇄소 건물이 무너진다. 그 때 나오지 않았으면 큰일 날 뻔 했다. 둘은 쇼난 해변을 향해 뛴다. 사방에서 지진의 파편들이 떨어진다. 사람들이 간 방향으로 쫓아갔다. 해변 쪽으로 가니 모두들

공포에 질려 띄엄띄엄 서 있었다. 얼마 후 의주 학생이 뛰어 왔다.

"선생님! 큰일 났습니다. 이 참혹한 지진이 일어난 동안, 불을 놓고, 우물에 독을 탄 게, 조선 사람이라고 헛소문이 나면서, 청년들이 죽창을 갖고 다니며, 조선인을 마구 죽인답니다."

"아니, 지진으로 죽은 사람만도 얼만데 또 죽여? 화재야 점심들 하다 갑자기 뛰어나갔으니까 당연히 불이 났을 테고. 우물에 독을 탔다는 것은 무슨 말이고?"

"말도 안 되는 소문이지만 지금 그걸 따질 겨를이 없습니다. 여기도 곧 그놈들이 들이닥칠 거예요."

요꼬하마 항구로 나왔지만 거기도 안전한 장소는 아니었다. 핏발이 선 우익 과격파들이 동양인을 몰아놓고 세수를 하라고 윽박지르고 있었다.

"잔인한 놈들! 조선인을 찾아내는 방법도 가지가지군."

"저래 가지고 어떻게 조선인을 찾아요?"

"응, 한국인은 세수하면 꼭 목을 씻고, 중국인은 얼굴만 씻거든. 목으로 손이 가는 순간 죽창이 날아오겠지. 요꼬하마 항구에 서양 기선이 있군. 저놈들을 피해 달려."

오성근과 의주 학생은 하얀 무명 손수건을 꺼내 흔든다.

"무슨 일로 구조를 요청합니까?"

"조선인인데 위험에 처해 있습니다. 미국 선교사 언더우드와 영한 자전을 만드는데 사전 인쇄를 하러 왔다 위험에 처했습니다. 살려 주시오."

박혜숙

한국문인협회, 한국소설가협회 회원. 경암문학상 수상.

비상하는 밤 외 | 박혜원

한 남자와의 징그럽도록 긴 인연을 끝내고 나는 혼자 덕유산에 올랐다. 거리를 가늠할 수 없을 만큼 하얀 눈으로 뒤덮인 길을 행선하는 수도승처럼 걷고 또 걸었다. 마침내 생각마저 그 윤곽을 잃고 하얗게 변해가고 있을 때, 한겨울 내내 쌓인 눈 속에서 선명한 빛깔로 솟아있는 산죽을 만났다. 온 세상에 오롯이 그 산죽만 있는 것 같았다. 모든 계절의 기억과 색채를 감싸고 있는 하얀 눈과 그 사이로 새파란 잎사귀를 뾰족이 내밀고 있는 산죽의, 그 선명한 빛깔과 이미지는 산을 내려온 후에도 내내 내 머릿속을 떠나지 않았다. 마치 무언가에 홀린 것 같았다. 눈을 감아도 떠도 순백의 설원에 뾰족이 잎을 내밀고 있는 그 산죽이 떠올랐다. 다른 그림은 아예 손에 잡히지도 않았다. 나는 한동안 신열을 앓듯 그 장면에 함몰되어 있었다.

눈길은 수많은 빛깔을 무채색으로 응축하며 겨울바람의 거친 소리에 담긴 수많은 이야기에 귀를 기울이고 있었다. 세상의 얽히고설킨 모든 인연은 다 눈 속에 파묻혀 순백으로 승화되었다. 산죽은 그 침묵의 품에 안긴 채 고개를 내밀어 자신의 존재를 오롯이 발현하고 있었다. 새하얀 눈빛 속에 처절할 정도로 푸르렀던 산죽은 시린 고독 속에서도 청청함을 자랑하듯 했지만, 동시에, 하필 그 혹독한 겨울에 그 곳에 있어야 하는 거역할 수 없는 존재의 부조리함을 온몸으로 이야기하고 있었다. (「작품비」)

그러던 어느 봄날, 딸은 불현듯 자리를 털고 일어났습니다. 딸은 한껏 멋을 부리고 서울나들이를 서둘렀습니다. 마루 끝에는 청첩장 한

장을 두어 친구의 결혼식이 있음을 알렸습니다. 그 어디를 가든 말 한 마디 없던 딸은 골목에 서서 잠시 나를 돌아보았습니다. 나 역시 그 날은 딸이 가는 뒷모습을 바라보고 있었는데, 뒤돌아선 딸의 눈과 내 눈이 짧은 순간 맞닿았습니다.

딸의 눈이 유달리 크고 눈동자가 검다고 했었지요? 우물 속같이 깊은 딸의 눈동자에 잠시 물기가 어리는 듯 싶더니 딸은 탱자꽃이 하얗게 점점이 피어있는 골목 끝으로 사라지고 말았습니다. 딸의 모습은 골목 끝에서 사라져버렸지만 딸의 눈 속에 반짝이던 그 빛은 오래도록 골목 위에 떠 있었습니다. 불현듯 면회실에서 만났던 딸의 눈 속에 반짝이던 오빠의 눈빛이 떠올랐습니다. 가슴이 떨리기 시작해서 골목을 향해 달려 나갔지만 이미 딸의 모습은 흔적조차 보이지 않았습니다.

사람의 인연이란 참으로 묘한 것이지요? 살아있는지 죽었는지조차 알 수 없는 오빠의 넋이 딸의 영혼을 불사르게 만든 것이었을까요?

나의 딸은 골목에 점점이 피어있던 탱자꽃처럼 한 점 꽃잎으로 사라지고 말았습니다.

나는 사라져버린 그 눈빛을 통해 비로소, 아버지의 피 속에 흐르던 그리고 오빠에게 흐르던 또한 내 혈관을 통해 흐르던 그리하여 탯줄을 따라 딸에게로 이어진 나의 피와 살이, 딸과 나로 하여금 함께 삶을 나누고 한 가지로 숨 쉬게 만들었다는 사실을 뼈저리게 깨달았습니다. 딸은 존재하는 것 그 자체만으로도 나를 깊이 사랑하고 있는 것이었음을 그 아이가 내 곁에 있을 때에는 몰랐던 것입니다. 그러고 보면 지독했던 미움도 결국 또 다른 형태의 사랑의 표현이었던가 봅니다. (「흐르는 불꽃」)

박혜원
1999년 『세기문학』 단편소설 「회신」 신인문학상 수상 등단. 2023년 단편소설 「작품비」로 경남문학 올해의 장르별 작품상 수상. 창작소설집 『비상하는 방』, 『그래도 우리는』 외.

살계殺鷄 | 박 황

… 안으로 들어서자 까만 꽁지깃이 특이한 암컷 한 마리가 언제나 처럼 먼저 달려와 우철의 발을 쪼아댔다. 깜농이도 우철의 주변에서 그의 행보를 따라 했다. 모두가 우철의 손에 쥔 퇴비포대를 응시하고 있었다. 포대를 바닥에 내려놓자 우르르 몰려들었다. 우철은 서열 1위인 제일 큰 덩치의 수탉을 잡았다. 녀석이 꾸르륵거리며 몸을 비틀었지만 반항은 심하지 않았다. 날개를 모아 움켜쥐었다. 묵직했다. 녀석이 불편한지 발버둥을 치며 퍼덕거렸다.

우철은 울타리를 벗어나 출입구를 등에 지고 놈의 발에 타이를 둘러 조였다. 서열이 1위인 만큼 포획되는 장면을 아랫것들에게 보이고 싶지 않을 거란 생각이었다. 놈을 포대 안에 넣고, 다시 한 마리를 잡았다. 물을 마실 때마다 물그릇에 발을 올려놓고 폼을 잡던, 목 주변에 붉은색의 멋진 깃털을 두른 풍채 좋은 장닭이다. 서너 발자국 떨어진 곳에서 깜농이 그를 바라보고 있었다.

우철은 비료포대를 들고 수돗가로 올라갔다. 정짓간 옆 평상다리에 묶인 진돌이가 소스라치게 짖기 시작했다. 포댓자루에 눈을 박고 길길이 뛰며 미친듯이 짖어댔다.

우철은 먼저 가마솥의 물을 확인했다. 펄펄 끓지는 않았지만, 깃털을 불려 뽑기에는 충분했다.

우철은 포대에서 닭을 꺼내 수돗가에 엎어 놓았다. 오른발로 닭의 머리를 밟고 왼손으로 닭의 몸통을 잡아 눌렀다. 꼬꼬댁거리는 놈의 대가리를 칼 등으로 몇 번 후려쳤다. 곧 조용해졌다. 우철은 크게 심호흡을 한 후, 작두 썰듯 닭의 뒷목을 자르기 시작했다.

'이런, 이거 왜 이리 안 끊어져?'

기운이 솟지 않았다. 17년 전의 열기도 느낄 수 없었다. 세월이 흘러서인지, 술을 마시지 않아선지 알 수 없었다. 꿈틀거리며 바닥에 연신 몸통을 비비대던 놈의 머리를 아홉 번의 칼질 끝에 떼어낼 수 있었다. 쿨룩거리며 피가 흐르기 시작했다. 진돌이가 펄쩍펄쩍 뛰며 울부짖었다. 녀석이 묶인 곳에서는 수돗가의 정경을 볼 수가 없건만, 무엇이 보이는지, 아니면 냄새를 맡는지, 소리 없는 닭의 비명을 듣는지 녀석은 난리를 치고 있었다. 주체 못 할 힘을 발산하듯 길길이 튀어 오르고 있었다. 쇠사슬 목줄이 고무줄처럼 출렁거렸다.

뭇 생명을 죽이는 것에 대한 분노와 항의가 아니었다. 닭의 도살에 함께하고자 하는 강렬한 의지이며 갈망인 듯싶었다. 진돌의 몸태질은 광란에 가까웠고, 눈빛은 유난히 형형했기 때문이다.

우철은 닭의 몸이 움직이지 않을 때까지 두 손으로 잡아 눌렀다. 시간이 멈춰진 것 같았다. 주변의 모기들이 피 냄새를 맡고 그의 손과 닭의 머리 위에서 선회비행을 했다. 바닥에 흘러 응고된 피 주위를 돌며 닭의 목에 들러붙기도 했다. 수돗가의 외등이 노랗게 불을 밝히고 있었다.

한동안의 시간이 지난 후 닭은 완전히 몸을 놓았다. 몸을 놓는 떨림 하나하나가 그의 손끝으로 전해졌다.

'어휴, 지랄, 이게 뭔… 후우'

우철은 한숨을 토했다. 안에서 무언가 빠져나가는 느낌이었다. 온몸을 흥건히 적신 땀이 기화하는 듯했다. 하지만 시원하진 않았다. (「살계殺鷄」)

박 황

소설가. 서울생. 동국대 졸. 제32회 한국소설신인상 수상 「살계」. 소설집 『사람 동물원』, 『초록야차의 환시』. 공저 『글길을 따라 걷다』, 『토박이와 함께 하는 은평 산책』, 『신예작가』 등.

13월의 여인 | 박희주

　낭송이 끝나고 그때까지 보이지 않던 통통한 남자가 등장하여 색소폰을 불었다. 케니 지(Kenny G)의 러빙 유(Loving you). 원곡의 소프라노와는 다르게 알토였고 담담한 표정으로 부르는 색소폰 소리는 한껏 고조된 분위기에 별 울림도 주지 못하고 동화되지도 못한 채 왠지 동떨어진 느낌으로 공허하게만 들렸다. 그런데도 그 공허함에 가슴이 답답해졌다. 왜 그랬을까. 13월의 화자가 그림자를 자처하지만 정작 그가 그림자 같았다. 그의 연주까지. 대상의 색상과 표정을 모두 삼켜버린 무채색. 그런 그림자에서 울려나오는 '너를 사랑함은'의 대상 여울은 잔뜩 고무된 미소를 잃지 않고 여기저기 좌석을 바쁘게 돌아다니며 감사를 표하고 있는데. 나는 그녀를 바라보며 잔에 남아있던 맥주를 입안에 털어 넣고 슬그머니 일어나 카페를 나왔다. 연주는 계속되고 있었지만 내게는 더 이상 소리가 들리지 않았다.

　내가 엄청난 착각을 하고 있었구나. 나만? 아니었다. 그녀의 미소는 나만의 것이 아니었다. 나는 그녀의 하나뿐인 남자이고 싶었지 수많은 남자 가운데 하나가 되고 싶은 마음은 추호도 없었다. 자신이나 상대에게 무책임한 관계, 나도 그런 대상이었다니! 그런 줄도 모르고 그녀의 미소에 한껏 도취하여 내면의 심보를 숨기고 고상한 척하는 남자들 모두가 여분의 존재로 우습게만 보였다. 곧 죽을 줄도 모르고 한사코 불빛을 맴도는 부나방과 같은 처지. 헛물이 될 수밖에 없는 여울을 탓할 순 없었다. 그녀도 어쩌지 못하는 천성天性일 것이기에. 존재의 의미는 오직 상대가 인정해줄 때만 그 가치가 있는 게 아닐까. 여분의 존재는 있으나 마나 한 존재로 주인공을 한층 돋보이게 하는 들러리로서

의 의미만 있을 뿐.

　도로엔 전조등을 밝힌 자동차들이 달려들 듯이 질주했으나 내 마음은 착 가라앉았다. 착잡했다. 기분에 동조하기 위해 전화기를 꺼버렸다. 택시를 타고 넘말로 와 출출할 때 간혹 들리기도 하는 생맥줏집으로 들어갔다. 무거운 생맥주잔을 입안에 부으며 탁자 위에 놓인 시집을 펴들었다. 이제 남은 여울의 흔적은 시집뿐이리라. 슬펐다. 나도 슬프지만, 시집도 슬펐다. 요즘 시인들이 지향하는 난해함과는 다르게 하나하나 쉽게 읽히면서도 울림은 컸다. 그래서 빠져드는가. 그녀가 짓는 미소에 애간장이 녹았던 것처럼 한 편, 한 편의 시가 그녀의 세계, 고뇌와 슬픔에 동참토록 만들었다. 시인의 말에서부터 칠십여 편의 작품, 유명 시인이 쓴 해설과 또 다른 유명 시인이 쓴 표4까지 다 읽었을 때 마신 맥주가 오천 시시. 노르께하게 구워진 노가리는 하나도 건드리지 않은 채 접시에 놓인 그대로였다. 그 모습 또한 슬펐다. 평소엔 보이지 않으나 상황 끝이 되었을 때 비로소 드러나는 모든 존재의 속성이 이러할까. 연기演技처럼 느껴진다는 것, 여울이나 시詩나 모두 연기처럼 느껴진다는 것. 진실은 어디에 있을까. 여울은 무엇인가. 여러 이미지가 떠올랐다. 13월을 살고 싶은 여자. 루비콘을 건넌 관계. 그럼에도 '인형의 집'의 로라일 수 없는, 도발적이면서도 그 도발을 스스로 흐지부지 만들고 마는, 혁명을 꿈꾸면서도 정작 혁명가는 될 수 없는 한계를 가진, 외로움과 슬픔과 우울을 어쩌지 못하는 존재.

박희주

『월간문학』 신인상으로 소설계 입문. 시집 『네페르타리』 외 1권. 소설집 『이 시대의 봉이』 외 3권. 장편소설 『나무가 바람에 미쳐버리듯이』 외 3권. 한국소설문학상, 박종화문학상 수상. 우수출판컨텐츠 '박희주 중편3선' 선정.

바람이 불어 외 | 박희팔

"현인 가수가 부른 '흥남 부두'란 노래 있지. 그 3절 내용을 인제 서른 살 된 딸아이가 이렇게 고쳤어."

우리 엄마 가신 설움 머금고 살아를 간들
천지간에 우리 둘이 변함 있으랴
아버지 굳세게 살자, 남북통일 그날이 오면
손을 놓고 헤어진 식구 얼싸 안고 춤도 춰보자

"딸아이 노래 들으믄, 고생고생 하다 죽은 집엣 사람 불쌍한 생각 들구,
고향에 두고 온 아바이 오마니 생각 나구…,"
구두수선 할아버진 수선통을 자판 밑에 두고 올라갔다. (『바람이 불어』)

그런데 편지 오기 시작한 뒤 석 달쯤 돼서다. 중매쟁이가 찾아왔다.
"아니, 어떻게 된 일이야? 신랑감이 편지를 해도 통 소식이 없다고 즈이 집으로 편지가 왔다니 말야. 편지는 이쪽에서 더 자주 해 줘야지, 군대 가서 얼마나 적적하구 쓸쓸하겠어. 이건 색싯감이 없는 것보다 못하니 말이 돼냐구!
속사포를 쏘아댔다.
그때 방문이 열리더니 화수가 나타났다. 화수가 가슴을 벌렁거리며 중매쟁이를 쏘아 보고 있었다. 그리고는 한 아름 안고 있던 종이뭉치

를 중매쟁이 앞에 홱 내동댕이치며 소리를 버럭 지른다.

"가져가! 다 가져가! 이 꼴 같은 편지!"

그러더니 중매쟁이 앞으로 한 발 더 다가서며 빤히 그녀의 얼굴을 쳐다보는 거였다.

"아니, 저 저 눈 좀 봐, 미쳤잖아."

그녀는 몇 번 뒷걸음을 치더니 홱 돌아서서 가버렸다. 그러는 그 이를 보고 화수도 휙 돌아서서 방안으로 들어가 버렸다.

화수 엄마가 뛰 따라 들어갔다, 화수는 방 한복판에 꼿꼿이 서서 얼굴을 천정으로 쳐들고는 까르르 깔깔깔 흐드러지게 한바탕 웃더니 고대로 방바닥에 엎어져 버린다.

화수엄마는,

"그길로 실성을 했어요."

"실성을? 왜 뭣 때문에?"

"그 편지 때문이지요. 내동댕이친 편지를 주워 보니 모두가 한문과 꼬부랑글씨예요. 화수는 초등학교 박에 못 다녔거든요. 제 놈은 제 색시 감한테 유식해 보이려고 그런 모양인데…." (「남남 동기」)

박희팔
한국문인협회, 한국소설가협회, 충북문인협회, 포석(조명희)문학회 회원. 뒷목문학회장, 충북소설가협회장 역임. 동양일보 논설위원, 청주문학상, 청주예술상, 충북문학상, 류승규문학상 수상.

에스프레소, 판나콘타 | 방안나

유리가 예식장 입구 자동 센서기 앞에 멈추자, 전신을 비추던 모니터는 빨강에서 노랑, 초록으로 몇 초 만에 바뀌었다. 몸 주변을 맴돌던 바이러스를 소독하고 체온이 정상으로, 입장해도 된다는 알림이다. 루나는 하루에도 몇 번씩 가는 곳마다 이런 식으로 온몸이 스캔 당하니 세포가 제 기능이나 할지 의심스럽다며 차라리 투명인간이었으면 좋겠다고 허탈하게 투덜댔다. 하객들은 바이러스가 일정 반경 내에 침투하면 자동 사멸되는 특수재질의 조화 마스크를 하나씩 더 착용했다. 세트로 구성된 잎사귀 장갑을 착용하자 자동으로 적정 거리가 유지됐다. 유리는 보라색 장미꽃 마스크를 골라 자신의 마스크 위에 겹쳐 착용한 후 상대방에게 목소리가 제대로 들릴 수 있게 암술머리 위를 검지로 스쳐 마이크 기능을 작동시켰다. 장미 넝쿨 장갑을 착용해 오른쪽 손목 복사뼈 위에 작은 가시를 스치자 자동으로 적정 거리가 유지되었다. 루나는 초록색 장미꽃 마스크를 착용했다. 남자들은 분홍색, 붉은색의 작약꽃이나 하얀 은방울꽃 마스크를 착용하고 수술 머리 위를 손가락으로 스치면 마이크가 작동했다. 여자들은 다양한 색깔의 장미꽃 마스크를 착용해 로비는 꽃들이 가득한 화원처럼 밝고 화려했다.

하얀색과 분홍색 장미꽃이 맑고 투명하게 빛나는 마스크를 착용한 신부를 중심으로 루나는 오른쪽에, 유리는 왼쪽에 앉아서 사진을 찍었다. 마스크와 장갑을 벗고 한 컷 더 찍었다. 루나가 신부와 단독으로 찍을 수 있도록 유리는 자연스럽게 빠졌다. 신부와 루나가 르누아르의 그림에 나오는 소녀들처럼 다정해 보였다. 하얀색과 분홍색, 초록색 장미꽃을 머금은 신부와 루나가 또 다른 화원을 만들고 있었다.

(중략)

　유리는 에피타이저로 양송이 스프와 단백질 칼륨 루테인 지아잔틴 성분이 풍부한 신선한 루꼴라를 곁들인 관자 한치 샐러드를 오른쪽에 놓았다. 본 코스로 새우, 소라, 홍합, 문어, 모시 바지락을 넣어 만든 고소하고 담백한 먹물 파스타와 꽃등심 스테이크를 중앙에 놓았다. 디저트로 부드러운 티라미슈와 진한 향의 에스프레소는 왼쪽에 세팅했다. 루나는 에피타이저로 올리브 오일과 빵을 자신의 앞에. 본 코스인 암컷 숭어알을 소금에 절여 압축시켜 만든 이탈리아산 어란에 고급 무염 버터와 엑스트라 버진 올리브 오일로 만든 스페셜 어란 파스타와 프리미엄 바비큐 스테이크는 에피타이저 뒤로. 모짜렐라 치즈로 드레싱한 토마토가 곁들인 샐러드를 스테이크 옆에. 크림 완자와 망고 판나코타 디저트는 스테이크 뒤로 놓았다.

　루나가 천연 한지로 된 뚜껑을 열어 세팅을 마무리한 후, 빵을 올리브 오일에 살짝 적시며 입을 열었다. 유리도 세팅을 마무리하고, 루꼴라와 한치를 맛보기 위해 포크로 갈무리했다. 루나는 마지막 남은 빵 조각을 몇 방울 남은 올리브 오일에 깔끔하게 마무리한 후 빈 용기를 왼쪽으로 뺐다. 손은 멈추지 않고 모짜렐라 치즈가 곁들인 샐러드에 토마토를 포크로 갈무리해 입에 넣었다. 유리도 관자와 양송이 스프를 번갈아 맛보며 루나 말에 응했다. 유리가 파스타를 먹기 위해 바지락 껍데기를 제거하고 있을 때, 루나는 보일 듯 말 듯 숨어 있는 숭어알을 찾아 포크에 파스타를 돌돌 말아 올리며 입을 열었다.

방안나
『월간문학』소설,『순수문학』시 등단. 「블랭크」, 「마지막 대화」 외. 한국문인협회, 한국소설가협회, 서울문학관홀 회원.

돌고지 연가 | 방영주

평양서 강계로 이동하던 중 심한 동상에 걸렸다. 이젠 다리에 별 감각이 없었다. 그런데 가슴이 찢어지게 아팠다. 시도 때도 없이 숨이 끊어질 듯한 기침과 함께, 울컥울컥 검붉은 피를 쏟았다. 정신도 혼미했다. 나는 어려서부터 잔병치레를 많이 했다. 지병으로 죽을 고비도 몇번 넘겼다. 이제 내 나이 59세, 그런 몸으로 참 오래도 버텨 왔다는 생각이 들었다. 죽음이 성큼, 내 앞에 다가 서 있는 느낌이었다. 검은 망토를 걸친 저승사자가 내 곁을 어정거리기 시작한 지 오래였다. 숨이 자맥질하는 기침과 함께 한바탕 피를 쏟고, 잠의 초입에 빨려 들면, 저승사자들이 기다렸다는 듯 나를 에워쌌다. 양팔을 허우적거리며 그들에게서 탈출하려 애썼다. 비몽사몽간을 소요하다가 현실로 돌아서면 온몸은 식은땀으로 흥건했다. 주위에서 어떤 '소리'가 맴을 돌았다. 그것은 대숲을 지나는 바람소리 같기도 했고, 또 한숨 소리처럼도 들렸다. 어떤 한恨을 풀어내려는 듯한 애절한 가락이기도 하였다. 나는 '소리'에 귀를 기울였다.

구름 간다 구름 간다
구름 속에 선녀 간다
선녀 적삼 안고름에
울금 대청 향을 찼다
꽃밭에서 말을 타니
말발굽에 향내난다

'소리'는 허공으로 날아올랐다. '소리'의 임자는 불구였던 재당숙네

큰누나, 박 대령의 딸 예옥, 또는 실연의 실단 것이기도 했다. 아니, 그
들의 합창으로도 들렸다. 또한 어떻게 들으면, 내 자신의 것이기도 하
였다. '소리'는 콧소리로 얇게 떨거나, 콧소리로 길게 죽 뽑다가, 갑자
기 속소리로 변하기도 했다. 수면을 가볍게 부침하는, 버들가지가 바
람결에 속살거리는 듯한, 그런 느낌을 주었다. 어떤 때는 한스러운 느
낌이 복받쳐 올라 우는 것 같기도 했다. 그 안에, 누나를 포함한 우리
들이 마주하기에 버거웠던 시대를 살아온, 인생이 녹아 있을 터였다.

　　나는 이 민요를 '돌고지 연가戀歌'라 명명하였다. 그리고 인생의 희
로애락 길목마다, 그것을 읊조리며, 위기를 넘겼다. 정주에서도 40여
리나 떨어진 돌고지 골짜기에서, 어린 나이에 고아가 되어, 참으로 힘
겹게 살아 온 삶이었다. 눈을 감았다. (『돌고지 연가』)

방영주

1994년 『월간문학』 소설 당선. 소설집 『거북과 통나무』, 『내사랑 바우덕이』,
『카지노 가는 길』. 장편소설 『무따래기』(상, 하권), 『우리들의 천국』, 『카론의 연가』,
『국화의 반란』, 『돌고지 연가』, 『대무신왕』 등.

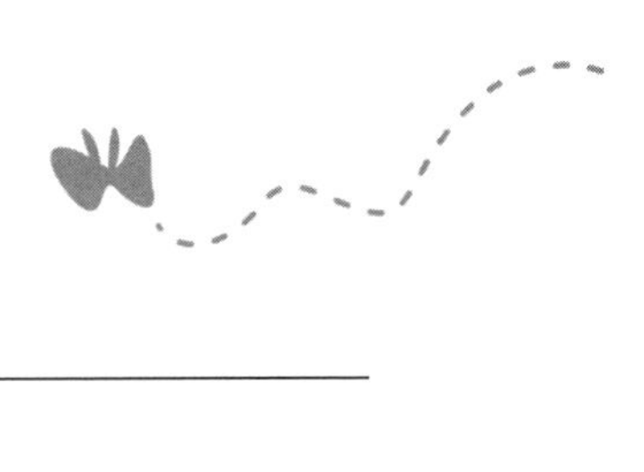

젊은 날 이야기 | 방 은

선선한 대나무 자리에 누워서 누렇게 낡은 시집 몇 쪽을 읽다 초저녁부터 잠이 들었다. 어머니의 저녁밥 먹으란 소리에 어렴풋이 잠이 깼지만 다시 까무룩 잠들어버렸다. 그러다 낮에 들었던 영어 강사의 또랑또랑한 강의 소리와 학생들의 어떤 풋풋한 열기가 설핏 느껴오는 것만 같아 잠이 깼다. 어둠을 뚫고 벽에 걸린 괘종시계가 새벽 4시를 알렸다. 나무로 된 격자무늬 여닫이문을 열어보았다. 초여름이지만 아직 시원한 새벽 공기가 방안으로 밀려들어왔다. 검푸른 하늘에는 보석이라도 뿌려놓은 듯 수많은 새벽별들이 아직도 밤하늘을 밝히고 있었다.

'아, 이 얼마나 숨 막히게 아름다운 하늘인가!'

나는 빵 같이 부풀어 오르는 사춘기 몸만큼 새벽 공기를 크게 들이마셨다. 저 별 어딘가에서 왠지 어린왕자와 꽃의 대화가 들리는 것만 같았다. 농부인 아버지가 리어카에 야채를 가득 싣고 새벽 댓바람부터 장사하러 시장에 나갈 때가 있었다. 나는 가끔씩 어머니를 도와 졸린 눈을 비비며 리어카를 밀어준 적이 있었다. 그때 내 손은 리어카를 밀고 있었지만 나의 눈은 항상 저 새벽하늘을 향하고 있었다. 하늘을 올려다 볼 때마다 별들 사이에 숨어있는 수많은 동화 주인공들이 별별 이야기를 들려주는 것만 같았다. 나는 그때마다 나의 마음도 저 하늘을 닮아 항상 아름답고 풍요하기를 바랐다.

해가 뜨자 아침부터 찌는 더위가 몰려왔다. 나는 청바지와 가벼운 티셔츠 차림으로 옷을 입고 비닐 소재 보조가방에 책과 노트를 욱여넣어 한쪽 팔에 둘러메고 집을 나섰다. 10여 분 동안 동네 신작로를 따

라 걷자 얼마 전 새로 생긴 버스 정유장이라고 쓰인 쇠기둥 팻말에 도착했다. 고르지 못한 비포장 도로 탓인지 멀리서 덜컹거리며 달려오는 버스는 흙먼지 구름을 일으켰다. 내가 버스에 올라타자 차는 또 이내 몸체를 좌우로 흔들며 흙길을 출발했다. 버스는 전주 시내 외각을 여러 군데 들리고는 아스팔트로 포장된 시내로 들어섰다. 줄지어 있는 상점들 간판을 습관적으로 읽고 있자니 버스가 시내 학원가에 도착했다. 내가 버스에서 뛰어 내려오자 여름 소나기가 한두 방울 후두둑 떨어지기 시작했다. 나는 비를 피해 학원 처마로 뛰었다. 비에 젖은 나는 학원 화장실로 달려 들어가 싸구려 휴지를 둘둘 말아 빗물을 털어내고 곧 강의실로 달려갔다. 강의실 안에는 서서 잡담하는 아이들 몇과 수업 시작을 기다리며 자습을 하는 아이들 몇으로 나뉘어 있었다. 잡담하던 남학생 몇은 강의실 안으로 들어서는 나를 흘끔흘끔 쳐다보며 저희들끼리 이야기를 주고받았다. 소극적인 나는 고개를 푹 수그리며 내 성격과 비슷하게 전날에 앉았던 중간 어디쯤의 자리를 앉았다. 그 순간 예의 남학생들의 "빨리 앉아" 하는 목소리가 나지막이 들려왔다. 그때 한 남학생이 내 앞의 오른쪽 옆자리에 슬그머니 자리를 잡고 앉았다. 그러고는 마치 나 보란 듯이 요란하게 학원 수업 교재인 '성문종합영어' 책을 펴고 무엇인가를 중얼중얼 외우기 시작했다. 나는 고개를 기울여 대각선에 앉은 그 괴짜같아 보이는 남학생 옆모습을 신기한 듯 훔쳐보았다. 내 또래의 남학생을 그렇게 자세히 보기는 처음이었다. 남학생은 왠지 길들여지지 않은 야생마같이 거침없어 보였다. 큰 키에 듬직한 느낌의 풍채, 그야말로 처음 눈에 띄는 남자 사람이었다. 그날부터 내 눈 안에 그 남학생이 들어왔다. 수업시간 내내 자석에라도 끌리듯 온 신경이 쓰였다.

방 은
(소설가/동화작가) 2005년 『문학사랑』 「피 보리 서 말」 소설 등단. 2018년 『월간문학』 「하루살이의 내일과 메뚜기의 내년」 동화 등단. 장편소설 『고백』, 『젊은 날 이야기』. 한국문인상, 경기도문학상, 경기예총예술인상 등 수상.

컵 외 | 방현일

버스는 나를 낯선 곳에 내려 주고 낯설지 않게 달렸다. 승객이 많지 않아서인지 해 질 녘 때문인지 차창 밖의 거리도 버스 안도 그리움이 몸서리쳐지도록 다가왔다. 빛이 없는 사각의 링에서 쉬지 않고 뛰었다. 적의 형태를 알아볼 수 없는 것이 가장 두려웠다. 적은 하나가 아니었다. 적은 나를 둘러싸고 내 육체와 정신을 갈기갈기 찢었다. 마지막 풀을 베고 아버지 옆에 앉았다. 아버지는 컵에 몸을 맡겼고 내가 찾아가면 항상 숨바꼭질하며 컵을 뒤집어쓰고 있었다. '못 찾겠다 꾀꼬리'는 하지 않을 것이다. (「컵」)

불에 달구어진 석쇠는 서로에게 낙인이 찍힐 수 있는 무시무시한 존재였다. (「석쇠」)

사다리의 균형은 맞지 않았다. 한 걸음 뗄 때마다 떨걱했다. 한쪽 다리가 닳아있었다. 그러다 문득 내 발밑에도 나무토막을 붙이면 어떨까 하는 생각이 미치자, 머리카락이 쭈뼛 섰다. '죽은 다리도 아닌데 무슨 생각을 하는 건지.' "사다리도 심으면 꽃이 필까?" "설마, 농담이지?" "나무잖아요." 차 유리문 안에서 바라보는 바다는 뿌연 먼지를 쓸어내지 못하고 왔다가 사라지고를 반복했다. 나는 정원 한가운데에 사다리를 심었다. 사다리 칸마다 작은 화분에 꽃이 피어 있었다. 어느 날은 하얀 꽃이 또 어느 날은 노란 꽃이 피었다. 정원 입구에는 사다리가 펼쳐져 있었고 그 사이사이에 꽃이 피었다. "사다리에 꽃이 피었습니다." (「다리」)

사방이 온통 하얬다. 창문이 없는데 커튼이 드리워져 있었다. 어디서 파랑새가 날아왔다. 그리고 환풍기 쪽으로 날아갔다. '드드드드득',

소리와 함께 환풍기가 멈췄다. 환풍기에서 파랑새를 끄집어내려고 손을 내밀었다. 순간 누가 내 허리를 감쌌다. 고개를 뒤로 젖혔지만, 뒤에는 아무도 없었다. 그리고 다시 앞을 본 순간 환풍기는 사라지고 없었다. 하얀 벽은 줄무늬가 생기기 시작했다. '드르릉', 오토바이 시동 거는 소리가 유난히 크게 들렸다. 그리고 '쾅!', 귓전을 때리는 굉음이 들렸다. 하얀 줄무늬는 빨갛게 물들고 있었다. 나는 개수대로 달려갔다. 식칼 위로 달팽이가 기어갔다. 달팽이의 몸은 반으로 쪼개지고 있었다. 그리고 나를 바라보는 또 다른 시선. 식탁에 무언가가 앉아 있었다. 나는 천천히 다가갔다. 내가 어깨에 손을 대자, 토끼 인형의 눈에서 뜨겁고 끈적거리는 피가 흘러내리며 머리가 일백팔십도 꺾인 채 나를 노려보았다. 눈이 부셨다. 앞이 보이지 않을 정도로 빛이 펑, 펑 터졌다. 몸에 붙어 있는 거울 조각들이 반사되어 사방으로 빛이 퍼졌다. 어깨와 팔을 덮은 순백의 공작털이 서서히 움직였다. 몸 안에 있던 혹이 사방으로 뾰족하게 튀어나왔다. 혹은 서서히 녹아내렸다. 무대의 조명이 꺼졌다. (「혹돔」)

열 평 남짓한 어두운 창고, 퀴퀴한 냄새가 코를 찌르고 천장에는 녹슨 철근이 두어 개 구부러져 있었다. 한쪽 구석에는 낡은 쇠파이프를 타고 물줄기가 흘러내려 바닥을 흥건히 적시고 있었으며, 간간이 쥐새끼가 오르락내리락했다. 귀뚜라미 울음소리는 깨진 창을 통해 들어온 희미하게 반사된 불빛과 이중주를 이루었다. 불빛이 비치고 있지 않은 곳은 질척한 덩어리들이 끈적거리며 꿈틀대고 있었다. 전구 촉이 나가자 김이 모락모락 났다. 환풍기는 무엇에 걸린 듯 더는 돌지 못했다. (「가려진 세상」)

그냥 웃음이 나왔다. 나는 번개탄도 못 되는 불발탄이었다. (「번개탄」)

방현일
동국대 문화예술대학원 문예창작학과 졸업. 『월간문학』「컵」「번개탄」, 『불교문예』「다리」 발표. 저서 『2KG짜리 바벨을 양쪽에 달면 5KG이 된다』 문학예술인.

땅 끝에서 만나다 외 | 백일기

나를 향해 걸어오는 그녀를 보았다. 인적 없는 쓸쓸한 가로수길 아직 녹지 않은 눈을 밟으며 그녀가 걸어오고 있었다. 그녀는 유달리 긴 머리카락을 휘날리며 뒤꿈치를 살짝 받쳐 놓으면서 걸어오고 있었다. 스란치마를 길게 늘어뜨렸다. 그녀는 맨발이었다. 마른 가지처럼 여위고 가늘한 그녀의 손이 동수를 향해 팔을 내밀었다. 그녀의 가칫한 손가락 끝을 살짝 잡자 그녀는 무너지듯이 와락 나의 품으로 달려들었다. (「땅 끝에서 만나다」)

빨간 외등에 불이 들어왔다. 스산한 바람이 전봇대에 걸린 갈포지를 후드득 흔들었다. 구멍가게 옆 담배포 우영감네 하꼬방에도 파르스름한 불빛이 들어왔다. 어둠이 내리자 유흥가 골목이 서서히 꿈틀거리기 시작했다. 오전에는 쥐죽은 듯 하다가도 밤기운이 길바닥을 핥아오면서 이곳은 비로소 생명을 얻는다. 내가 몸담고 있는 하숙집은 바로 이곳에 자리 잡고 있다. 이 마당에서는 제법 세나는 소갈비전문 식당에 부속된 하숙집이다. 하숙은 부업이고 식당이 본업이다. 제법 붐비는 이 하숙집은 식당영업 후 남겨진 부산물로 승겁들게 하숙생들을 키우고 있는 이른바 돼지우리인 셈이다. 퇴근 무렵 노을이 지면 이 식당 골목은 고기 태우는 냄새가 이악한 고샅을 휘젓는다.

이 도시는 회임懷妊을 못하는 소비도시다. 영동선이 개통되면서 동북부 산악지역의 광산물 등이 집산되면서 철도청이 들어섰고 그 부속 관공서가 들어선 이후 월급쟁이들이 이곳의 주 고객이 되었다. 해방 후 덕대제도 실시로 전국에서 사람들이 구름같이 모여들어 한창 탄광

시세가 좋을 때는 개도 만 원짜리 지폐를 물고 다닌다는 태백, 철암, 황지에 있던 광부들까지 이 곳 유흥가를 누볐다. 그 이전에는 선달산 소백산 태백산을 누비던 산악지역의 몇몇 산판쟁이들이 재무시(GMC)를 타고 밀어 닥치기도 했다.

　하숙집은 제법 펑퍼짐한 와가瓦家로 골목 중간에 덩그러니 눌러 앉아 있는 형상을 하고 있다. 골목길 쪽으로는 갈비식당이고 그 안쪽으로는 ㄷ자로 하숙집이 자리 잡고 있다. 지붕에는 아직도 지난해 홍수 때 수리하고 남은 기와가 고달스럽게 얹혀 있었다.

　그래도 이 집은 일제강점기 시절 불쌍한 조선여자를 탐하고 비밀스런 대화를 나눴던 요정料亭이었다. 그리고 그 후에는 이 바닥 유지들이 대처에서 긴급 공수해 온 제법 인물값 하는 돈 냄새 맡은 계집들과 어쭙잖게 히히닥거렸던 요정으로 쓰였던 유서 깊은 곳이다. 지금도 그 앙칼진 계집의 웃음소리가 아직도 후줄근한 방 벽에 배어 있는 것 같았다. 가운데는 조그만 정원이 쪼그리고 있는데 나에겐 그저 계절이 바뀐다는 명확한 물적 증거로만 가치가 있을 뿐 별다른 의미는 갖지 못했다. 하숙집 내부구조는 1호실에서 13호실까지 있는데 실제 방의 숫자는 모두 12개다. 왜냐하면 4호실은 재수 없는 숫자라고 주인집 아줌마가 하숙을 시작하면서 빼어버렸기 때문이다.

　그러나 따져보면 하숙생 모두가 피의자였다. 변양은 말을 못하지 않는가? 그것이 바로 변양이 다방계에서 주가를 올리고 있는 이유가 아닌가.

　나는 그녀의 아카시아 향이 좋아 그녀를 불렀다. 눈을 감고 아카시아 향을 맡을 때면 나는 진숙이를 상상하곤 했다. 변양은 우두커니 커피 잔을 들고서 눈을 감고 있는 내가 우습다고 했다. 가랑비가 내리는 밤이면 변양은 술을 들고 내 방을 찾았다. (「창窓」)

백일기

소설가, 평론가. 소설집 『땅 끝에서 만나다』. 저서 『인신공희(人身供犧)』, 『우리는 기도하며 산다』, 『초기 기독교의 열쇠 영지주의』, 『삶의 길잡이』, 『동방기독교의 한반도 전래와 도마상』, 『1980년대 교육민주화 운동』.

몸의 시간 | 백종선

몸의 신비전이 열리는 혜화동 국립과학관 입구에 들어섰다. 감상하기도 전에 현기증이 난다. 살색 옷을 입고 있는 나체들의 시위가 사뭇 항변 적이다. 항변, 치고는 어딘지 너그러워 보인다. 자연이 일으킨 사건에 의해 죽어 낯선 세계에 입문해 있는 모델들. 죽음은 미움보다 사랑보다도 너그러운 것인가. 모델을 통하여 신경이 뻗어있는 길, 섬세한 핏줄들의 행로를 바라보면서 신영은 기이한 생각에 빠져들었다.

모델의 항변이 들리지 않나요? 신이 책임져야 할 거 같아요. 마음 속 말이 신영의 가슴에 파장을 일으킨다. 몸에 피가 다 빠져나가기 전 모델이 살아온 삶의 역사가 궁금해지기도 했다.

신영은 임신 5개월의 태아를 몸에 품은 채 숨이 멈추어버린 여자의 자궁 속을 들여다보았다. 생명의 신비와 더불어 메마른 슬픔 같은 게 몰려왔다. 그도 한동안 말없이

심오하고 두려운 눈빛으로 태아를 품은 여자 모델을 응시했다.

이 여자는 말이에요 사랑하는 남자의 흔적과 더불어 죽음으로 향하는 길이 조금은 덜 외로웠을까요? 신영의 눈에서 눈물 한 방울이 떨어져 내렸다. 오늘따라 그의 눈빛도 사뭇 깊어 보인다. 그녀는 가족에 대한 사랑을 갈구하고 있는 그의 몸을 받아들이고 싶다.

아무짝에도 쓸모없는 혹 덩어리가 반란을 일으키는지 갑자기 아랫배가 똘똘 뭉친다.

그녀는 모델들을 마음에서 온전히 떼어내어 물리적인 몸으로만 바라보려 해도 자꾸만 가슴이 두근거리고 머릿속에 거미줄이 쳐진다.

국립과학관을 나오면서 신영은 자신의 몸에 관해 곰곰이 생각에 잠겼다. 여자로 태어나 한 남자도 순전히 받아들이지(사랑하지) 못하고 자궁 속에 쓸데없는 혹만 매단 채 죽어 흙이 돼야 한다면 얼마나 허망한 일인가. 그녀는 공짜로 부여받은 선물, 오묘한 몸의 장기들을 유효 기간이 끝날 때까지 새로운 마음으로 사랑해야지, 하고 다짐했다. (「몸의 시간」)

누구나 다 가는 길이라지만 자갈밭 길 걸어가지 말고 그냥 산책하듯 걷다가 힘이 다해 풀숲에 누워 잠이 들듯 그렇게 갈 수는 없는 것인가. 인간은 누구나 다 평온한 임종을 맞이할 권리가 있는 거 아닐까.

나는 지금 아마도 코마 장벽이라는 곳에 와 있는지 모른다. 삶과 죽음의 경계라는 그곳, 안개 자욱한 깊고 깊은 골짜기로 누군가, 나를 떠미는 것 같은 느낌이다. 끝도 없는 어두운 골짜기로 밀려 내려간다. 눈이 시리도록 푸른 하늘을 안간힘으로 떠올려 본다. 정희의 해맑은 노랫소리가 들려온다.

종이 울리네. 꽃이 피네. 새들의 노래 웃는 그 얼굴 그리워라 내 사랑아 내 곁을 떠나지 마오. (「잠 못 드는 잠」)

백종선
경인일보 신춘문예 소설 「샘터의 달빛」 등단. 소설집 『고양이에게 말 걸기』, 『그녀의 새끼손가락』, 『푸른 돛배가 뜬다』 등 출간. 현재 한국소설가협회 윤리위원, 한국문인협, 작가포럼 회원, 화요문학동인.

그런데 그때였다. 어디선가 빛을 뿜으며 내 집을 향해 날아오는 것이 있었다. 바로 초코봉이었다. 어디선가 홀연히 날아온 초코봉은 위태롭게 서 있는 내 집의 축대와 대들보와 서까래와 지붕을 든든히 떠받쳤다. 사장이 아무리 장풍을 날려도, 팀장이 아무리 입바람을 불어제쳐도, 부장이 온몸으로 흔들어대도. 초코봉은 몰아치는 태풍 속에서 굳건히 내 집을 지켜냈다. 아니 그건 내 집이 아니었다. 엄마, 아빠, 오빠도 함께 사는 우리 집이었다. 초코봉이 든든히 받치고 있는 집에서 식구들이 어서 오라며 내게 손을 흔들고 있었다.

"집은 사람이 사는 곳이다. 사람 도리 못하고 살면 집은 집이 아니야. 짐승이 사는 우리지."

갑자기 아빠 말이 떠올랐다. 그놈의 초코봉이 뭐라고. 아빠는 기어코 전 재산을 과자 공장을 인수하는 데 쓸 모양이었다. 그러면 어차피 이사를 가야 하고 방을 얻어야 하니 집을 지키기도 어려울지 몰랐다. 그렇게 생각하니 오히려 홀가분했다. 집만 아니면 희연이처럼 세계 일주는 아니라도 동남아 여행쯤은 갈 수 있을지 몰랐다. 점심시간 사람들과 함께 맛집을 돌며 식도락을 즐길 수 있을지도. 가끔은 작지만 부모님께 용돈도 드리며 효도를 할 수 있을지도 말이다. 전에는 집만 있으면 뭐든지 할 수 있을 것 같았는데. 이제 집만 아니면 뭐든지 할 수 있을 것 같았다. 그제야 알았다. 어느 순간 내 집은 집이 아닌 짐이 되어 있었다는 걸. 집은 힘을 주는 절대반지가 아닌 인간답게 살기 위한 곳이라는 걸. 짐이 돼버린 집을 내려놓으면 아빠 말대로 인간 도리 하며 정말 인간답게 살 수 있을까.

〈중략〉

　나는 아직도 불안한 눈빛의 아라를 향해 안심하라는 듯 활짝 웃어 보였다. 다행히 경비업체 직원들은 아라에게서 멀찍이 떨어져 있었다. 대신 그들은 방향을 틀어 내게로 달려왔다. 검은 잠바들이 가까워질 때마다 사람들의 아우성이 쏟아졌다. 나를 향한 박수와 응원의 소리도 들렸다. 정말이지 뿌듯하고 가슴 벅차기 짝이 없었다. 그런데 왜 자꾸 눈물이 나지. 나는 사람들의 박수와 함성과 응원 속에서 잠깐 뒤를 돌아 슬쩍 눈물을 훔쳤다. 그 순간에도 플래시가 끊임없이 팡팡 터지고 있었다. 플래시 속에서 생각했다. 이번 휴가 땐 정말 루브르 박물관에 가볼까. 아니 그것까진 아니라도 우선 홍콩에 가기로 마음먹었다. 내 첫사랑 장국영의 숨결이 아직도 남아 있을 곳. 장국영이 잘 다니던 단골집엔 아직도 그가 앉았던 자리가 보존돼 있다고 들었는데. 그렇게 생각하니 갑자기 나도 모르게 노래가 흥얼거려졌다. 그런데 앞부분이 뭐였더라. 아무튼 나는 가사가 생각나건 말건 한동안 노래를 흥얼거렸다.

　"라라라라라, 쏘 해피 투게더! ……다 함께 쏘, 해피 투게더!"

백지영

2007년도 강원일보 신춘문예 당선. 2011년 서울문화재단 창작지원금을 수혜. 14회 한국소설작가상 수상. 작품집 『피아노가 있는 방』, 『고양이를 돌보는 시간』. 장편소설 『나의 노열패밀리』, 『내 황홀한 웃의 기원』, 『하우스푸어 탈출기』.

꿈꾸는 새 외 | 서기향

새들은 먹은 먹이를 소화하기 위해 모래를 쪼아 먹는다. 인간도 제 육신 안에 깃든 미움, 원망, 분노 같은 것들에 갇히지 않으려면 새들처럼 모래를 삼켜야 자유로운 삶을 살 수 있다. (「새들은 모래를 삼킨다」)

눈물로 점철된 길을 걷는 것 그것이 인생이기 때문인 거여. 힘들다 힘들다 하면서도 울지 않는 황새 되어 한 세상 그렇게 살나내다 보면 말여, 때 되어 세상을 떠날 적에는 웃으면서 갈 수 있을 것 같지 않여 (「울지 않는 새」)

이름도 모르는 초면의 당신이었지만 나는 알아요. 살아서는 끝내 비울 수 없는 통증과 지울 수 없는 기억 때문이었다는 것 나는 알아요. 하지만 모든 걸 다 비우고 지운 지금 당신은 얼마나 높이 날아올랐나요? 지금 당신이 날아 오른 그곳도 혹시 내 아내가 믿고 떠났던 그곳처럼 정말로 고통도 슬픔도 없는 그런 곳이 맞는가요? (「꿈꾸는 새」)

병을 얻은 덕분에 심리학책도 많이 읽어보게 되었지. 데이비드 엘카인드라는 심리학자도 그 중 한 사람이었어. 그 사람이 말하기를 관객증후군이란 상상 속의 관객을 만들어 내면서 늘 과도한 주인공 의식에 사로잡혀 있는 것인데 내가 그렇데. 치유 방법은 그 무대 위에서 내려가는 것이래. 체면과 위신에 얽매이고 타인의 평가에 존재 가치가 좌우되는 일로 자신을 괴롭히 말고 일에 대한 실패나 관계 악화로 자신의 존재감이 몰락 당할까 불안에 떠는 일에서도 벗어나도록 해야 한데. 그러니까 결론은 아주 간단하고 명료한 방식으로 나는 나, 실패나 성공과는 무관하게 내가 하고 싶은 일을 하면서 사는 것이 건강한

삶의 태도라는 거야. 전문적인 용어로는 셀프적인 삶, 그런 거래. 닥터에게 상담도 받고 내 문제를 해결하기 위해 책을 읽으며 노력했던 일들이 효과가 있었나봐. 마음에 변화가 일기 시작했어. 다른 사람들에 비해 유난히 더 성공적 삶에 집착하는 반면에 실패에 대해서도 유난히 더 불안해했던 내 모습이 보이기 시작했어. 그리고 잃어버린 나를 보았어. 불현듯 이모와 네가 그리워지더구나. 이모와 너는 혈육의 의미를 넘어서 내 마음의 고향 같은 존재, 그러니까 나의 원형이 있는 곳이니까. 다행히 이모가 아직 살아 계시니까 지금도 늦지 않았다. 더는 지체 말고 한국을 다녀오자. 돌아가시고 없는 엄마를 대신해 이모라도 보고 오자는 마음이 간절해 하던 일을 잠시 접고 비행기를 탔던 거야. (「정오의 날개」)

서기향
단편창작집 『벽난로가 있는 실내 풍경』. 장편소설 『적도의 새』 생태탐조소설 『새들은 모래를 삼킨다』. 미니픽션 7인 공저 『여자 넷, 남자 셋』 외 단편소설 30여 편 발표. 한국소설가협회 이사 역임. 『작가포럼』 편집위원. 계간 『연인』 편집고문.

날마다 시작 | 서용좌

사람은 평생 장님이라는데, 신앙이라도 있담 나으련만.

장님요? 평생?

유명한 구절이에요. 뭘 모르고 살아가니까 장님이라는 거겠죠, 매번 모르니까.

그럼 신자가 되는 편이. 저도 열심 신자는 못 되지만요.

글쎄요. 모든 존재하는 것들은 어디에서 와서 어디로 가는가 ― 그런 의문을 신앙 속에서 해결한다고 하지만.

네, 그거! 바로 구원을 위해서라고.

글쎄요. 삶의 궁극적인 의미를 찾아 헤매는 인간에게 풍요로운 빛 같은 것을 주신다고, 하느님의 존재란 그런 것이라고, 들어는 보았지만, 들어오지 않아서요.

우리 때는 자기 자신이 되라! 그런 가르침은 없었어요.

사람이 되라고, 그건 다른가요?

다르죠! 사람 중에서도 너 자신이 되라고! 그랬어야죠. 너는 수많은 모래알 중 하나일지라도 다른 모래알들이 너는 아니다. 너 모래알 하나. 세상에 하나뿐인 고유한 모래알. 다른 모래알들이 멋있어 보여도 힘세 보여도 그 다른 모래알이 될 수가 없단다. 너는 그냥 너 모래알이야. 너 모래알을 사랑해. 너 모래알을 존중해. 너 모래알을 너만큼 사랑하고 존중해줄 다른 모래알은 없어.

모래알이 모래알이….

그러니까 자신이 진정 원하는 무엇인가를 위해 돌진하면 욕먹기 일

쑤였어요. 무조건 희생하기 […] 문제는 배가 고프고서는 자존감이 안 생긴다 그거죠. 그렇다고 지금 잘사는 세상엔 배고픔이 없냐, 그건 아 냐. 또 다른 배고픔이 사람을 죽도록 괴롭히죠. 절대로 채울 수 없는 배고픔, 상대적 박탈감이요. 공허감이라고 할지. […] 있어도 있어도 없는 느낌 말이에요. (『날마다 시작』)

서용좌
2002년 『소설시대』(한국작가교수회) 등단. 장편소설 『흐릿한 해』, 『숨』, 『날마 다 시작』. PEN문학상(2017), 조연현문학상(2024) 수상.

워라말 타신 당신 | 서지원

― 미혼 아들 때문에 속을 썩이는 초로의 농부가 우연히 입수한 비루먹은 말을 보고 돈키호테적인 환상에 빠져 말을 찬양하는 장면임 ―

저 말을 보라. 네 발은 빠르고도 날래며, 다리는 청동으로 깎은 양 힘차고, 허리는 견고하기 들보 같으니 어떤 어려움도 견디고 이기는도다. 영리하기 육축의 으뜸이라, 주인의 뜻을 알아 달릴 때 달리고 멈출 때 멈추며, 뜻이 굳세어 주인을 섬김에 목숨을 돌보지 않는도다. 그 울음소리는 목관악기처럼 높고 맑고 부드러워서 구름을 뚫을 것이요, 네 발로 지축을 두드리면 그 울림은 마침내 궁륭에 이르리라.

한번 앞발을 높이 쳐들면 단숨에 산을 넘고 물을 가로지르니 천하를 종횡하는 영웅호걸과는 하루 천릿길을 기꺼이 달리는도다. 물 위에 비친 흐르는 구름을 바라보면 문득 발길을 멈추니 산천을 유람하는 가난한 선비와는 붉은 가을 단풍 앞에서 머물도다. 옛날에는 그를 거가 車駕에 먹이면 우렁찬 청도淸道소리를 귓전에 두고 호기 당당하게 임금의 앞길을 인도했으며, 수령방백의 부임 행차에서는 기구도 장대커니와 알성급제 장원랑의 삼일 유가遊街와 새신랑 초행길에는 방울소리도 영롱하였도다.

예로부터 후세에 이름을 남긴 명마가 무수하니 적토赤兎는 관왕을 따라 하루에 천리를 내달았고, 오추烏騅는 오강烏江에서 패왕을 잃고 울었다네. 주목왕周穆王의 팔준마八駿馬는 역대 화공의 화재畵材이며, 이태조李太祖의 팔준八駿은 용비어천가의 한 구절이었도다. 녹이상제綠耳霜蹄는 최영 장군의 충절을 도왔으며, 김유신의 애마는 천관녀 찾

아가다가 머리를 베이었도다.

이 모두는 백락伯樂이 없더라도 일찍이 준마의 반열에 설 기상을 가졌으나 영웅호걸이 간세間世의 소산이듯 말마다 다 준마일 수야 있겠는가. 비록 이 말이 준마는 아닐지라도 말은 어디까지나 말이니 어찌 소에 비길 것이냐.

〈중략〉 오늘따라 바람은 꽃시샘 따위는 모두 잊은 채 정필 씨의 잿빛 머리칼과 말의 검붉은 갈기를 어루만졌으며, 이름 모를 산새들은 멀리 가까이서 깃털을 반짝이며 춤을 추고 노래했다.

그는 문득 부르짖었다.

산마루에 오르리라. 더 높은 곳에 올라, 더 멀리 더 넓게 굽어보리라. 그리하여 모든 왜소함과 무기력을 말끔히 털어버리리라. 저 산을 넘어, 이 말과 함께 광야와 벼랑과 물을 박차고 달리어 핏빛 땀을 쏟으며 하루 천리를 내달으리라.

길가의 소나무 가지 하나를 꺾어 들었다.

이 삼척검三尺劍으로 무찌르리라. 정의에 대한 신념과 용기, 남아로서의 존엄과 명예를 걸고 진실한 사랑과 우정, 조국의 명예를 지키기 위해 나는 싸워서 이겼노라. 오직 말 한 필과 삼척검으로 이 모든 것을 이룬, 불굴의 용기와 고난 극복의 위대한 역정을 그대들은 분명 목도하였노라.

인파가 모여든다. 무수한 손들이 환호하고, 목청껏 이름을 연호한다. 팡파르가 울려 퍼진 뒤 우렁찬 축가가 하늘에 메아리친다. 오색 비단옷을 입은 선녀가 그를 향해 헌시獻詩를 낭송한다.

서지원
『월간문학』 등단. 창작집 『오손 공주』. 장편소설 『은허』(전2권), 『슬픈 호모 스크립투스』 등.

아빠의 면접소동 외 | 성지혜

엄마에겐 누구도 지니지 못한 독특한 향기를 지녔다는 걸. 그리움의 향기를. 더불어 엄마의 혈액형도 A, B, O형이 아닌, 그리움이란 걸. 그 그리움의 혈액형이 엄마의 전신을 녹아 흐른 샘물이란 걸. (「아빠 면접 소동」)

빛은 어둠에서 탄생된다. 어둠은 빛의 본향이다. (「초콜릿인가요, 우유 탄 초콜릿인가요)

인간은 행복을 100% 누리기를 원하지만, 인간이 완전할 순 없잖습니까. 다만 자신을 비워 10% 나눈 삶을 기꺼이 포용한다면 90% 행복이 다가오는 법이죠. (「신의 손」)

"바늘집을 침냥, 바늘쌈이라고 하는데, 웬만한 골동꾼들도 '바늘겨레'는 잘 알지 못해요. 겨레란 한 조상의 피를 이어받은 자손을 이름인데, 바늘집을 두고 그리 불렀던 우리 선조들의 기지가 빼어나지 않습니까. 그리고 바늘끼리 한 둥지에서 오순도순 살아가는 모습도 미쁘지 않아요?" (『은가락지를 찾아서』)

길일이 다가오면 조모는 밤새 목단항아리 안에 든 조청을 꺼내 엿을 만드셨다. 엄마랑 밀치며 당기듯 하던 그들 고부의 그림자가 벽에 드리웠다. 나는 그 엿이 먹고파 밤을 새웠다. 뒤란에선 대나무가 쑥쑥 자라듯 나의 키도 엿가락 늘어지듯 쑥쑥 자란 듯했다. 마침내 조모는 가위로 엿을 툭툭 잘라 내게 건네셨다. (「글자목단항아리」)

방금 누가 소리쳤죠. 고옥 치마에 빗방울 떨어지는 소리가 참 멋지다고요. 저기 석류나무 아래 서신 분이 누군 줄 아세요? 천상병 시인이에요. 몸도 허약하신데 어쩌나. 비를 맞고 계시는데. 애야, 선생님께

우산도 갖다 드리고 쌍화차도 대접해 드리렴. (「차와 향기」)

"중국에선 자전거를 양뤼, 당나귀 아닌 양나귀라 하고, 오토바이를 피루이즈, 방귀 끼는 나귀라 하지요."

Q가 너털웃음을, 덩달아 선생도 허허 웃는다.

"고속문명을 향한 느림의 미학? 오토바이를 방귀 끼는 나귀라 하니 정이 가는구려." (「나귀 타고 오신 성자」)

세상에 그리움보다 더한 묘약이 있을까. 그리움은 내 삶의 자양분이었다. 항시 나는 꿈꾸듯 그리움에 젖었다. 그래, 그 주제로 알곡을 낳아야지. 그러자 제목이 기다렸다는 듯이 다가왔다. (「그리고 그리니 마냥 그리워」)

따옥따옥 웃어 봐. 그건 제 노래잖아요. 아니지, 아우성이야. 기러기는 달 속에 숨는 게 희망이고, 까마귀는 달을 쪼아먹어야 식충에서 벗어나고, 인간은 달을 정복해 천년왕국을 세워야 좁은 땅덩이에서 해방된다고 야단들이지. 넌 이제부터 꿈을 따 봐. 하늘나라는 꿈의 보고거든. 초롱초롱 별의 꿈을 실타래에 감고, 졸졸 흐른 은하수 꿈을 두레박으로 긷고, 쿵덕쿵덕 방아 찧는 옥토기 꿈을. (「꿈을 따는 따오기」

성지혜

경남 진주 출생. 중앙대학교 대학원 문예창작학과 졸업. 『월간문학』 신인상. 작품집 『은가락지를 찾아서』, 『나귀 타고 오신 성자』, 『논개』 등 20권. 한국소설문학상, 펜문학상, 한국문학백년상 수상.

드래그Drag | 손경형

　나는 아내보다 일곱 살이 많다. 누군가 남자에게도 여자처럼 갱년기가 있다고 한다. 그리고 사람에 따라 여자보다도 더 심하고 힘들게 갱년기 증세를 겪기도 한다고 말한다. 인정하기 싫지만 요즘 내가 그런 증상을 보이는 것 같다. 오호통재라, 나는 자타공인 공처가고 경처가로 살아왔기 때문에 요즘은 특히 갱년기를 인정하고 싶지 않아 쿨한 남편과 아버지가 되려고 오히려 더 많은 것을 양보하려고 노력한다. 그래서 바둑이나 스포츠 프로그램을 보고 싶어도 말을 삼키며 아내에게 리모컨을 넘긴다. 그래놓고 속으로는 누가 들으면 형형 코웃음 칠 일이지만 분노를 삼키며 신문을 뒤적이며 지질하게 불필요한 소음을 낸다. 그러면 아내는 소리가 나는 쪽으로 고개를 돌린다. 그런 아내의 눈길을 피하며 나는 내가 아내의 시청을 방해했고 그것이 성공했다며 속으로 쾌재를 부르며 소심한 복수를 한다. 평상시 아내는 다른 사람이 말하지 않아도 그들이 필요한 것을 찾아서 도와주는 배려 깊은 사람이다. 나는 그런 아내가 갱년기를 앓고 있는 하나밖에 없는 남편의 마음을 헤아려주고 주위 사람을 챙겨주는 것처럼 나를 챙겨주기를 바란다. 그런데 아쉽게도 아내는 그런 나의 소박한 바람마저 무시한 채 모르쇠로 일관한다. 과거의 아내는 한마디로 과장을 좀 하자면 현모양처 그대로였다. 또 아내는 내성적인 성격이라 사소한 일에도 상처를 잘 받는다. 그리고 융통성 부족으로 다른 사람의 블랙 유머를 여과 없이 받아들여 소화하지 못하고, 혼자 끙끙 속앓이하는 숙맥이었다. 그런데 아내도 나처럼 갱년기를 겪으면서 어느 날부터 발톱을 드러낸 호랑이로 바뀌어 있다.

　지금 나도 아내와 마찬가지로 갱년기다. 나 또한 예전 같으면 아무렇지 않게 지나갈 일에도 이유 없이 화를 낸다. 비록 온몸에 상처가 나라도 내가 살아있다는 것을 보여주기 위한 것이다, 스스로 변명을 하며. 그런데 내가 하는 반항은 밖으로 표현되지 않고 내 몸안에 쌓여만 간다. 그리고 뭔가 좋지 않은 일이 생기면 모든 책임을 아내에게 돌리며 비난한다. 겉으로는 쿨 한 척 고개를 끄덕여줬지만, 이번 아내의 여행도 마땅치 않다. 그래서 공연히 아내의 말에 태클을 걸며 일부러 말다툼을 자처하기도 한다. 요즘 아내와 아들은 내가 회사에서 혀 짧은 소리를 해가며 힘들게 번 돈으로 호의호식하는 암처럼 떼어내고 싶은 혹 같은 존재로만 보인다. 나는 지금껏 자신을 위해서 살아온 적이 있는가, 평생 아내와 자식 뒷바라지만 하다가 젊은 시절을 보낸것 같아 허무하다. 특히 아내와 딸아이가 텔레비전에 나오는 젊은 아이돌을 보면서 입이 헤벌쭉 벌어지는 것을 보면 지나간 내 청춘이 아깝고 억울해서 울화가 치민다. 아들 녀석은 더하다. 금쪽같은 돈을 한 푼도 쓰지 못하고 고스란히 학원에 갖다 바치는데도 학교 성적은 꼴찌다. 그런데도 내 희생, 아빠의 희생을 알아주기는커녕 오히려 생색내지 말라며 자신을 위한 부모의 헌신은 당연한 의무 아니냐며 말끝마다 토를 달고 대든다. 내가 아들이라면 나 같은 아버지한테 무릎이 닳도록 고개를 조아리며 은혜를 칭송하며 존경하는 척이라도 할 것이다. 그리고 더 기가 막히는 것은 이 말이다. 누구는 아빠한테 태어나고 싶어서 태어났느냐. 지금 자기도 공부 때문에 죽을 맛이니 건드리지 마라. 아빠의 희생도 억울해하지 마라. 나중에 성공해서 보란 듯이 다 갚아 줄 것이다. 그때 가서 후회하지 말라. 큰소리까지 친다. 그렇게 세상과 아내, 자식들을 향한 마음속 원망이 똬리를 틀어간다.

손경형

2009년 한맥문학 신인상 수상. 한국문인협회 70년사편찬위원회 위원. 국제PEN 한국본부 회원. 소설집 『그녀 이름은 엘리스』.

안면도 여행 | 손정모

거울 앞에서 지난 세월의 먼지를 걷어내듯 내 모습을 들여다본다. 내 나이는 바람결에 떠밀린 세월의 자취처럼 어느새 만 68세이다. 아내의 나이는 내 그림자를 좇는 바람결같이 비슷한 만 71세이다. 현실을 점검하려는 양 근래의 내 생활의 흐름을 둘러본다. 민달준閔達俊이란 내 이름에 걸맞게 고공의 매처럼 당당하게 살아왔다고 여긴다. 고등학교의 미술 교사로 근무하다가 강을 건너듯 정년퇴직한 지가 6년째다. 아내는 삶을 즐기려는 것같이 중랑구청의 공무원인 간호사로서 일하다가 정년퇴직했다. 현재는 건강을 가다듬으려는 양 마을 인근의 요양병원에 재취업하여 일한다.

나는 현재 세상의 그림을 떡 주무르듯 취향대로 그리는 서양화가이다. 20대 중반에 실력을 내뿜으려는 것처럼 국전의 특선 화가로 당선되었다. 취향을 주변에 각인시키려는 것같이 화가로서는 집요하게 생활해 오지 않았다. 그림을 그리게 되면 다람쥐가 도토리를 모으는 양 보관했다. 나를 알아달라는 듯 정기적으로 전시회를 갖기는 꺼렸다. 세인들로부터 상징성을 부여받으려는 것처럼 화가로서 대외적으로 활동해 오지는 못했다. 그림 자체는 여명의 햇살같이 나의 관심을 끌어들이는 영역이 되었다. 전공이 미술이기에 포근한 햇살에 휘감기는 양 나름대로의 만족감에 취했다.

퇴직한 뒤에는 연금으로 생활이 가능하기에 마음이 너럭바위에 드러눕듯 편안하다. 취향의 숨결을 반영하려는 것처럼 보람 있게 일해야 마땅하리라 여겨진다. 화가로서도 갯벌에 발자취를 남기려는 것같이

최선을 다해야 하리라 생각된다.

　퇴직한 이후부터 나는 마음을 닦으려는 양 중랑천의 산책을 즐긴다. 내 집은 새의 둥지처럼 가까운 면목동의 D아파트에 있다. 서쪽의 중랑천까지는 재채기의 침방울이 내닫듯 가까운 400여 미터의 거리이다. 서쪽의 중랑천 보행로는 다리를 떠받치려는 것같이 장평표의 아래쪽에 있다. 북쪽으로 2.2km가량 깃털이 움직이는 양 이동하면 중랑교 아래에 도착한다. 중랑교의 보행로에서 경로를 뒤집듯 집까지 되돌아오면 4.6km의 거리에 해당한다. 4.6km씩의 보행로를 걷는 것이 식사하는 것처럼 정규적인 새로운 일과이다.

　사람들에게는 각자의 체향같이 저마다의 고유한 자질이 있다고 여겨진다. 천성들인 양 자질은 구도를 다양하게 만들어 내는 능력에 통한다. 사람들의 눈처럼 화가들에겐 누구한테나 다 있는 능력은 아닌지 훑어보았다. 화가라고 하여 무늬인 듯 다양한 구도를 제시하는 사람들은 드물었다. 그림을 잘 그리는 것도 사람들의 키같이 타고난 특성이었다. 망원경을 휘돌리려는 양 다채로운 구도를 제시하는 능력도 타고난 자질이었다.

손정모
시인, 소설가, 평론가, 이학박사(서울대). 장편소설 15권, 시집 2권, 평론집 1권, 단편집 2권 출간('98 등단 이후 106편의 단편 발표). 경기도문학상, 김만중문학상, 직지소설문학상, 서울시문학상 등 수상.

이태원에는 천 개의 바람이 분다 외 | 송경화

가까이에서 본 빈소는 퍽 초라했어. 스산한 바람과 어두운 침묵만이 주위를 감싸고 먼지를 일으키며 지나가는 자동차의 기계음만 빈소 주위를 떠돌고, 침묵 속에서 나는 진한 슬픔을 보았다. 행인들은 무심히 지나가기도 하고, 안타까움을 눈빛에 담아 물끄러미 바라보기도, 가끔은 냉소 띤 얼굴로, 남의 나라 명절에 축제를 벌이고 열광했던 젊은이들을 나무라듯, 우리고유의 명절에는 고향부모나 제대로 찾아보냐는 듯, 사나운 눈빛으로 째려보는 퍽 완고해 보이는 노인들도 보였어, 난 선뜻 다가가지 못하고 빈소 주위를 한참을 서성거렸다. 나도 모르는 사이 눈에서는 눈물이 흐르고 난 차마 드러낼 수조차 없이 죄스러워서 조용히 손등으로 눈물을 훔치고 있었다.

까만 테두리 안의 위폐에 쓰여 있는 이름들, 영단 위에 줄을 이루며 붙어있는 영정 사진에서 너를, 그리고 익숙한 얼굴들, 가은, 미수, 미영, 은별, 시후, 네모난 사진틀 안에 검은 리본으로 묶은 영정사진 속에 있었어. 너는 입을 꽉 다문 채였고, 미수와 은별은 미소 띤 얼굴이었다. 영단 위에 놓인 흰 국화꽃들이 살아서 움직이듯이 내게 다가오는 것 같았어, 눈에 고인 눈물 때문에 일어난 착시였다는 것을 눈물을 닦고 나서 알았다. 까만 상복을 입은 유족이라는 이름으로 남겨진 부모님들의 피울음이 가슴으로 전해오는 것을 느꼈다, 그렇게 짧은 시간에 그렇게 황망하게 자식을 잃어야했던 부모님들, 그 시린 가슴에 영원히 꽂혀있을 너희들의 환영, 영단에 놓인 흰 국화 단, 그 옆에 놓인 빈 잔에 생수를 부어 올려놓고 말없이 고개를 숙였다. 눈물은 가슴에서 솟구쳤다. 함께 가지 못해 미안해, 내가 할 수 있는 것은 그 말뿐이

었다.

누군가 내 곁에 다가 와 "해서 아니니" 젖은 음성이 낮게 말을 걸었다. 고개를 들어보니 너의 어머니였어, 난 놀랍고 죄스러워서 말을 하지 못하고 멀뚱히 쳐다만 보다가 겨우 찾아낸 말이 "죄송해요. 어머니, 함께 가지 못해서..," 나는 문장을 완성하지 못했어. 다음 말이 떠오르지 않아 연결하지 못했다. "넌 이렇게 살아있어 주어서 고맙다." 너의 어머니가 눈물을 훔치시던 손으로 나의 어깨를 다독여주었어. 나는 너무 감사해 하마터면 '잘 지내시지요.' 라고 할 뻔했다. 말은 거기에서 멈췄고 너의 어머니와 나 사이에 무거운 침묵이 가라앉고, 둘은 우두커니 서있었다. 할 말이 없었어. (「이태원에는 천 개의 바람이 분다」)

'일엽폐목불견태산'이라 누가 왕의 눈을 가렸는가. 누가 왕의 총기를 흐려놓았는가. 충직한 신하의 직언을 잘 듣는 것은 성군의 자질이요 줏대 없이 귀가 팔랑거리는 것은 미색에 빠져 자신을 놓아버렸음이라 민심은 이미 왕을 떠났도다. 왕의 횡음무도함이 하늘의 노함을 불렀도다. 하늘이 진노하여 신돈을 보냈도다. 왕은 서서히 미쳐가고 고려는 서서히 멸망해갈 것이로다. (『정토의 꽃』)

송경화
중앙대 전문가 과정 및 심화과정 수료.

하얀 눈의 발자국 | 송기봉

　창문 너머로 손에 닿을 듯 맞은편 산이 하얀 눈을 뒤집어쓴 채 펼쳐지다 양쪽으로 갈라진 움푹 들어간 갱도에서 검은 석탄을 광부들이 캐내어 운반하는 모습이 마치 산에 쌓인 스트레스를 풀어내고 있는 듯이 보였다. 순간 나의 몸 구석구석에 배어 있던 권태, 짜증, 무기력증들을 활활 불태우고 싶은 욕망이 일어났다. 본능이었다. 이러한 생각들 때문에 시간이 달아져왔다. 덕분에 하루네 학생들로부터 받은 스트레스의 편린들이 온몸에서 떨어져 나갔다.

　처음 이곳에 왔을 때 눈에 들어오는 것은 여기저기에 주인 잃은 빈 집들과 그 속에서 여유 있게 자라나는 잡풀들, 흩어진 기왓장과 끊어진 전깃줄, 몇 년째 방치해 놓은 건물의 벽마다 비듬처럼 일어나는 페인트, 외부와 차단된 전화선이 바람에 흔들릴 때마다 고함치는 절망의 소리 그리고 이들을 잠재우기라도 하듯이 들고양이들이 밤이면 시퍼런 눈빛으로 잡초가 우거진 마당을 들락거리며 쥐와 씨름하고 있는 모습이었다. 이들은 감량된 석탄 생산 때문에 살길을 찾아 떠나간 사람들이 남기고 간 원망과 한탄의 잔재 들였다.

　이사온 다음 날은 몇 날의 단잠을 몽땅 되 쏟아 낸 듯이 지쳐 버렸다. 몇 시간을 침대에서 꼼짝 않던 내가 시커먼 어둠이 연하게 벗겨지면서 잠에서 깨어난 것은 산새들의 노래 소리가 창문 틈새로 들어와 감미롭게 온 방안을 휘젓고 다녔기 때문이었다. 눈을 뜨지 않았다. 귓바퀴를 창가로 길게 늘어뜨리고 그냥 언제까지 던 있고 싶었다. 순간

이마와 얼굴을 핥아내는 긴 혀의 날름거림에 간지러움을 느꼈다. 눈이 부시다. 눈을 떴다. 가 파랗게 전개된 산허리에 빗살처럼 서 있는 나무 사이로 선명하게 몇 가닥의 빛이 눈에 들어왔다. 아 요것이었구나 나의 얼굴을 핥아낸 것이. 돌돌 말린 시트에서 빠져 나와 몸에 가운을 걸친 채 창밖을 내다 봤다. 햇살이 가루가 되어 투명하게 부서져 내리고 있었다. 참 고왔다. 빼어난 산세가 병풍처럼 둘러싸고 있는 사위는 아늑한 울타리였다. 이곳에서 나는 언제까지 던 자연과 하나가 되어 살 수 있을 것만 같았다.

그러던 가을 날 아침이었다. 그날도 며칠 동안 보이지 않던 민호 때문에 골이 파진 허전함으로 도장리마을 가게 앞에서 그를 기다리고 있다가 보이기 시작할 무렵, 조금은 불안해하면서 가슴이 뛰고 괜스레 긴장하기 시작했다. 이러한 내 앞에 그가 우뚝 서더니 하얀 봉투를 쓱 내밀었다. 봉투를 내민 그의 손이 부르르 떨려왔다. 결코 올 것이 오고야 말았다는 생각이 들었다. 그의 눈과 나의 눈이 부딪쳐 번쩍하며 빛을 내었다. 그의 시선이 나의 손을 더듬으며 빨리 받아두라고 채근 대는 것만 같았다. 순간 너무나 오래 손을 내밀게 해서 미안하다는 생각이 들었다. 그의 편지를 받아들이기로 했다. 그러자 갑자기 사위가 조용해지고 아늑하였다. 모든 만물이 숨을 죽이고 우리들의 모습을 눈여겨보는 것만 같았다. 봉투를 받아든 손에서 전율이 오고 그 전율은 등줄기를 타고 가슴에 들어와 짜릿한 감정의 화석이 되어 자리를 잡았다. 그 화석은 가많이 있지를 않았다. 가슴을 방망이질하고 다녔다. 나에게 기쁨을 잔뜩 안겨준 그는 아무런 일이 없었던 것처럼 예전과 똑같이 재 넘어가고 있었지만 그의 뒷모습에서 안락과 환희와 기쁨과 쾌락과 즐거움과 희망의 꿈들이 나비가 되어 나에게 날아와 훨훨 날아다니고 있었다.

송기봉

1999년 봄호 오늘의 크리스천문학을 통해 시 등단. 2001년 가을호 『문학사랑』을 통해서 소설 등단. 장편소설 『하얀 눈 위에 발자국』.

그리움 외 | 송인자

　우리 기억의 저편, 근원을 알 수 없는 무수한 사건 속에는 비록 그것의 외양은 감추어져 있다 할지라도, 어떤 동기가 있으면 떠오르는 인물이 있다.

　청춘이었을 적엔… 그 순간이 인생의 최후일지라도 살아 있음이 행복했던 시절이 있었다. 핸드폰 파일을 뒤져 옛 팝송을 듣자 눈물이 볼을 타고 흘렀다. 근원을 알수 없는 쓸쓸함이 느껴지고 싱그러웠던 젊은 날이 그리웠다. 지금의 내겐 결핍된 것들, 그 시절에만 존재했었던 어떤 감정들로 목마름이 느껴지는 오후였다. ―중략― 취미생활이건 뭐건 간에 어느 한쪽을 택해야 한다면, 보다 신념이 강한 쪽으로 끌리게 마련이다. 둘 사이에서는 평소 활달한 나보다 조용한 그 애가 언제나 결정권을 갖고 있었다. 친구는 내게 성당 가기를 권했고 나는 별 거부감 없이 따라갔다. ―중략― 바람이 살랑대던 봄날 오후, 성당 앞뜰에서는 손가락이 유난히 가늘고 길었던 그가 기타를 치고 있었다. 우리 젊은 청춘들은 그의 곁에 둘러서서 누가 선창을 하는지도 모르게 2부, 3부 화음을 넣어가며 노래했다. 그 멋진 날들은 그가 있었기에 가능했다. (「그리움」)

　"잘 있었어?" 이 무덤덤한 질문에는 사실 대답이 필요 없었고, 상대편 또한 알고 있었다. 늙은 여인이 연애에 대한 열망이 가득하지만, 한 발자국도 떼지 못하는 것은 그 무엇보다 늙은티 줄줄 나는 몸매에 자신이 없었기 때문이다. 그 자각은 어떤 도덕적 의식보다도 강했다. (「운명」)

단독주택으로 이사했다. 지대는 좀 높지만 주변이 탁 트인 관계로 바람이 시원하게 들어와 마음에 들었다. 한데 그날 아침, 내 건망증을 호되게 나무라는 한 녀석이 등장했다. 사나흘 전부터 아주 자잘한 새끼 몇 마리가 더듬이만 살짝 보여주고 사라지기에 '아뿔사, 내가 이사 와서 한 번도 약을 안 했구나!' 하고 내일… 내일… 미루고 있었는데, 드디어 나를 한방 먹이고야 만다. 그 녀석은 어찌나 큰지 그의 생물학적 명칭이 '바퀴'임이 심히 의심스러울 지경이었다. 그 솥뚜껑만한 물체는 자신의 출현에 경악하는 주인에게 미안했던지 잠시 잠깐 기어갈까? 말까? 고민하는 것 같았다. 냄새와 공기의 흐름을 감지한다는 그 길고도 긴 더듬이를 올렸다 내렸다 하면서 말이다. 나는 그 괴물을 향해 "너 혹시 귀뚜라미나 풍뎅이 아니냐?" 물어보고 싶었다. 이성을 잃은 나는 아무거나 손에 잡히는 대로 내리쳤다.

턱! 오잉?

그건 하필 프라이팬용 주걱이었다. 이를 어째! 바퀴벌레는 누런 물을 흘리면서 박살이 났다. 팔 다리도 어떤 것은 저만치 날아가고 몸뚱이는 으깨지면서 누런 물과 함께 희끄므레한 살덩어리까지 내놓는다. (「바퀴벌레」)

송인자
『월간문학』 소설 등단. 한국문인협회 문학유적탐사연구위원, 한국소설가협회 사무국장, 서초문인협회 편집장, 서초문학상 수상, 작품집『증인』,『사람 돼지게 패주고 싶던 날』.

서랍 안 오후 | 신미경

소희는 소진의 일기장에 적힌 '언젠가 하나 될 그날을 위해 움츠린 어깨를 펴는 거야'하는 노랫말이 무엇인지 이해할 수 없었다. 하지만 최소한 소진이 어쭙잖게 살고 있지는 않을 거라는 기분이 들었다. 소희는 소진이 고등학교 졸업식을 하고 사라진 후 '공허'라는 것은 비었다는 게 아니라 사라져 아무 것도 남은 게 없는 거라고 여기기로 했다. 그것은 '편함'이고 마음이 공허해서 슬프다는 것은 틀린 말이라고 생각했지만, 엄마는 달랐다.

소희는 찬바람이 불었다 사라지는 거리에 서서 뒤를 돌아보았다. 엄마만 있는 그 공간에 부유하는 먼지만이 엄마와 함께한다는 사실은 소희에게 안타까움보다 견딤이라는 낱말을 떠올리게 했다. 뭉치의 눈은 멎었지만 흩날리는 가루 같은 눈은 내리고 있었다. 차에 올라 히터를 틀고 손을 비비고 나서 핸들을 잡았다. 시야에 보이는 늦은 오후의 볕이 자신에게만 비추는 것 같은 기분에 소희는 잠시 웃음을 지었다. 오후의 시간은 게으름의 시간, 모든 핑계를 대어도 좋은 시간, 거추장스런 마음을 내려놓기 좋은 시간, 소희는 뭉개진 것이 풀리는 기분을 느끼기도 했다. 다시 엄마를 보는 일에 용기가 필요할지도 모른다는 생각을 하고 엑셀을 힘차게 밟았다.

문자 메시지가 떴다.
팸플릿 어떻게 할까?
그 물음에 소희는 미소를 지었다. 어설프게 지고 있는 오후의 붉은

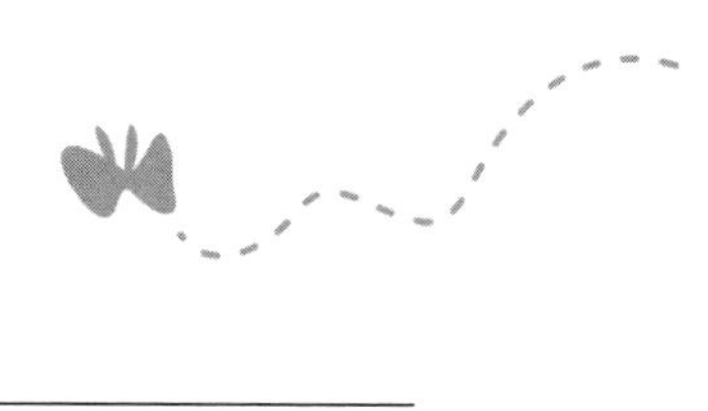

햇살이 소희의 얼굴에 퍼졌고 이젠 집에 들어가 편히 쉴 시간이 돌아
왔다고 생각했다. 소희는 운동장을 가로질러가면서 이번 가을은 서늘
함이 끼어들지 않았으면 했다. 조그만 빛이라고 깃들기를. 햇볕이 서
서히 사라져 가는 도시는 다른 옷을 입고 있었다. (『서랍 안 오후』)

신미경
2021. 『월간문학』 등단. 한국문인협회 회원. 한국소설가협회 회원. 공저 한국문
인협회 단행본 『소설 카름』, 동인집 『애인』.

메갈로돈 여자 | 신미송

해가 바다에 젖을 시간, 붉은빛이 물 위에 풀렸다. 바다는 그 빛을 삼키고 있었고, 그녀는 모래에 맨발을 묻은 채 앉아 있었다. 땅끝의 고요한 바닷가는 그녀에게 마지막 장을 쓰라며 자신을 펼쳐 보이는 백지 같았다.

어릴 적, 엄마의 치맛자락에 얼굴을 묻고 울던 계절이 생각났다. 울음에도 문장이 필요했던 시절, 엄마는 그녀에게 울지 말라고 말하지 않았다. 다만 눈물의 이유를 설명해야 했다. 여자는 그때보다 훨씬 더 많은 눈물을 품고 있었지만, 이젠 울지 않는다.

바다를 향해 손을 뻗었다. 그녀의 손가락 끝에 닿은 것은 물이 아니라 시간이었다. 흘러간 시간, 놓쳐버린 감정, 도망친 자신. 그녀가 만든 허상의 남편도, 그 안에서 살고 있는 진짜 그녀의 남편도, 모두 과거라는 길에서 헤매고 있었다. 아이를 갖지 못한 것은 끝이 아니었다. 그녀를 사람으로 만드는, 슬픔의 형태를 바꾸는 기점이었다.

그녀는 바다를 향해 한 발, 또 한 발 내디뎠다. 젖은 다리에 바다의 기억이 스며들었다. 짙은 해무 같은 바다의 숨소리가 들렸다. 그건 파도 소리가 아니었다.

하늘과 바다가 맞닿은 경계에서 한 마리 거대한 그림자가 부상하고 있었다. 태곳적 공포와 신화가 응고된 육중한 몸짓. 깊고 느린, 오래된 존재의 숨결이 느껴졌다. 여자는 눈을 감았다. 여자는 그 속에서, 무언가를 보았다.

"메갈로돈."

그는 멸망한 제국의 마지막 파문처럼 여자를 응시하고 있었다. 그

눈빛은 단순한 거대 생명체의 것이 아니었다. 그가 물어뜯던 잇자국은 빛도 들지 않는 심연 아래서 화석이 된 줄 알았다. 여자는 그의 눈에서 수백만 년의 시간이 퇴적된 슬픔을 보았다.

"그대는 왜 아직 이곳에 있는가요?"

시간도 그를 데려가지 않았다. 그는 멸망하지 못한 존재였다.

무한대∞ 모양의 섬을 감싸던 길은 사라졌고, 여자의 뒤를 좇아온 바다는 이제 종아리까지 올라와 있었다. 그녀는 서두르지 않았다. 지금, 이 순간은 달아나선 안 돼. 잊힌 고통의 파편, 오래전 봉인해 버린 욕망의 조각. 그리고 차마 말하지 못했던 슬픔이 바다와 함께 밀려와, 마침내 여자를 통과하고 있었다.

"이 바다가 내 안에 있었구나."

다시 바닷물이 나가는 시간이다. 바다는 기억을 더듬듯 낮은 숨결로 뒷걸음쳤다. 여자는 그 자리에 가만히 섰다. 수면 아래에서 은빛 비늘 같은 것이 깜빡였다. 빛이 빠져나간 그림자의 막 사이에서 바다는 천천히 몸을 틀고 있었다.

여자는 그 길을 걸었다. 바닷물이 물러간 자리에 도드라진 땅은 축축하고 무르고, 조개껍질과 자잘한 돌멩이들이 뼈처럼 반짝였다. 여자는 더 이상 되묻지 않았다.

신미송
2006년 한국문인 소설 「민달팽이」 소설 등단. 작품집 『당신의 날씨』, 『사랑은 증오보다 조금 더 아프다』, 『나무늘보의 세상과 말 트기』.

반가사유상 | 신상성

코아가 내 연구실 벽에 귀신같이 서 있었다. 미동도 하지 않고 노려보고 있었다. 처음에는 무슨 새 벽화가 택배로 왔나, 하고 천천히 다가가 그 그림을 만지다가 발딱 놀란 것이다. 나는 늘 맹! 하니 정신을 자주 놓았다. 월남전 참전 이후 버릇이다. 정글 숲 속에서 죽어간 어느 젊은 여인을 소환하면 주변 모든 것이 순간적으로 싫어진다. 세상이 혐오스럽다.

처녀 같은 그 젊은 여인의 젖꼭판 위에는 갓난아기가 안 나오는 젖을 빨며 울고 있었다. 그미의 뒷목에는 날렵한 칼자국이 몇 개 지나쳤다. 그 칼날에 죽은 것이다. 급소 위치 등 익숙한 수법으로 보아 나와 같은 소속의 특수부대 첨병 수색대원의 짓거리 같다. 며칠 전, 우리 백마부대 1대대와 미군 51야포 포병부대와의 한미합동 부대의 작전장면이 언뜻 소명되었다.

나는 야자수 고목 옆으로 그미를 눕히고 그 갓난아기를 천천히 안았다. 녀석은 내 철모의 찢어진 헝겊을 잡아당기며 환하게 웃었다. 며칠을 굶었는지 그 아기는 뼈만 남았다. 나는 내 숙소로 몰래 데려왔다. 내 침상 아래에 적당한 공간을 마련해 숨겨두었으나 한밤중 아기 울음소리로 들켰다. 영창에도 잡혀갔다.

귀국해서는 한때 정신병원에도 갇혔다. 그리고 끝이다. 때때로 그 아기의 특이한 늑대 울음소리가 들리고 그 젊은 엄마가 열손가락 끝에 피를 묻힌 채 내 얼굴을 할퀴대기도 한다. 꿈을 꾸기도 하고 시시로 환영으로 나타나기도 한다. 죄 없는 죄 속에 나는 스스로를 가두어서 속죄를 하고 싶다. 그렇게 멍 때리는 버릇이다.

"특히 교수님의 멍 때리는 옆모습이 좋아요."

"뭘 자빠져 자다가 아랫다리 긁는 소리야?"

"그리고 로렌초 같은 교수님의 그 손가락 끝이 나를 아편쟁이로 만들었어요"

코아는 자기 머리채를 잡아 뜯으며 울었다. "아, 내가 미쳐요!"

그미의 은목걸이에는 미켈란젤로의 로렌초 초상이 목숨같이 붙어 있다. 맨몸으로 섹스를 할 때에도 로렌츠는 그미의 목을 끌어안고 있다. 금방 끊어질 듯한 낡은 은실에 걸려 있는 로렌초는 그미의 젖꽃판 근처 심장박동과 함께 널 뛰었다. 벼랑에 떨어질 듯 고함 지르며 허연 액젓을 온몸에 칠하며 거칠게 몸부림 친다. 그러나 로렌초는 극히 조용히 생각에 잠겨 있다.

땀을 철철 흘리는 섹스 때에도 코아가 깊은 사유를 한다면 대관절 무슨 생각을 하는 것일까. 로렌초가 걸상에 앉아 있는 이미지는 흡사 용산 국립막물관 '반가사유상半跏思惟像'과 같다. 한국과 독일 위치만 다르지 쩍퉁 이미지가 아닐 수 없다. 둘 다 한쪽 다리와 한쪽 팔목을 90도 가까이 세우고 깊은 사념에 잠겨있는 청년상이다.

신상성
동국대 국문학과 및 동대학원 졸업. 〈동아일보〉 신춘문예 소설 당선(1979). 용인대 명예교수, (사)한중문예콘텐츠협회장. 『목불』 등 50여 권, 한국문학상(2019) 수상 등.

인생 갑자(1924년)생 | 안문현

늙은이들이 혼자 살다가 이승을 떠난 농촌 빈집은 잡초 무성한 폐허로 변해, 새끼 낳아 기르고 떠난 빈 새 둥지처럼 허물어져 갔다. 비 새고 문짝은 떨어지고 무너져 가며 흉물로 변해 있었다. 그곳은 백여 년 대를 이어 자식 낳아 키워가며 가족들이 오손도손 살아가던 집들이었다.

늙고 기력이 쇠해진 정순은 혼자서 텅 빈 골짜기를 지키고 있었다. 시집와서 남편과 몇 달 살아 보지 못한 이 집, 이 골짜기에서 이웃하며 새댁 때부터 평생을 같이 살던 사람들은 노인이 되어 병들고 수명을 다해서 모두 저승으로 떠나고 정순은 혼자서 외롭게 살고 있었다. 나이가 들어 일할 수 없어 평생 농사지어오던 논과 밭 들판은 묵어 풀밭이 되고 남편과 아들이 전사한 유족연금과 면사무소에서 나오는 노령수당으로 살아갔다. 정순은 다리가 아프고 기력이 쇠해 등 너머 재 너머 이웃 동네도 출입할 수 없었다.

가을 추수기가 되어도 온 들판이 묵어서 농토에는 잡초만 무성하여 추수할 것도 없었다. 앞뒤 산에는 단풍이 곱게 물들어 갔다. 정순이 시집오고 몇 달 후 군대 간 남편은 전사하고 청상이 되어 아들 하나 키우며 살아오다 아들마저 월남전에서 전사하고 혼자서 외롭게 살아온 골짜기였다. 그리움을 삭이며 할머니가 된 지금까지 그 오랜 세월, 이 골짜기를 지켜왔다. 아무도 오는 이 없어 인적이 끊긴 골짜기에도 변함 없이 계절은 찾아왔다가 흘러가고 또 찾아왔다. 정순은 저녁을 먹고 잠자리에 누웠다. 창틈으로 밝은 달빛이 흘러들고 풀벌레 소리가 유난히도 정겹게 들렸다. 꿈인지 생시인지 아들이 나타났다. 50여 년 전 휴

가 왔을 때의 군복을 그대로 입고 있었다.

"어머니, 여기서 외롭게 사시지 말고 아버지와 할아버지 할머니가 있는 곳으로 가시더."

정순은 아들을 따라나섰다.

…3월이 지나고 4월이 되어도 정순이 살던 골짜기에는 사람의 움직임이 없었다. …대문을 열고 들어서자, 방문이 걸려있고 집 안에 퀴퀴한 냄새가 났다.

"할머니, 할머니 계세요?"

복지사가 문을 두드리며 불러도 아무런 대답이 없었다.

유리 창문 틈을 통하여 방안을 들여다보았다. 이불은 온통 얼룩져 있고 할머니의 얼굴은 해골이 되어 있었다. 놀란 복지사는 경찰에 신고하였다. 경찰이 달려와서 문의 잠금장치를 뜯어내었다. 문을 열자, 시체 썩은 역한 냄새가 풍겨 나왔다. 방안에는 살이 썩어내려 이불이 얼룩지고 장판은 검게 변해 있었다. 이불을 걷어내자 벌레가 쉬를 쓸어 알을 까서 나간 껍질이 새까맣게 붙어있는 반쯤 탈골이 된 할머니 시신의 모습이 드러났다. 할머니는 아무도 찾는 이 없이 외롭게 고독사한 지 반년도 넘게 지나 백골로 변해 있었다.

안문현
『문학저널』 소설, 『문학세계』 시로 등단. 장편소설 『핏줄』, 『인생갑자(1924년)생』(전3권). 중·단편 다수. 시집 『처용가를 거꾸로 읽다』. 경북문인협회 소설분과 위원장.

영원한 달빛, 신사임당 | 안 영

이른 새벽, 사임당은 어렴풋이 눈을 떴다.

한숨 자고 났나 싶은데, 다시 급격한 통증이 왔다. 심장이 타닥타닥 뛰고 가슴이 꼭꼭 찌르는 듯 쓰리고 아팠다. 누군가 있는 힘을 다해 자기의 가슴을 쥐어짜는 것 같은 통증이 계속되었다. 금세라도 숨이 멎을 것만 같았다. 딸들이 옆에서 자고 있는데, 행여 깰까 봐 조용히 몸을 뒤척이며 '끙' 하고 앓았다. 다시 정신이 혼미해지면서 스르르 눈이 감겼다.

얼마나 지났을까. 사임당은 하늘을 향해 치솟고 있었다. 몸이 그렇게 가벼울 수가 없었다. 차츰 높이 더 높이 하늘을 향해 치솟았다. 한 마리의 솔개가 된 느낌이었다. 그런데 이게 웬일인가. 갑자기 스스로 두 팔을 벌려 흔들어대며 춤을 추듯 너울너울 날았다. 정월 대보름날 사내아이들이 하늘 높이 띄우던 연처럼.

아니, 이게 꿈인가 생시인가. 도대체 어찌 된 것인가. 무섭구나, 무서워. 이러다 떨어지면 어찌하나? 추락할까 봐 겁이 나 죽겠는데 자기도 모르게 솔개처럼 너울너울 날고 있었다. 아래를 바라보니 무수한 집들이 있고, 텃밭이 있고, 산이 있었다. 그래도 하늘길은 훤히 트여 있었다. 그네는 텅 빈 하늘길을 따라 무작정 날고 있었다. 자기 의지로가 아니라 저절로 날아지는 것이었다. 다행히 점점 무섬증이 가셨다. 아니, 이제 웃음을 띠면서 비상飛翔을 즐기고 있었다. 도대체 언제까지 이렇게 날 것인가. 한참 뒤 하강이 시작되었다. 누군가의 조종인 듯했다. 아래로, 아래로….

마침내 그네가 안착한 곳은 뜻밖에도 고향 강릉이었다. 정확하게

오죽헌 뜨락이었다. 경포 호수에 뜬 달이 자기를 향해 손짓하고 있었다. 그네는 천연스럽게 오죽헌 뜨락을 거닐고 있었다. 키 작은 검은 대나무가 보이더니, 금세 꽃들이 보였다. 봉숭아 맨드라미 과꽃 원추리 양귀비, 오만 가지 꽃들이 무리 지어 피어 있는 꽃길이 훤언히 보였다. 그 꽃길 속을 따라 걷고 있었다. 혼자였다. 그때 저만치서 아버지가 손짓하였다. 아버지 뒤에는 외할아버지도 보였다. 그네는 너무 기뻐 그분들을 향해 꽃길 사이를 걸어 나갔다. 아니, 하도 반가워 뛰어갔다. 그런데 갑자기 자기가 어린애로 변해 있었다. 아이는 그분들을 향해 마구 뛰었다.

"할아버지, 아버지!" 아이는 환희에 들떠 그분들을 부르고 또 불렀다. 그분들이 팔을 벌리며 다가오고 있었다. 길 양편에서는 꽃들이 춤을 췄다. 온 얼굴에 보름달 같은 웃음을 머금고 마구 팔을 흔들면서. 아이도 함박웃음을 웃어대면서 할아버지와 아버지를 행해 마구 뛰었다.

"할아버지, 아버지!"

마침내 사임당은 그분들의 품에 안겼다. 그리고 일찍이 상상도 해본 적이 없는 행복의 세계로 빠져들었다.

"다 같은 사람이라도 잘살다 간 사람은 결코, 죽지 않습니다. 육신만 없어지지 그와 함께 나누었던 정, 말씀, 모두 남은 가족들의 마음 안에 남아 있기 마련입니다. 산 자가 죽지 않는 한, 죽은 자도 살아있는 자의 가슴에 영원히 남게 되지요. 당사자를 보지 못한 후손들에게도 그분 덕담을 들려주면 그 빛과 향기가 대대로 전해질 것 아닙니까? 결국, 어머니처럼 잘 살다 간 사람은 이 세상에 생명이 사라지지 않는 한, 영원히 함께 사는 것이지요. 그리고 언젠가 우리가 이승을 떠나면 저승에서 얼굴을 맞대고 만날 날이 있겠지요."

안 영

1965년 『현대문학』 등단. 전남여고, 여수여고, 동일여고, 중앙대 부속여고 교사, 〈황순원 문학촌 소나기 마을〉 촌장 역임. 단편집 『가을, 그리고 산사』, 『겨울 나그네』, 『귀향 준비』. 장편소설 『영원한 달빛 신사임당』, 『만남, 그 신비』 등.

반야용선 | 안중익

잠들었던 것들이 툭툭 어깨를 털고 일어서는 순간, 어둠은 소리 없이 물러난다.

어둠 속에서 깨어난 자들의 투쟁이 질긴 인내와 각오를 품고 문턱을 넘을 때, 아침은 또 하나의 새로운 역사를 써 내려가는 전선이 된다.

몸을 가눌 수조차 없는 병실의 침대 위에서도, 삶은 여전히 싸움이다. 사느냐, 죽느냐.

환자들은 오늘도 질긴 운명과 맞선다. 생명의 녹슨 칼을 갈고, 찢긴 운명의 주머니를 한 땀 한 땀 기워가며 목숨을 잇는다.

240센티 신발 속에는 삶의 모든 시간이 담겨 있었다. 신발은 이승을 순항하는 반야용선이었다. 우주를 이고 선 머리, 갖가지 생각을 품은 가슴, 뜨겁게 끓는 피와 차가운 이성까지—

아이를 배 속에 품은 수많은 희망 또한, 그 신발 속에 고스란히 담겨 있었다.

부모님을 한 줌 재로 날려 보내던 날도, 의사가 환하게 웃으며 "축하드립니다. 임신입니다"라고 말하던 날도, 내 발을 감싸준 것은 낡은 신발 두 짝이었다. 나는 신발이 이끄는 대로 세상을 떠돌았다. 그것이 내 삶이었다.

"좋은 신발을 신으면, 신발이 주인을 좋은 곳으로 데려가 준대. 낡고 헤진 건 이제 벗어."

생일 선물로 예쁜 플랫슈즈를 건네며 남편이 한 말이다. 오래 신어

볼이 벌어지고 군데군데 생채기가 났지만, 쉽게 버릴 수 없던 남편만 큼이나 편하고 익숙했던 신발. 신발은 내가 어떤 삶을 살아왔고, 어디를 순항하며 지나왔는지 다 알고 있었다. 가지 말아야 하는 곳에선 잠시 멈추게 했고, 기쁜 일이 있는 곳에선 한걸음에 달려가게 했다. 나는 벗어놓은 신발을 신고 아이와 함께 집으로 돌아가고 싶었다.

관 뚜껑이 닫힌다.

달빛이 사라지고, 한 줌 남은 바람마저 자취를 감추자, 어둠이 이불처럼 온몸을 감싼다.

죽음은 어둠이다. 아니, 공포다. 나는 공포를 밀어내고 죽음을 온전히 느끼기 위해, 천천히 몸의 힘을 빼며 주문을 건다.

나는 죽었다. 죽었다.

관 뚜껑을 두드리는 해머 소리가 탕, 탕─고막을 짓찧는다. 싸르륵, 싸르륵, 얼굴 위로 흙이 쏟아진다. 목탁 소리, 스님의 염불 소리…. 내 몸이 관과 함께 땅 깊숙이 묻힌다.

살은 흙으로, 수분은 물로, 열기는 불로, 행동의 에너지는 바람으로 흩어진다. 인연 따라 하나로 모여 나를 이루었던 것들이, 인연 따라 제자리로 되돌아간다. 오직 의식만이 무거운 업의 사슬에 묶인 채, 사라져가는 제 모습을 지켜본다. 아프게, 천천히.

안중익
2020년 『한국소설』 신인상에 단편소설 「반야용선」 당선 등단. 단편 「문턱」 각색 연극 〈겨울배롱나무 꽃 피는 날〉로 제7회 늘푸른연극제 참여. 현재 원작 제목 〈문턱〉으로 전국 순회공연 중. 단편 여덟 편을 묶은 첫 소설집 『반야용선』 출간.

현수의 모니터는 여전히 희미했다. 조심스럽게 손을 들어 감독관에게 모니터의 이상을 알렸다. 감독관이 현수에게 다가왔다.

"자네 너무 긴장한 것 아닌가?"

감독관의 말에 현수는 다시 모니터를 보았다. 거짓말처럼 모니터의 화면이 점점 선명해지고 있었다. 스피커에서 시험 시작을 알리는 음악 소리가 흘러나왔다.

"자 이제 수험번호를 입력하고 문제를 풀기 바란다."

1번을 클릭하자 모니터에 문제가 나왔다.

문제1)니체가 결혼생활이란 무엇이라고 했는가?

어제 지혜가 했던 말이다.

'니체, 니체가 뭐라고 했더라…….'

현수는 첫 문제부터 난감했다. 어젯밤 분명히 지혜에게 들은 말이다. 아니 오늘 아침 버스 안에서도 생각했던 말인데 머릿속은 하얀 백지가 되어 있었다. 현수는 다음 문제부터 읽어보기로 했다.

문제2)인간소외란 무엇이고 어느 상황에서 일어나는가? 그 예를 들어 본인의 창조적인 생각을 서술하시오.

문제3)결혼에 가장 중요한 것 3가지를 쓰고 구체적으로 서술하시오.

문제4)부부란 무엇이라고 생각하는지 자유롭게 서술하시오.

현수의 모니터가 다시 흐려졌다. 다른 수험생들의 키보드 자판 소리가 현수의 귀에 점점 크게 들려왔다. 답안지 작성을 마친 수험생들이 교실을 빠져나가기 시작했다. 그들은 결혼준비가 완벽하게 되어있는 듯 했다. 불안한 마음에 현수는 고개를 들어 교실을 둘러보았다. 남

아있는 수험생들은 현수처럼 답을 쓰지 못하고 머리를 쥐어짜고 있었다. 현수의 모니터에는 단답형이 나뒹굴고 있었다. 인간소외, 왕따, 낯섦, 외로움, 결혼에 가장 중요한 것 3가지, 지혜, 사랑, 돈, 집, 자동차, 부부란……, 어렵거나 힘들어도 항상 함께 하는 것, 둘이 하나가 되는 것, 현수의 답은 점점 정답과 멀어지고 있었다. 니체의 1번답은 끝내 적지 못하고 현수는 입력 스크린을 눌렀다. 불합격이란 글자가 죽은 물고기처럼 모니터에 떠올랐다. 텅 빈 낯선 교실에서 현수는 인간소외를 생각했다. (「결혼 자격시험」)

　　현수는 다시 냉장고로 향했다. 캔 맥주와 함께 먹을 안주를 찾아봐도 덩그러니 놓인 생수와 맥주 캔 몇 개가 냉장고 속 여백의 미를 남기고 있다. 그렇게 안주도 없이 마신 맥주 탓인지 현수의 아랫도리는 묵직이 조여 왔다. 화장실 변기 뚜껑을 열고 소변 줄기를 시원하게 정중앙에 조준했다. 등 뒤에 서늘한 기운이 감돌았다. 내려진 바지를 추켜올리지도 못한 어정쩡한 상태로 뒤를 돌아보지만 덩그러니 걸린 수건걸이가 현수를 바라보고 있었다. 희열을 동반한 배설물을 쏟아내는 등줄기의 오싹함이라고 여겼다. 화장실의 문을 닫고 나오려는데 문 뒤에 서 있는 여자의 모습이 희미하게 오버랩 되었다. 현수는 술기운에 헛것을 봤나? 시선을 피하고 소파로 걸음을 옮겼다.

　　텔레비전 화면은 응원하는 팀이 홈런을 치며 역전을 했지만 현수의 머릿속은 화장실 문 뒤에 서 있던 여자가 걸리적거렸다.

　　'저 여자는 뭐지…왜 저기 있는 거야?'

　　생각에 잠기자 아랫도리가 다시 뻐근하게 차올랐다.

　　'아 진짜 이 상황에 또….' (「집에 못 가는 이유」)

안지용

2016년 제49회 『한국소설』 신인상 「교대역 6번 출구」. 공저 소설집 『글길을 따라 걷다』, 「결혼 자격시험」. 2018 신예작가 「집에 못 가는 이유」. KBS 라디오 문학관 「결혼 자격시험」 라디오 드라마 방송.

다 지나가리라 | 양창국

주승훈은 농주도 한잔하며 저녁 먹고 자고 가라고 했으나, 고 교수는 내일 조찬 강연이 있어 자고 갈 수 없다며 야간 운전이 어려우니 가야겠다며 저녁도 먹지 않고 서로 연락하자고 인사를 남기고 떠났다. 주승훈은 고 교수의 차 트렁크에 그가 기른 사과 중 상품을 골라 한 상자를 실어줬다.

고문희는 구승훈이 왜 이 멀리까지 나를 찾아온 거야, 하고 물었을 때 답을 하지 못했다. 정말 쫓기고 바쁜 생활을 하며 30년이 넘도록 행방을 모르던 친구를 왜 찾아갔을까, 그 스스로 생각해 보았다. 서울로 가는 고속도로를 달리며 왜 내가 그 시골까지 찾아 나섰나, 다시 생각해 보았다. 그러다 주승훈이 대학 시절 즐겨 외우던 Jhon Donne의 시가 생각났다.

아무도 외딴섬일 수 없다.
No man is an island, entire itself
모든 사람은 대륙의 한 파편이다. 인류의 한 부분.
Every man is a piece of the continent, a part of the man.
나는 인류에 속해 있어, 누구의 죽음이 나를 사라지게 한다.
Any man's death diminishes me, because I am involved mankind. and
누구를 위해 좋은 울리나.
Therefore never send to know for whom the bell tolls for thee.

고문희는 마음속으로 외쳤다.
그래 우리는 서로 연결된 인류다.

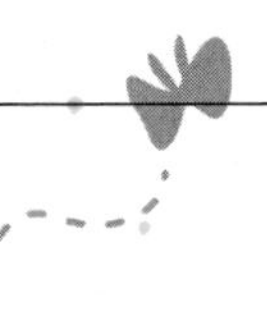

한 사람 한 사람이 다 인류에 속한 존재이고 대륙의 한 부분이다.

구승훈도 우리의 일부였는데, 소식이 끊기고 오랫동안 무소식이다 보니 나의 한 부분이 사라진 허전함이 있었고, 궁금하고 아쉽고 내가 허전하여 그를 찾게 만들었나 보다, 어느 누가 죽더라도 그것은 나의 손실이다. 그래서 시간을 내서 주승훈 너를 찾은 거다. 다시 말해 잃어버린 나를 찾아온 거야, 하는 말을 해주지 못한 것이 아쉬웠다.

주승훈은 존돈의 시를 외우면서 헤밍웨이 작품 〈누구를 위해 종은 울리나〉의 제목도 그 시에서 나온 거라고 말해 주었지, 그 친구 참 해박한 친구였는데….

고문희는 주승훈이 존돈의 시를 읊으며 그의 세계관을 말했던 거 같았다.

온 인류는 하나요, 인류는 지구의 한 부분이다. 그래서 그는 인간의 본향인 땅으로 돌아갔구나. 고문희는 본향인 땅으로 돌아가 과수원을 하는 주승훈을 보고 서울로 돌아가며 감회가 깊었다. 고문희는 몇 년 있으면 정년인데 어디로 돌아가서 인생을 아름답게 마감할까, 생각했다.

주승훈은 고 교수가 다녀간 후 영미 시에 빠져 살던 대학 시절과 시간강사를 하던 아픈 시절을 뒤돌아보며 이상과 현실, 진실과 거짓, 정신적 가치와 물질적 가치 사이의 거리, 자존심과 현실 적응의 갈등 등을 떠올리며 그가 자연으로 복귀는 아주 잘한 것 같았다. 남의 나라 시를 가르치는 것보다 고향 땅에 돌아와 흙에 묻혀 산 것이 더 보람 있는 일 같았다.

양창국

1998년 장편 『방황의 마로』로 『지구문학』 통해 등단. 장편소설 『야뉴스의 불꽃』, 창작집 『다 그렇게 산다』 등 다수. 한국문학 예술상 등 다수. 한국문인협회, 국제펜한국본부, 소설가협회, 불교문인협회, 송파문인협회, 지구문학 등 회원.

무거운 침묵 | 오석영

출퇴근이 부담돼서 처음 사택에서 잠을 청하는 날이다. 잠은 오지 않고 머리가 띵하고 어지럽다. 눈을 감아 보았다. 오히려 답답해 오며 가슴을 억누른다. 벌떡 일어나서 거울을 보았다. 얼굴이 노랗다. 밖으로 나와도 마찬가지다. 오히려 밤하늘이 빙빙 돈다. 대범 하려 하지만 현기증을 견디기가 힘들다. 운동장 가에 늘어선 은사시나무 사이에 걸린 별들이 그네를 띤다. 나뭇가지에 걸린 실눈만 한 초승달도 노려보고 주위의 산과 들이 비웃듯 까맣다.

원인은 지난번 본교 근무를 할 때 제자 P의 폭발물 사건이 죽음으로 몰고 온 사실이 마음을 짓누르고 있기 때문이다. 자신도 모르게 쥐어진 P의 미술 작품을 사택 앞 가로등 밑에서 보고 있다.

'하늘나라의 무지개 도시'와 '빨간 장미'

당시 3학년 담임으로 P를 맡았다. 토요일에 퇴근해서 집에 있을 때였다. 느닷없이 학교에서 전화가 왔다. 폭발물 사고 전화를 받고 출발해서 현장에 도착한 건 오후 7시경이다. P 군이 폭발물과 함께 장난한 장독대 주변은 심하게 파였고 조그마한 집 툇마루 주변도 파편에 의해 벽과 문이 날아갔다.

그날 밤늦게 돌아와 뜬눈으로 밤을 보냈고 다음 날 아침 사건의 현장으로 달려갔다. 사고가 난 P의 집은 산 밑에 있는 외딴집이었고, 장독대 밑엔 길을 중심으로 벼랑으로 된 계단식 논들이 깔려 있다. P의 어머니는 실신하여 병원으로 옮겨가고 없었다.

영구차가 현장 가까운 큰 도로에 도착한 것은 10시가 지나서였다. 흰 천에 싸인 P의 시체가 관에 담긴 채 지역 주민들에 의해서 산 밑에서 큰길로 내려선다. 현장을 지켜본 학부모들은 할 말을 잃고 관이 움직이는 곳을 향하다 영구차가 떠나자 다시 허공만 바라본다.

그 후 우연히 학급에 보관된 미술 작품 속에서 P의 미술을 발견했지만 결국 학부모에겐 전달하지 못한 채 분신처럼 보관했었다.

오석영

한국수필가협회, 한국문인협회 회원. 법정스님 13회 전국 공모전 산문부문 입상, 한국수필가협회 3회 청향문학상 우수상, 9회 정읍사 문학상 우수상 수상. 수필집 『다시 길을 가다』.

영자가 시로 장원하던 날 외 | 유영자

꿈속이었지만 내가 그토록 좋아했던 꽃은 아니었던 그 하얀 국화 송이. 그 꽃들은 죽은 사람에게 고인의 넋을 기리며 애도하는 꽃이 아니던가? 그런 상 황 들이 그리 나쁘지는 않다고 느끼던 나. 다만 그 꽃들은 처음부터 내 꽃이 아니기에 그 꽃들을 내게 맡겨주고 떠난 여자들에게 처음 받은 그 상태대로 돌려주고만 싶어졌다. 나는 아까 그 여자들이 맡기고 간 그 꽃이 혹시나 망가지진 않았을까? 그것이 염려되어서 그냥 바라봤을 뿐이다. 꽃들은 그대로 있었다.

어느새 꽃다발이 되어 내 품에 안겨있는 그 꽃들이 아니었다. 크지도 작지도 화려하지도 초라하지도 않은 그저, 그저 그럴싸한 꽃다발인데 분명히 처음 그 국화꽃 아니었다. 다들 국화꽃임엔 분명했다. 하지만 꽃들의 색깔과 종류가 달랐다. 꽃다발의 중앙과 테두리엔 내가 가장 좋아하는 그린 소국으로 촘촘히 박혀 있었다. 꽃다발의 가장자리. 내 가슴팍 가장자리 쪽엔 불그스런 빛의 꽃이 얼핏 보였다. 꿈속이라 그 꽃을 자세히 살펴보진 못했다. 꿈속에서도 나는 생각은 해보았다. 저 꽃은 무슨 꽃일까? 먼저 눈에 띈 꽃들이 초록색 국화였으니 아마 모르긴 몰라도 그것도 국화꽃일 거야. 그것도 아련한 낭만을 불러일으키는 꽃자주색 국화꽃일 거야. 나는 꿈속에서도 꿈에서 깨어났을 때도 그렇게 여겼고 믿었다. 그 꽃다발은 내가 손으로 받히고 있지도 않았는데도 나의 왼쪽 가슴에 지남철에 붙어있는 것처럼 단단히 붙어있었다. 신기하기만 했다. 꿈을 꾸다가 힘들게 눈을 떴다.

'음, 피곤하다. 오늘이 백일장이 개최되는 날인데…' 언니야, 지금 몇 시야? 묻는 내게 "얘, 7시 반이다. 얘"라고 말했다. 언니, 내가 이상

한 꿈을 꾸었어. 꿈속에서 그럴싸한 꽃다발을 받았어. 언니, 무슨 꿈일까? "하나님께서 오늘 너에게 어떤 큰 기쁨을 주시려나 보다. 얘." 내가 묻는 말에 언니가 들려 준 답이었다. 난 언니의 그 말이 도저히 이해가 되질 않았다. 나의 온몸과 마음이 만신창이인데… 그 어떤 기쁜 일이 내게 찾아온단 말이야? 과연 그런 일이 생겨날 수나 있는 걸까? 아무런 기대도 생각도 없이 언니가 정성스레 차려준 아침밥을 먹었다. 그리고 나서 백일장이 해마다 개최되는 마포구 합정동 근처에 있는 양화 진을 향해 길을 나섰다. (「영자가 시로 장원하던 날」)

사람의 인기척이 바로 가까이에서 나는 듯했다. "아줌마, 저어 점 좀 봐 주시겠어요?" 글을 쓰면서 나는 하도 바빠서 그 목소리 나는 쪽을 감히 바라다볼 수도 없었다. 이 아파트 근처에도 점을 보는 사람이 돈을 벌기 위해 자리를 깔고 앉아 있는 줄로만 알았던 것이리라. 좀 더 큰소리가 들려왔다. "저어, 아줌마, 점 좀 봐달라니까요?" "뭐, 뭐-라구요? 지금 제게 뭐라고 하신 거예요?" "점 좀 봐 달라니까요?" 중년 여성의 목소리가 바로 내 앞에서 들리는 것이 아닌가? 나는 기가 막혔다. 내가 점쟁이라니! 내 살다 살다 보니 별일도 다 있네, 하고 침을 확 뱉으면서 '원~ 재수 더럽게 없네, 오늘 하루…' 보통 때 같았으면, 어렸을 때 나의 별명이 땡삐인 것처럼 그 아줌마에게 톡 쏘아주었을지도 모른다. 하지만 나는 지금 현상 공모 중이다. (「저어, 점 좀 봐 주세요」)

유영자
한국저작권협회 55인 선정됨.

"그게 무엇이냐?"

사또는 어른 주먹보다 조금 더 큰 질투가리를 살펴보면서 그걸 들고 있는 책방에게 물었다.

"한시가 급하고 촌각을 다투는 심부름길이라 하잖았습니까? 군산포群山浦 인근의 임피 읍내까지는 예서 짱짱한 백릿길입지요. 가고오는데는 2백릿길인데 새벽같이 떠나서 해질녁에 돌아오려면 달려가고 달려와야 하는 길입니다. 단한차례도 쉬지 못하게 하고 2백릿길을 뛸 수밖에 없도록 만든 것이 바로 이 불화로입니다."

책방은 벌겋게 숯불이 피어 있는 질투가리에 여러개의 가죽끈으로 만들어진 주머니 안에 투가리를 집어 넣고 다리를 벌이며 제 샅밑에 애들마냥 기저귀를 만들어 차보였다.

"잿속의 불씨가 계속 샅밑을 달굴테니 그 뜨거움 때문에 잠시도 쉬지 못하고 뛸 것이다?"

"그겁니다요."

"좋다. 그럼 노비 임여삼을 내일 새벽에 떠나게 하여 우리들 약조를 꼭 지키게 하라. 임피읍내 왜倭싸전에서 왜나라 대판大坂으로 떠나는 배에 우리 쌀이 실려야 크게 한몫 잡는데 그 시간에 대지 못하면 자그만치 1년을 기다려야 한다.

"예, 그래서 불화로까지 채우는 것 아닙니까요?"

그때 덩치가 황소만한 현청노비 임여삼이 현청으로 끌려왔다. 사또는 곧바로 여삼의 중의바지를 벗기게 하고 불화로를 샅밑에 채우게 했다. 영문도 모르는 노비 임여삼은 갑자기 샅밑이 뜨거워지자 경중경중

뛰었다.책방은 보퉁이를 짊어지게 한 뒤 임여삼이 지금부터 어딜 다녀와야 하며 왕복 2백릿길을 왜 해전에 다녀와야 하는지 그리고 무슨 일이 있어도 불화로를 떼어내서는 안되며 명령대로 행하지 않으면 역시 이곳 현청노비로 잡혀있는 어머니와 누이동생 상녀의 신상에 큰화가 미칠테니 그리 알라고 엄포를 놓고 곧바로 출발시켰다.

"어서 떠나거라!"

책방이 여삼의 등짝을 후려쳤다. 여삼은 마치 꼬리털이 뽑힌 조랑말이 튀어나가듯 맨발로 흙을 차며 잰걸음을 놓았다. 나무 한그루 풀 한포기 제대로 남아 있지 않은 벌건 황토백이 야산을 넘으니 후줄근한 작은 동네가 보였다. 장구뜸, 제가 태어나 지금껏 살아 온 고향집이 보인다. 아비인 임호한은 장사였고 상씨름꾼이었다. 더 이상 이렇게 살 수는 없다며 분노한 촌민들을 이끌고 현청에 몰려가 민란을 일으킨 것은 결코 우연이 아니었다.

그동안 연이은 흉년과 현청 벼슬아치들의 심한 가렴주구苛斂誅求로 굶네 먹네 하면서도 견디며 산 것은 그래도 연명은 할수 있었기에 참고 또 참으며 살았지만 그 한계점에 다다라 굶어죽는 생민生民들이 늘어났다.

유현종
1961『자유문학』을 통해 작가생활 시작. 방송위원회 심의위원장. 전경련(全經聯) 자문위원. 우석대 연극영화과 교수. 장편『들불』,『연개소문』,『대조영』,『임꺽정』,『사설 정감록』 외 40여 편.

花柳演義(화류연의) | 윤원일

　황찬승의 아틀리에를 처음 방문한 모델들은 그곳에 비밀스럽다 못해 음흉한 분위기가 서려있음을 알고 긴장했다. 화가의 인상 때문에 더욱 그랬다. 마당으로 통하는 통 유리문엔 두터운 질감의 커튼이 쳐져 있어 아틀리에 안은 어두웠다. 구석의 탁자위에서 노란색 불빛을 발산하고 있는 장식등만이 아틀리에를 밝히고 있었다.

　아틀리에의 벽엔 20호 크기의 초상화 두 폭이 걸려 있었다. 그 중 한 초상화는 서양화가의 작품으로 그가 미국 서부를 여행하던 중에 구입한 그림이라고 했다. 늙은 인디언 남자가 황량한 자연을 배경으로 곰 털가죽을 입고 목도리를 누더기처럼 목에 칭칭 감고 앉아 있는 모습이었다. 인디언 남자는 무뚝뚝한 표정으로 전면을 응시했다. 턱밑으론 두 겹의 두터운 살이 뭉쳐 있었다. 양 어깨는 곰처럼 넓었다. 아틀리에 벽을 장식하고 있는 인물이 하필이면 저토록 무뚝뚝한 표정의 인디안 남자인 것이 불가사이 했다. 언젠가 황찬승이 말했다. '그들 종족이 숭배하는 강이 오염된 걸 보고 저런 표정을 짓고 있는 거요. 절망한 얼굴 표정 중엔 최고요.'

　나란히 걸린 여자의 전신화는 오래 전에 그가 직접 그린 그림이었다. 의자위에 전면을 향해 앉은 중년의 여자는 흰 속옷 차림이었다. 젖무덤 사이의 골짜기와 벌거벗은 어깨와 흉곽의 뼈가 드러나 보였다. 다리를 편하게 넓게 벌리고 치렁치렁한 속치마를 무릎 위까지 치켜 올려 다시 폭포수처럼 흘러내리게 한 후 깍지 낀 양손을 아래 배에 올려 놓았다. 그림 속의 여자는 고개를 약간 기울여 눈을 치켜떠서 위를 보고 있었다. 흰 눈자위가 뚜렷했다. 여자의 표정은 완고하고 강인하고

헌신적으로 보였다. 여자의 포즈에선 중년 여자의 편안한 휴식이 느껴졌다. 물감이 바랜 건지 먼지가 낀 건지 흰 속옷이 누래 보였다. 누런 색깔은 그림 속의 여자가 지금은 꽤 나이 든 여자가 되어 있을 거란 상상을 불러 일으켰다. 그림을 오래 바라본 사람들은 이상한 감흥을 받았다. 여자의 얼굴 표정이 쓸쓸해 보였기 때문이다. 강인함은 단지 겉으로 드러난 표정에 불과해 보였다. 여자가 영혼의 흔적을 그림 속에 남겨 놓았다는 느낌이 들었다. 똑같은 그림이 몇 년 째 계속 걸려 있는 사연을 아무도 알지 못한다. 황찬승은 비밀이 많은 인간이었다. 그의 가족의 누구라도 만났거나 과거를 알고 있는 사람은 아무도 없었다. 방문객은 화폭 속의 여자가 누구이며 그녀의 실제의 영혼이 지금 이 순간 어느 곳을 배회하고 있는지 궁금했지만 묻지 않았다. 화가는 동정과 경멸과 유머를 맛보며 그림 속의 모델을 애무하고 조롱하고 농락하고 해부하며 지배한다고 했던 피카소의 말을 사람들은 떠올렸다. 예술가의 영혼은 불가사의하다.

윤원일

2006년 중편 『모래남자』(월간문학 11월호)로 등단. 작품집 『모래남자』, 『거꾸로 가는 시간』. 장편소설 『헤밍웨이와 나』, 『시인 노해길의 선물』(2011 문화체육부 우수교양도서). 에세이집 『방학동엔 별이 뜬다』.

피뿌리 풀 외 | 윤중리

마지막 날 오후 5시 반. 천안문과 자금성을 돌아본 우리는 예정보다 20분 늦게 KE830편으로 북경 수도공항을 이륙했다. 귀로에 오른 것이다. 기내식이나 먹고 나면 두 시간이 채 안 되어 김해공항에 도착할 것이다. 저 아래로 마치 보료인 양 깔려 있는 구름을 내려다보며 나는 피뿌리풀을 생각했고, 이어서 칭기즈칸을 생각했다. 그리고 우리나라를 생각했다. 그녀도 자신을 피뿌리풀에다 비유를 했고, 나도 스스로 나 자신이 피뿌리풀처럼 뿌리부터 붉은 핏물이 들었다는 얘길 하기도 했지만, 생각하면 우리나라, 우리 민족 또한 피뿌리풀 아니랴. 고통과 질곡으로 점철된 역사. 손바닥만 한 국토는 아직도 분단되어 있는데, 밥술이나 먹을 만하다고 정신 줄을 놓아 버린 사람들. 나라의 안위는 안중에도 없고, 오직 정략적 싸움만 일삼고 있는 정치인들. 향락의 늪에 빠져 이기의 악어에게 발목을 물린 젊은이들. 국론은 사분오열, 도덕과 윤리는 이미 쓰레기통에 던져진 지 오래. 정의가 힘이 아니라 힘이 정의가 되어버린 사회. 아부와 아첨을 능력이라 하고, 권모와 술수를 지혜라고 부르는 나라. 피뿌리풀은 뿌리에 핏물 든 사연이나 잊지 않아야 하는데, 이 나라 이 사람들은 어쩌다가 이 모양 이 꼴이 되었는가? 생각이 여기에 이르자 눈시울이 울컥 뜨거워졌다.

저 구름바다의 끝으로 잠기어가고 있는 저녁 해가 피뿌리풀의 뿌리 빛인 듯 유난히 빨갛다. (「피뿌리 풀」)

벤치 곁에는 노오란 수선화가 몇 송이 피어 있어서 포근한 겨울 날씨를 대변해 주고 있었다. 햇살은 따스하게 우리의 등을 쬐었고, 저 아

래로 내려다보이는 강물은 곧 우리가 건너게 될 궁륭형의 다리를 받쳐 들고 조용히 흐르고 있었다.

고노우라 강, 참 아름답지요? 일본에서도 청정하고 아름답기로 손꼽히는 강이랍니다.

쌉쌀한 커피 맛을 음미하면서 우리 셋은 나란히 앉아서 강물과 주변의 풍광을 내려다보았다. 저렇게 아름다운 강이 그렇게 처참한 순교의 현장을 지켜보았을까? 그러고도 저리 조용히 침묵하면서 긴 세월을 흐르고 있는 것인가? 침묵의 강. 그러나 침묵만 하고 있는 것은 아닐 것이다. 저 고요함 속에서 강은 아픔을 안고 사는 사람들과 함께 아파하고 슬퍼하고 고통스러워하고 있을지도 모른다. 우리 주 하느님께서 그러하시듯.

나도 이제는 저 조용한 강물처럼 하느님의 침묵에 인내할 수 있을 것이다.

차갑지 않은 미풍이 우리의 어깨를 쓰다듬고 지나간다. 발 앞에 피어 있는 수선화 송이들이 가볍게 고개를 끄덕인다. (「침묵의 강」)

윤중리
대구가톨릭문인회, 대구소설가협회 회장. 탄리문학상, 대구문학상, 대구예술상 수상. 소설집『칼과 장미』,『오렌지빛 가스등』외. 장편소설『바람의 둥지』. 연작소설『그림자 춤』.

0시 5분 전 외 | 윤진상

등불처럼 흔들리는 역驛이 있다.

그 역에 가는 날, 나도 역이 되리라.

아득한 세월은 시그널처럼 흐르고

시간마저 길을 잃은 거기에 역이 있다.

역은 떠나지 않는다. 다만 지키고 있을 뿐이다.

지금은 0시 5분 전이다.

0시가 되면 새로운 세상, 새로운 밀레니엄이 열릴 것인가.

삶의 질곡으로부터 해방……, 그런 구원은 오는 것일까.

그렇지만 우리는 그것을 간절히 바라며 오늘을 살고 있다.

우리들의 삶에 정답이 없다면 찾아야 한다.

우리들 삶은 누구의 책임도 아니면서 누구의 책임인 것이다.

여기서 누구는 그 무엇의 다른 이름이기도 하다. (『0시 5분 전』)

"오, 신이시여! 신은 있는가? 있다면 신돈에게 구원을 인도하십시오. 제발, 제발……"

허공으로 날아간 신돈의 영상이 머문 내 눈에는 눈물이 가득했다. 그런 영상을 안은 채 나는 천천히 걸어 나왔다. 다리가 후들거려서 걸음을 옮겨놓을 수가 없었다.

그래. 잊지 않을게. 역사란 신념을 갖고 행동하는 사람이 만드는 것이라 했어. 이 시대의 변화는 너로 해서 시작되었다는 것도 묘비명으로 가슴에 준비하겠어. 오……!

나는 아무것도 보이지 않았다. 이 시대와 역사 앞에서 어쨌냐고 한다면 또 뭐라고 할 것인가.

침묵하는 자에게 역사는 없던 것이 아닐까.

나는 이제 모든 것을 잃어버리고 내 변명도 거기에 묻혀버렸다는 걸 알게 되었다. (『마지막 질문』)

당대 현실에 맞서 땀 흘리며 부끄러움과 정직함을 지키고자 사람이라는 이름을 깃발처럼 치켜들고 외치는 자가 있다면 결코 이 소설은 존재하지 않아도 좋을 것이라는 결론이다.

지금, 그가 가려는 곳은 지도에도 없는 곳이다. 그래서 길도 있지 않았다. 나침반도 없었다.

그랬으나 그는 포기할 기색이 아니었다.

지도에는 없지만 언제부터 그의 가슴에는 있어왔기 때문이었다. (『흐르는 기억』)

윤진상

현대문학 초회 추천. 서울신문 신춘문예 당선. 주요 작품집 『막힌 곳을 뚫습니다』, 『하얀 불꽃』, 『거세된 도시의 사람들』. 장편소설 『영혼의 나신』, 『0시 5분 전』, 『마지막 질문』, 『흐르는 기억』, 『인간의 빈칸』, 『충만한 허기』 등 다수.

까지의 덫 외 | 윤찬모

아직은 더 살아있을 만한 생명력이 남아 있음에도 존재의 배터리를 빼버리는 몰인정한 멸살의 도구가 바로 '까지'였다. (「까지의 덫」)

그 많은 꽃봉오리는 언제 피울 건가. 봄이 되어 천지사방에 꽃들이 가득해질 때도 화판에 가득한 꽃봉오리들은 피지 않았다. (「까만 진달래」)

"이웃은 싫어요. 담 트면 가족인데." (「옥수수와 곰탕」)

의자는 다리가 넷이라도 걷지 못한다. (「양평으로 가잔다」)

사람은 사람 사이에 귀신을 만들어 사람을 홀린다. (「지언정」)

(칡이) 나무를 칭칭 감고 올라 목을 졸랐으니 두 줄기는 여지없는 동반 자살이다. (「뚝칡」)

"죽은 사람 돈도 알은 까겠지. 알을 낳는다는 건 돈이 살아있다는 뜻이거든. ……그 돈이 들고 날 때에 울고 웃었을 고객의 인상을 겹쳐서 보아야 진정한 은행원이 되는 거라고." (「돈수의 갤러리」)

"도둑한테 냄새 맡힌 돈은 이미 내 돈이 아닌 거여." (「돌아온 땅이」)

우리 모두의 것이되 네 것도 아니고 내 것도 아닌 것이 시장 공동화장실이다. (「감투」)

이제 개가 노골적으로 사람을 부릴 거요. 지금도 부려 먹고 있긴 하지만. (「뒤집힌」)

부스스 깨어나 바라보는 달력은 6·25때 마지막 남았던 도시처럼 위태로워 보였다. (「꿈으로부터의 고백록」)

시체 팔이 맞장구를 친다. 자넨 그때 이쪽도 아니고 저쪽도 아니고

갈팡질팡했었잖아. 자네가 양쪽을 하나로 모으겠다고 주접떨었지만 결국 양쪽이 이렇게 갈라지지 않았나. 자네가 합치려고 한 건 이쪽과 저쪽이 아니고 홀로 만을 위한 공명심이었겠지. 물과 기름이 섞일 때는 펄펄 끓고 있을 때뿐이야. 물은 영원히 끓고 있을 수 없으므로 식으면 물에 기름이 둥둥 떠서 따로 놀 수밖에 없는 거고. 모르면서 그걸 섞고 살라고 했으니. (『어두울 수 없는 밤』「해골공원」)

대륙의 피는 짠바람 맞고 붉어진 섬의 피와 다르다. 연한 것 같으면서 질기고, 묽은 것 같으면서 진하고, 약한 것 같으면서 강하고, 어리석은 것 같으면서 약은 것이 육지의 살과 피다. 이빨만 날카롭다고 모두 잡아서 찢어 먹을 수 있는 것이 아니다. 섣불리 베어 물었다가는 그 강함에 송곳니가 부러질 수도 있고, 물렁하다고 움켜쥐었다가는 그 독함에 심장이 뜨끔거릴 수도 있고, 달콤하다고 입맛 다시며 삼켰다가 밥통에 들어가서 요동치며 배신할지 모른다. (『조선의 발바닥』,「묘서던猫鼠傳」)

윤찬모
단편 및 장편 『여울넘이』,『조선의 발바닥』,『별종소리』,『어두울 수 없는 밤』등 발표.

회의가 있었다.

회의 내용은 매일 어제 한 일에 대한 보고와 오늘 할 일들이었다. 똑같은 일이 반복됐지만 그래도 매일 할 말이 생겼다.

아이가 시간을 구하기 위해 뛰어다닌 지 50년의 세월이 지났다.

머리가 반백이 되고 얼굴에 주름이 늘었다. 뿌리치며 혼자 내달렸지만, 그 시간은 지금도 아이를 뒤쫓고 있었다.

고향집에 다녀왔다. 96세 아버지는 남양군도를 다녀오셨다.

아직 2차 세계대전 중이었다. 동료들과 정글 속 막사를 지났을 때 미군의 B-29 날아오는 소리가 들렸다. 아무것도 보이지 않았지만, 하늘 높은 곳에서 가맣게 소리만 들렸다.

아버지는 방공호로 몸을 숨기고 귀를 막았다.

일본 전투기는 8천 미터까지 오를 수 있지만 미군의 B-29는 1만 2천 미터를 날아다니니 잡을 수가 없었다. 숨는 것이 장땡이었다. 이길 수 없는 전쟁이었다. 다행이었다.

포탄은 쏟아지지 않았다. 남양군도에서 겨우 살아남아 히로시마로 파견됐다. 뱃길로 죽을 고비를 넘겼다. 하늘을 쏘다니는 미군 전투기를 피해 밤에만 이동했다. 히로시마는 잿더미였다. 모든 것이 타 버린 재뿐이었다. 타지 않은 것은 말라비틀어져 있었다. 쇠로 만든 전신주는 녹아내려 몸을 비비 꼬고 있었다. 강을 가로질렀던 철교는 꽈배기가 되어 있었다.

사람들은 수분기가 하나도 없이 기대어 있거나 쪼그리고 앉아 있거나 혹은 구석에 꼬꾸라져 있었다. 바짝 마른 장작이 되어 있었다. 어떤

이는 목이 떨어져 바람에 공이 되어 굴러다녔다.

귀가 날아가고 코가 날아가고 머리가 둥둥 날아다녔다. 한 손으로 들면 반짝 들렸다. 삼십 리 밖에서 발견된 이도 있었다. 더 많은 이들이 재가 되어 만질 때마다 풀썩풀썩 내려앉았다.

입을 벌리고 놀란 눈으로 허수아비가 된 사람도 있었다. 아버지는 그 사람들을 치우는 일을 했다. 징병을 갔으므로 그들을 구루마에 실어 날랐다. 그 끔찍한 일을 했다. 꿈에도 아버지는 그 모진 기억을 지우려 몸부림쳤다. 아직 전쟁 중이었다.

(중략)

비가 억수같이 쏟아지고 있었다.

나는 창가에 앉아 커피를 마시고 있었다.

사람들이 무심한 표정으로 그 앞을 지나갔다.

여러 대의 택시가 지나갔다.

강물이 흘러갔다.

계절이 지나고 바람이 지나고….

지진계의 바늘과 도표처럼

우리는 바늘로 서 있고 시간은 도표처럼 흘러간다.

늘 오늘만 있다.

천방에 서서 흘러가는 강물을 지켜보면 강물은 흘러갈 뿐이다.

꽃잎이 물 위에 떠서 흘러가듯이….

시계 소년은

오늘도 거기 서 있고 시간은 흘러가고 있었다.

시간이 끝나고 시계 소년이 시간 속으로 걸어 들어가면

흘러가는 시간도 우주로 사라질 것이다. 영원한 어둠 속으로….

그리고 멀리 별 하나가 반짝일 것이다. (「시계 소년」)

이광희

97년 등단. 장편소설『청동물고기』(전3권),『붉은 새』(전2권),『대호지아리랑』,
『진시황과 여』,『소산등』. 소설집『시계소년』,『아이』. 장편발간 중『용골산성
정봉수』(전3권),『능양의 난』(전3권). 비소설『충청혼맥』,『문화재가 보여요』등.

떠남의 품위 | 이기윤

정원 끝 벤치에 앉은 노인은 햇살이 부드럽게 머리칼을 쓰다듬는 것을 느꼈다. 모란꽃 한 송이가 바람에 흔들리더니 이내 무릎 위로 떨어졌다. 그는 조심스레 그것을 들어 옷깃에 꽂았다. 마지막 외출이라고 생각하니, 무엇이든 소중했다.

며칠 전까지만 해도 그는 병원 요양병동에 있었다. 그곳은 이미 반쯤 무너진 삶들이 침대마다 놓여 있었다. 서로 말도 섞지 않고, 눈동자조차 흐린 노인들 사이에서 그는 몇 주를 견뎠다. 하루에도 몇 번씩 '식사'라고 불리는 무미한 죽이 코를 뚫고 들어왔고, '회진'이라는 이름의 무기력한 반복이 생의 말미를 관통했다.

의사는 말했다. "기관삽관을 하지 않으면 며칠을 넘기기 힘드실 겁니다."

간호사는 조용히 덧붙였다. "지금 정신이 맑으실 때, 연명의료 중단 의사를 밝히셔야 해요."

그는 눈을 감고 오래도록 침묵했다. 전신에 튜브를 달고, 기억조차 사라진 채 살아 있는 것처럼 놓여 있는 옆자리 노인을 떠올렸다. 그것이 과연 인간다운 마지막일까. 그는 생애 처음으로, 스스로의 죽음을 진지하게 생각했다. 그리고 곧, 결심했다.

그날 밤, 그는 가족을 병실로 불렀다. 아들은 이미 눈시울이 젖어 있었고, 딸은 말을 잇지 못했다.

"이제는, 떠날 준비를 하려 한다. 사람으로 살아온 만큼, 사람답게 가고 싶구나."

손자가 조용히 물었다.

"할아버지, 무섭진 않으세요?"

노인은 잠시 웃으며 대답했다.

"살 만큼 살았단다. 두려운 건, 무의미한 생이지 죽음이 아니야."

며칠 뒤, 그는 '존엄사 마을'로 이송되었다. 산 중턱에 지어진 그 마을은 정갈했다. 건물은 병원이 아니었고, 사람들은 환자가 아니라 입주민이었다. 죽음을 기다리는 곳이 아니라, 마지막 시간을 주체적으로 살아내는 곳이었다. 그곳에서는 누구도 침대에 눕지 않았다. 작은 정원을 산책하며, 일기 쓰기를 권유받고, 나직한 음악이 하루를 감싸 안았다.

그는 입주 첫날, 작은 방에 짐을 풀었다. 창밖에는 목련나무가 자라고 있었고, 커튼 사이로 산바람이 들었다.

마을에서는 입주자의 의사에 따라 '작별 잔치'를 열었다. 그는 오랜 벗들을 불렀다. 대학 시절 함께 시를 쓰던 친구, 중학교 동창, 젊은 날 술자리를 함께한 고향 친구까지 먼 길을 마다하지 않고 달려왔다.

"너, 젊을 때처럼 말똥말똥하구나."

"그럼. 아직 죽기 싫어서, 죽음을 준비하는 거야."

그 말에 모두가 웃었고, 또 울었다. 자리에 둘러앉아 옛 사진을 꺼냈고, 찬송가도 불렀고, 어떤 이는 작은 바이올린 연주를 선물했다. 그날 저녁, 그는 말했다.

"나는 아직 살아 있다. 그래서 오늘, 스스로 떠나는 날을 고르기로 했다. 미루지 않기로."

그리고 남은 며칠, 그는 가족과 하루씩 시간을 보냈다. 첫날은 딸과 텃밭에서 손바닥만 한 상추를 심었고, 둘째 날은 아들과 둘이 앉아 옛 영화를 보며 한 잔의 맥주를 나눴다. 마지막 날은 손자와 밤하늘을 바라보았다.

이기윤

저널리스트 겸 소설가. 소설신인상(1986), (민족문학상(1997), 한국소설문학상(2001), 올해의 칼럼니스트상(2011), 다도문학대상(2022) 등을 받았고 30여 권을 저술했다.

꽃말 러브레터 | 이병선

그 어느 한 노인이, 꿈속에서, 죽술연명 곧 죽술로 끼니를 때우며 겨우 목숨만 이어가는 삶으로, 죽장망혜 곧 대지팡이와 짚신을 신고, 천야만야한 절벽강산을 올려다 보며 중얼거린다.

「천야만야한 절벽강산 앞에 설 때에야 비로소 가장 빠른 지름길을 찾게 된다 이거지?」

노인이 점점 더 무거워지는 봇짐을 한번 더 들쳐업으며 말한다.

「뿐만 아니라 무거운 짐을 질 때에야 비로소 좀 더 빠른 지름길을 찾게 되며, 한걸음 더 나아가 무거운 짐이 점점 더 무거워질 때에야 비로소 보다 더 빠른 지름길이 보인다 이거지?」

노인이 목이 갈한 상태로 깊은 우물을 내려다 보며 말한다.

「좌정관천 곧 깊은 우물에 빠져있는 개구리의 눈에는 사면초가 밖에 안 보인다 이거지?」

노인이 물을 마신 뒤 만학천봉 중 가장 높은 봉우리에 우뚝 서서 사방팔방을 내려다본다. 자신도 모르게 중얼걸린다.

「믿음 소망 사랑의 무릎 꿇음 그 겸손과 인내로 말미암아 이 천야만야한 절벽 위로 기어올라 이 만학천봉의 제일 봉에 우뚝 설 수 있으며, 그때서야 비로소 사발허통 곧 사방팔방으로 막힘없이 툭 터져있는 그야말로 온 천하에서 가장 빠른 지름길을 볼 수 있다 이거지?」

노인이 아예 믿음의 날개를 활짝 펴고 하늘 위로 훨훨 날아오른다.

「역시, 역시, 하늘 위로 훨훨 날아오른 뒤에야 비로소 온 천하가 죄다 가장 빠른 지름길임을 알수 있게 된다 이거지?」

노인의 눈에 돌연 지옥에 떨어져 있는 옛 애인이 보인다.

「저 저 이글이글 타오르는 저 저 저 불구덩이 속에서!! 아─ 저 저 지옥에는 아예아예 지름길이라는게 없다 이거지? 그게 바로 지옥이다 이거지? 아아!!! 아아???」

노인이 아예 눈을 감고 만다.

뒤돌아 서서 성경책을 펼쳐본다.

「무거운 짐 진 자들아 다 내게로 오라 내가 너희를 쉬게 하리라 마 11:28」

노인이 하늘을 올려다 보며 중얼거린다.

「역시 세상에서 가장 빠른 지름길은 하늘로 나 있는 길 곧 전지전능하신 하나님과 교통하는 길이다 이거지? 역시 창조주 하나님께 기도하는 자에게는 가장 빠른 지름길 곧 놀라운 기사와 이적과 표적으로 이어지는 그런 기적의 지름길까지 있다 이거지? 아멘! 아멘!! 아멘!!!」

노인이 성경책을 가슴에 끌어 안는다.

그 어느 한 시어머니를 지켜보면서 중얼거린다.

「미워하는 사람을 생각하며, 내가 왜 그 인간 대신 이 고생을 하고 있는거야! 하면서 일할 때에 가장 무거운 짐을 지게 되며, 반대로 사랑하는 사람을 생각하며, 내가 좀 더 고생해 주는 게 좋겠지? 라고 말하면서 일할 때에 가장 가벼운 짐을 지게 된다 이거지? 이른바 그 누군가를 미워하는 사람에겐 지름길이 없고, 그 누군가를 사랑하는 사람에게만 지름길이 있다 이거지?」

노인이 성경책을 한번 더 힘있게 끌어 안는다.

그러면서 꿈속에서 깨어난다.

이병선

한국문인협회 자문위원, 한국소설가협회 중앙위원. 잔주아멘교회 원로목사. 찬송가 474장 작사가. 전영택문학상, 문학21 문학상 대상, 세종문학상, 한글문학상 수상.

문노 외 | 이병숙

'이런 게 외로움이란 건가?'

윤궁은 청상이 되면서도 인식하지 못했던 외로움의 의미를 비로소 알 수 있을 것 같았다. 스산한 가슴도 비단 계절 탓만은 아닌성싶었다. 아무리 혼자라도 마음에 그릴 것이 없으면 외롭지 않다. 마음에 그릴 것이 있으면 아무리 많은 사람과 같이 있어도 외로운 게다. 하물며 사무치게 연모하는 사람이 있으면 그리움은 병이 된다. 그나마 만날 기약이라도 있으면 병을 달래가며 지낼 수도 있으나, 만나서는 안 될 사람을 품고 있으면 얼음덩어리를 안고 있는 것처럼 시리고 아프다. (『문노』)

사랑을 하게 되면 거짓말이 는다던 선배의 말이 떠올랐다. 송경민과 나 사이의 낌새를 눈치채고 물었을 때였다. 내가 아니라고 펄쩍 뛰자 선배는 눈을 가늘게 뜨고 사랑은 그렇게 거짓말처럼 시작하는 거라고 했다. 정말 우리는 사랑을 하긴 한 걸까. 이 지경에 이르고 보니 송경민이나 나나 사랑을 한 게 아니라 요란한 사랑놀이만 한 것 같다. 사랑은 정연희 혼자 했다. 집착이고 소유욕이라 비웃었지만 그만큼 간절한 반증이기도 하다. 사랑은 숭고한 관념이 아니라 간절한 현실이어야 한다. 송경민이나 김판길이나 나나 그 숭고한 관념에 갇혀있는지도 모른다. (『그 사람이 있는 곳』)

"난 이제 머리에 두른 시뻘건 띠만 보면, 제 주인 물어뜯은 도사견의 피붙은 혓바닥처럼 역겨워. 물론 너야 온몸 바쳐 주인에게 희생하고도 풀쪼가리나 얻어먹는 소의 붉은 혓바닥처럼 안쓰럽게 보이겠지만" (「화가 날 때와 심심할 때」)

　친구들이나 매스컴에서는 불경기니 불황이니 심지어 경제대란이란 소리까지 들먹여도 이곳 사람들에겐 먼 나라 일 같았다. 종종 이놈의 세상 못 살겠다고 나라 일하는 사람들을 욕하긴 해도 그건 밥상머리에서 반찬 타박하는 어린애의 투정에 불과했다. 어차피 세상엔 문제만 있고 답은 없다는 걸 익히 아는 사람들 같았다. 어찌 보면 삶을 포기하고 사는 것 같기도 하고, 일상을 초월해서 사는 것 같기도 했다. (「들마루」)

　단박에 내 신세는 안방에 있다가 새로 사 온 장롱에 밀려 부엌방으로 옮겨져 철 지난 옷이나 넣어두는 헌 옷장 꼴이 되었다. 차츰 버리자니 아깝고 그냥 두자니 걸리적거리는 빛바랜 장식품 같은 신세가 되더니, 채 일 년도 안 되어 쓸데없이 자리만 차지한다며 누구든 필요하면 가져가라고 대문 밖에 내놓은 오지항아리 같은 신세가 되었다. (「투명인간」)

이병숙

　장편소설 『문노』, 『그 사람이 있는 곳』. 창작소설집 『들마루』 출간.

아담의 추억 외 | 이선구

자기 글을 읽으며 눈물도 흘렸겠지? 이런 바보. 밤늦은 시각 혹은 새벽녘에 시를 낭송하듯 읽어보라구. 자신이 감동할 때까지 감정을 몰입하고 탁마를 더 해. 소설가 자신이 감동하지 않는 소설은 소설이 아냐. 〈어둠 속에도 거울이 있을까〉 당신의 분노는 자신을 향한 분노 같소. 어둠 속에도 거울이 있다는 걸 모르나? 이 동굴에선 내뱉은 말이 금세 자신에게 돌아온단 말이오. 어쩐지 욕설이 매번 내게로 돌아오는 게 이상했다. (「신열身熱」)

세상에 그냥 사라지는 것은 없다. 치매로 영영 망실해버린 게 아니라면 기억의 세계에서 소멸이란 단어가 없는 것처럼. 떠나시기 전에 명함이라도 한 장 주고 가시오. 인간사 인연취산因緣聚散일 낀데, 꼭 그러실 필요가 있겠십니꺼? (「망해사望海寺 가는 길」)

글쟁이가 하는 장난은 하느님도 용서하신댔어. 포도주의 버건디색을 쳐다보고 있노라면 왜 마음 바닥이 젖기 시작하는지 해답을 하나 찾았네. 사람이 사는 사회란 늘 삶의 자리를 비워내고 다시 채우는 순환을 반복하는 것일까. 인생은 리허설이 없는 연극이라는데, 어느 지점에 이르러서는 다음 세대를 위해 엄숙하게 자리를 비워줘야만 한다. (「계절의 엄숙함에 대한 예의」)

사랑이 끝난 다음 엄청난 고통이 엄습하는 이유는, 사랑을 하는 동안은 통증에 둔해져 있기 때문이라는군. 누군가 말했어. 첫사랑에 실패하지 않은 사람은 소설가가 되지 말라고. (「접시꽃」)

세상 사람들은 두 다리로 춤을 추지만 우리는 가슴으로 춥니다. 음악도 가슴으로 들어와 생명력을 얻잖아요? 신이 우리 휠체어인들에게

자유로운 가슴조차 주지 않았다면 우린 어쩌면 영영 춤을 추지 못했을 지도 모릅니다. 즐겁게 춤을 출 때 그제야 우리는 온전히 장애를 딛고 새처럼 훨훨 날 수가 있습니다. 바로 그것이죠. 자유를 향한 우리의 꿈은. (「미혹迷惑」)

허상을 추구하고 그걸 소유한 다음부턴 모질게도 증오하는, 사랑과 증오의 사슬에 얽매인 젊은이들이여, 오늘은 비유와 상징을 말하고 싶네. 우리가 이겨낸 과거는 원래 과거주의자들이 추구하는 것일세. (「바람 탑」)

전쟁 중에 사람을 만났을 때 무슨 생각이 가장 먼저 드느냐면, 저 사람을 앞으로 두 번 다시 만날 수 있을까, 였어. (「고구마 꽃」)

정말 윤회의 주장대로 '교활성과 잔인성'이 인간으로 하여금 최상위 진화에 이르도록 했을까? (「아담의 추억」)

난생 처음 오늘 아침에 죽고 싶단 생각이 들었소. 나가더라도 14일을 더 자가격리해야 하고 격리가 끝나면 재검사를 받아야 한다던데. 재양성자는 또 다시 격리병동에 입원한다는 걸 아오? 우린 이미 '주홍글씨'를 받은 사람들이오. (「외발자전거」)

참 고리타분하시기도 하지. 우리나라에서 지금 인간의 자유와 이성을 말하는 사람은 선배님밖에 없어요. 자네, 환경운동할 때 허구한 날 인간의 자유와 이성을 운운했잖아? 아, 과거엔 그랬죠. 작전상. (「맹수」)

죠수아, 당신은 결코 법망을 빠져나올 수 없어. 세상이 그리 만만치 않다는 걸 2100년 전에도 경험했을 텐데, 무엇이 아쉬워 다시 세상에 오셨을까? 이 세상은 메시아를 그리워하는 일까지만 허용되거든. 메시아가 오면 절대 안 되지. 메시아는 그저 성경 속에서, 소설 속에서, 시인들의 가슴 속에서 꿈만 꾸어야 해. (「천국의 잔」)

이선구

장편소설 『시의갈레누스』, 『베네치아코덱스』, 『왕룽의잔』, 『사자춤』(전3권). 전자소설 『O.S.T.』. 소설집 『유리병 속의 코끼리』, 『열등 방정식』, 『아담의 추억』 등. 대한민국디지털작가상, 한국PEN문학상, 박종화문학상, 채만식문학상 등 수상.

눈물방울 | 이송연

　나는 지금 어디로 가고 있을까? 돛단배를 타고 알 수 없는 곳으로 물결처럼 흘러가는 것 같다. 내가 지금 요단강을 건너는 걸까? 종교가 없었던 나는 이승을 떠나면 별이 되고 싶었다. 지구를 밝히는 별 하나 된다면 죽음을 받아들일 수 있을 것 같았다.

　나는 중환자실에서 하루를 자다 오늘 깨어났다고 한다. 아내와 아들, 딸 며느리 사위가 나를 내려다보고 있다. 코로나 19가 세계를 휩쓸고 처음 자식들을 대면한다. 내가 이 세상에 남긴 자식들 얼굴 한 번 보고 갈 수 있기를 소원했더니 이루어졌다. 소원을 이루게 해 주신 분들께 감사를 드린다.

　마지막 인사할 시간이 다 된 것 같다. 무슨 말을 하고 싶어도 입이 움직여지지 않아 보는 것이 인사다. 아내는 여전히 말없이 서 있고 자식들은 아버지! 아버지! 하고 나를 애타게 부른다. 나와 인연을 맺었던 가족들. 나는 그들과 오늘 작별을 하게 될 것 같다. 눈을 크게 뜨고 싶은데 실눈마저 자꾸 감긴다. 마지막으로 가족 얼굴을 한 번 더 보고 싶은데 눈뜰 힘이 없다. 눈 한 번만 더 뜰 수 있었으면, 모든 힘을 눈꺼풀에 집중했다.

　여보! 아버지! 할아버지! 나를 부르는 목소리에 사랑이 가득하다. 내가 사랑한 사람들과 마지막을 함께 할 수 있어 감사하다.

　몹시 졸린다. 내 생에 이렇게 가파르게 졸린 적은 없었다. 잠들지 않으려고 해도 내 의지대로 되지 않는다. 모든 것을 두고 나는 깊은 잠으로 빨려 들어간다. 자식들에게 잘 있으라는 인사도, 다시 만나자는

약속도, 함께여서 행복했었다는 말도, 아내에게 고맙다는 말도 하지 못했다. 내 마음을 전해 들을 거로 생각하며 사랑한다고 했다. 내 눈을 촉촉이 적시던 눈물이 마른 것 같다.

"운명하셨습니다."

의사는 내가 죽었다는 것을 아내와 자식들에게 알렸다. 내 몸은 죽었고 내 혼은 멀리멀리 가야 하는데 내 귀는 가족들의 목소리를 더 들으려고 기울인다. 내 몸 장기가 다 망가져 각막만 기증할 수 있을 것이다. 두 사람이 밝은 세상을 보게 된다면 다행이다. 나는 내 눈이 내가 더 보고 싶었던 곳을 마음껏 보며 행복하게 살기를 바란다.

아내에게 병간호하느라 고생했다는 말을 못 했는데 벗어둔 몸 위에서 혼이 되어 여보 고생했어요. 고마워요. 사랑했어요.라고 말했다. 백발에 야윈 아내 모습은 나를 반성하게 했다. 내가 당신이고 당신이 나였다면 나는 당신을 끝까지 간호할 수 없었을 거요. 당신을 이해하지 못해 미안합니다. 다음 생에 만나면 아내를 더 사랑해주리라 다짐했다.

오열하는 자식들과 아내의 목소리, 아버지의 자식이어서 행복했다는 아들의 말, 아버지와 함께해서 좋았다는 작은아이의 말, 며느리와 손주들의 작별들, 다음 생에 다시 남편이 돼 달라는 아내의 말이 들린다. 가족의 말이 침상에서 견뎠던 투병 시간을 갈무리해주었다.

내가 이룬 가족을 마지막으로 볼 수 있어 가벼운 걸음으로 내 혼은 세상을 떠날 수 있었다. (「눈물방울」)

이송연
한국소설가협회, 한국문인협회, 동천문학 회원.

가고 또 가고 | 이신현

배는 차츰 속력을 줄이는 모양이었다. 나는 뒹굴 만한 모든 물건을 고정된 침대 밑으로 쑤셔 넣었다. 배의 흔들림은 서서히 도를 더해갔다. 창밖은 시커먼 먹구름 같은 게 가득 메워진 듯 아무 것도 보이지 않았다. 이윽고 눈덩이 같은 빗방울이 창을 때리기 시작했다. 산짐승의 울음소리 같은 바다의 포효가 우우 소리를 내며 창문을 뚫고 내 귓전까지 들이닥쳤다. 배는 지금 매서운 비바람 같은 폭풍과 싸우고 있었다. 순간 나는 오른쪽 끝으로 또르르 굴러갔다. 그리고 벽에다 머리를 들이박고 말았다. 겨우 정신을 차리려는데 이번에는 왼쪽으로 굴러가 또 한 번 들이받고 말았다. 정신이 멍멍하고 속이 뒤틀렸다. 그러나 이것은 전초전에 불과했다. 나는 이내 공중으로 치솟는 듯한 기분에 휩싸였고 다시금 땅으로 곤두박질하는 듯한 기분이 엇갈리고 있었다. 그리고 이러한 정신 상태는 쉬지 않고 계속되었다. 나는 정신을 잃어 가고 있었다. 기어이 목구멍에 걸려있던 모든 것을 토하고 말았다. 그러자 장에서는 아직 남아 있는 것들을 계속해서 목구멍으로 밀어 올렸다. 나는 내 자신도 모르게 으으 비명을 질렀다. 정신을 차려야 한다고 생각했다. 그러나 배는 나에게 그런 여유를 주지 않았다.

이번엔 낭떠러지를 오르내리는 곡예가 아니었다. 좌우로 흔들어 댔다. 나는 침대 다리를 꽉 부둥켜 쥐었다. 그러자 요동이 덜 심한 것처럼 느껴졌다. 나는 겨우 중심을 잡았다. 그 때 큰 바위가 배의 허리를 강타하는 듯한 쾅하는 소리가 들려왔고 나는 침대 다리를 잡은 손에 힘을 가했다. 밖은 여전히 뇌성이 일고 바람이 몰아쳤다. 나는 그 난장판이 가시게 해 달라고 하느님께 기도하였다. 그러나 나는 광란하는

바다에 지고 말았다. 빙빙거리는 정신을 이기지 못하고 그대로 눈을 감아버렸다. 내가 어렴풋이 눈을 떴을 때 스피커에서 슐러 선장의 음성이 들려오고 있었다.

"선원 여러분, 이제 태풍은 지나갔습니다. 이젠 모두 일어나서 복구작업을 하셔야겠습니다."

나는 살았구나 생각했다. 몸을 일으켰으나 아직도 귓속이 웅웅하고 머리가 멍멍했다. 겨우 갑판으로 나왔다. 순간 나는 놀라고 말았다. 갑판 위에는 하얀 고기들이 보석처럼 깔려 있었다. 고기의 비늘들이 햇빛을 받아 유리처럼 반짝반짝 빛나고 있었다. 커다란 상어도 한 마리 있었는데 나를 노려보며 벌름벌름 숨을 쉬었다.

이신현

1980년 장편소설 『거울 속의 타인』 출간. 『한맥문학』 시 발표 문필생활 시작. 장편소설 『이브의 초상』, 『가고 또 가고』, 『새야새야 파랑새야』, 『구도자』, 『목회자』. 단편집 『빛의 능선』, 『크리스마스』 외 다수. 안산 푸른숲교회 원로목사.

어머니의 꽃밭 | 이애연

어머니의 꽃밭에 진분홍색 철쭉과 빨강색 넝쿨장미가 화사하게 필 때면, 수심 가득한 어머니의 얼굴에도 잔잔한 미소가 피어나곤 했다. 꽃밭에는 봄부터 가을까지 수십 종의 꽃들이 끊임없이 피고 졌다.

꽃을 따라 어머니의 미소도 피어나니 어린 내 마음도 행복해졌다.

한여름 장독대 둘레에 붉은색 봉숭아꽃이 활짝 피면, 어머니는 내 열 손가락에 꽃물을 들여주곤 했다.

아직도 봉숭아 꽃을 보면 어머니 생각이 나는 것도 그런 이유다.

하얀 백반 가루를 봉숭아 꽃과 잎에 섞어서 곱게 찧은 후, 그 초록색 덩어리를 내 손톱 위에 콩알만큼 올리고 나팔꽃잎으로 감싼 다음 흰 무명실로 총총 묶어 줬다.

"내일 아침이면 손톱에 붉은색 꽃이 필 거야."

"엄마 초록색을 올렸는데 붉게 물들어?"

나는 열 손톱에 씌운 초록색 모자가 빠질까 봐 걱정스러워서 두 손을 가지런히 배 위에 올리고 잠이 들곤 했다.

아침에 잠이 깨면 손톱에 붉은 꽃이 마법처럼 피어 있었고, 초겨울까지도 손톱 끝자락에 붉은 반달로 남아 있었다.

내가 결혼하고 어미가 된 후, 내 어머니가 그랬던 것처럼 딸의 손톱에 봉숭아 꽃물을 들여주곤 했는데 그때마다 고인이 된 내 어머니가 눈물 나게 그리웠다.

어머니가 키웠던 꽃 가운데서 제일 고운 것은 단연 국화다.

줄기를 나무젓가락처럼 잘라서 모래흙에 꽂아 놓으면 뿌리가 내리는데, 한 그루씩 거름흙 화분에 옮겨 심은 후 정성스럽게 키웠다. 크고 탐스러운 대국이 필 때까지 국화 묘목에 쏟는 어머니의 애정은 남달랐다.

가을이 되면 화분 속 줄기 끝에서 크고 화려한 대국이 피기 시작했다.

대문에서 마루 앞까지 마당을 가로지르는 디딤돌들 양쪽에 두 줄로 늘어선 색색의 국화꽃은 온 집안을 가을 분위기로 만들어 주었다.

만개한 국화꽃 옆에서 어머니는 무언가 말하는 듯 입술을 가볍게 들썩이며 화사한 웃음까지 짓곤 했다.

"엄마 왜 꽃을 보고 중얼거려?"

꽃들에게 말을 거는 게 어린 나에겐 도무지 이해가 안 됐다.

노란 국화꽃 옆에서 가끔 웃음 짓던 어머니!

국화꽃 향기를 맡으면서 독백 하던 어머니!

꽃들에게 무슨 말을 걸었던 것일까!

어머니는 청상靑孀 의 외로움을 잊기 위해서 꽃을 가꾸고 있었다는 걸!

그때의 어머니보다 내 나이가 훨씬 많아지고 홀로 된 후에야 깨닫게 되었다.

어릴 적 내가 꽃밭에서 보았던 어머니의 공허한 웃음과 독백이 수십 년의 세월을 건너뛰어 내 가슴에 깊이 박힌다.

이애연

한국문인협회 회원, 한국소설가협회 회원, 국제PEN회원. 2021년 11월 경기도 문학상 본상 수상. 수필집『눈썹 꽃길에서 길을 찾다』. 소설집『그 사랑 진짜였을까?』,『방구석 코난이 뽈났다』.

기다린 여울 | 이영백

그런 과정에서 희생된 사람들의 굿판을 벌이고 싶었다. 그러기 위해서는 그때의 모든 슬픔과 기쁨을 역사로부터 끄집어내는 것이 우선, 해야 할 일이었다.

인류 진화에서 살아남은 쪽은 당연히 자기보다 큰 선한 전체를 위해 기꺼이 몸 바친 이가 많은 집단이었다. 인간 마음에 자신보다 크고 고귀한 무엇과 하나가 되고 싶은 본능이 새겨지게 된 이유였다.

역지사지를 통해 좋은 성취와 멋진 기억을 되살려 새로운 길을 만들어가야 했다.

말의 세계는 침묵의 세계 위에 세워져 있었다. 말이 마음 놓고 문장들과 사상 속에서 멀리까지 움직여 갈 수 있는 것은 어쩌면 오직 그 밑에 드넓은 침묵이 펼쳐져 있을 때뿐이었다.

세상에는 선의가 꼭 그대로만 받아들여지지 않았다. 거꾸로 악에도 가식을 씌우면 그리 잘 알아채지 못했다. 세상일들이 한낮에 내리비치는 태양이 작열하는 듯하게 명백하지 않은 경우가 많았다.

광장과 밀실은 통한다는 생각이 들었다. 붕당의 동과 서, 개인과 집단, 시간과 공간, 과거와 현재, 죽음과 삶 같은 일체의 이분법을 넘어 하나로 만나는 광장이 있다고 믿었다.

힘을 키우는 것만큼이나 마음을 지키는 것도 중요하며, 마음을 지키는 가장 좋은 방법은 경직되지 않고 부드러워지는 거였다

깨끗한 글을 쓰는 일은 어쩌면 과거에 묻은 핏빛 나는 때를 지우는 일일지도 모른다.

여성을 사회개혁과 역사 발전의 주역으로 형상화하면서도, 자아실

현 추구에서의 갈등과 사랑에 대한 열망을 부여함으로써 고뇌하는 실존적 인간의 면모를 그리려고 하였다.

'괴로워도 또 행복이 오겠구나. 평화로울 땐 불안도 올 수 있겠구나.'

이런 생각이 났다. 그러니 너무 슬픈 일과 너무 기쁜 일의 경계가 많이 사라짐을 느꼈다.

탄생과 죽음, 빛과 그림자, 이 모든 것들이 분리되어 있지 않고 하나라는 걸 몸과 마음으로 배워 나가고 있는지도 몰랐다.

그녀는 가을이 좋았다. 누군가 따뜻하게 손을 잡아줄 사람을 만날 것 같은 느낌이 있기 때문이었다. 그러나 가을이 더 좋은 것은 긴팔옷 안에 깃드는 아기와 같은 따뜻함 때문이었다. 그 따뜻한 손이 만들어주었던.

여성적인 것은 일반적으로 폭력적인 것이 아니다. 전쟁과 폭력이 아닌 배려와 수용, 어머니의 사랑과 인내 이런 아주 고귀한 것들이 포함되어 있지 않는가. 따라서 이런 여인들 얘기를 제대로 쓸 수가있다면 이를 통해 폭력과 전쟁으로 얼룩졌던 한국 사회를 위로할 수 있지 않을까 생각했다.

시절에 따라 엘리트가 민초로 변하기도 하고 거꾸로 되기도 한다. 세상의 두 축이 너나 할 것 없이 뭉뚱그려져서 세상을 웃게도 울게도 만들어왔다.

이영백

한국문인협회, 한국소설가협회 회원. 손소희문학상 수상. 중국 푸단대 석좌교수, 한국과학기술한림원 이사. 장편소설 8편(이 중 4편 중국어판, 1편 영문판도 출판), 중·단편소설 등 5편.

순례자의 노래 | 이영숙(부산)

4월이 끝나고 5월이 시작되던 어느 날이었다.

"형한테서 전화가 왔는데 외할머니가 위독하대요."

점포 문을 닫고 들어온 순간 아들이 들려준 말이었다.

아 그랬었구나.

왠지 한두 시간 전까지 알 수 없는 불안감에 휩싸였었다. 그래서 괜히 점포 안을 서성이곤 했었다. 난 순간 눈물이 핑 돌았다. 드디어 이 생에서의 작별이구나. 모든 유년과 청·장년기의 기억과…….

청년 예수와 죽음도 소크라테스의 죽음도 청년 전태일의 죽음도 아닌 한 촌로의 죽음.

난 이미 친정어머니의 죽음을 예감하고 있었다. 일주일 전 꿈을 꾸었는데 나와 어머니가 해초가 드러나는 호숫가를 노를 저어가고 있었다. 한참 말없이 내가 노를 저어 저편 언덕에 어머니를 내려놓았는데 웬걸 그 순간 어머니의 굽어진 허리가 펴지지 않나, 호리호리하고 늘씬한 모습이셨다. 별 슬픔도 없이 멀어져 가는 어머니의 모습을 지켜보다 눈이 떠졌다. 그러면서 난 어머니의 임종을 떠올렸었다.

"아무래도 우리 어머니 돌아가실 것 같아"

"그래? 다음 주일 예배 끝나고 한번 뵈러 가자."

남편과의 대화가 불과 사나흘 전이었는데.

"태원이 좀 데려와라. 녀석 크더니 외할머니 보고 싶지도 않나."

아마 친정어머니는 죽음을 예감하셨는가 보다.

"돌아가셨을 거야."

내 눈 속에 눈물이 핑 돌았다. 회복하실 거라는 남편의 위로의 말도

내겐 아무 소용이 없었다.

난 아들의 방에서 무릎을 꿇었다.

"하나님 감사합니다. 이제 고난과 시련의 90평생이 끝나고 주님의 품으로 갑니다. 항상 나그네 대접하기를 좋아하고 남에게 베풀 기를 좋아하시던 저희 어머니. 전란 후 살기 어려웠던 시절, 우리 집은 상처 받고 가난한 친척과 이웃들의 쉼터였습니다. 이제 어머니의 상속재산 인 근검, 절약, 봉사, 희생정신 가지고 가시덤불 같은 이 세상 살다 주 님이 오라고 부르시면 저 또한 갈 수밖에 없습니다. 주여! 저 생명 강 가에서 우리 다시 만날 때까지 우리 가족을 지켜 주소서."

병원에 도착하니 입구에 장조카가 서 있다 우리 가족을 보고,

"할머니 돌아가셨어요. 두 시간 정도 고통받으셨나 봐."

한다.

난 이미 응급실에 안내되어 싸늘한 시신이 된 어머니를 보았다. 산소마스크를 떼지 않은 고엽 같은……. 유년과 청·장년기와 노년 과……. 온갖 고통과 시련을 묵묵히 견뎌낸 아름다운 종말. 그 종말은 또 다른 아름다운 시작은 아닐까?

이제 고해 같은 이 세상 떠나셔서 저 천국에서 안식하소서. 안녕히 가세요.

30분 후 큰언니와 질녀가 왔다. 어머니의 시신을 보자 얌전하던 큰 언니가 대성통곡을 했다. 질녀도 눈물을 펑펑 쏟았다.

이영숙

한국 소설가협회회원, 한국문인협회회원, 국제PEN 한국본부회원, 부산크리스천 문인협회회원, 한국문인선교회회원.

별천지 외 | 이영숙(광주)

그녀는 컴퓨터 앞에 앉아서 내일 기차로 갈 수 있는 여행지를 찾아본다. '부산에 있는 태종대를 구경하고 해운대에서 1박 하고 와야지.' 들뜬 마음으로 SRT 열차시간표를 보고 있는데 문소리가 난다. 놀라서 눈을 떠보니 남편이 분주하게 출근을 준비하고 있다. 그녀는 소리를 지르고 말았다. (「순천 가는 길」)

아주머니는 방을 안내해 주었다. 나무로 된 옷걸이가 방구석에 서 있고, 이불이 잘 정돈되어 있다. 오랫동안 방을 사용하지 않았는지 창틀에는 먼지가 쌓였다. 캐리어를 놓고 창문을 활짝 열어 환기를 시켰다. 해라 가슴 속도 시원하게 정화되었다. 둑 방을 기준으로 오른쪽은 붉은 태양에 물든 황금물결이 출렁이고 왼쪽 바다는 흰 물보라가 피어오른다. 꼼지락거리는 소리에 뒤돌아보니 재미가 아이스크림을 흘리며 먹고 있었다. 머리카락을 양 갈래로 묶은 재미 눈동자는 유난히 까맣고 반짝였다. (「갯벌 바다」)

한바탕 태풍이 지나간 거 같다. 지울 수만 있다면 뜨겁게 달아오른 다리미로 이 모든 것들을 쓱쓱 문질러 버리고 싶다. 어디서부터 다시 시작해야 할지. 간신히 잠이든 윤희는 정겹게 들리는 알람 소리에 눈을 떴다. 윤희는 남편 곁에 통장을 두고 무작정 집을 나섰다. (「알람 소리」)

자식들이 부모 마음을 백 분의 일이라도 알까 몰라. 우리나라는 복

지 시스템이 잘되어 있어서 그나마 독거노인들이 안심하고 살지. 내가 죽으면 북적북적 조문객들이 줄을 서겠지. 장례 치르고 부의금과 이 아파트 가지고 싸움이나 안 하려나? 어쩌다 잠깐 얼굴 내미는 자식들이 반갑다기보다는 서운함이 앞서니. (「알람 소리」)

이영숙
2019년 광주문학 신인상 단편소설 「별천지」 등단. 소설집 『별천지』 외 작품 다수. 제38회 경기여성기예경진대회 수필부문 대상. 제13회 현대문학사조 문학 우수상. 2024 신예작가(한국소설가협회). 한국소설가협회, 한국문인협회 회원.

아내는 엄마의 손을 꼭 잡았고 | 이영철

아내는 엄마의 손을 꼭 잡았고, 아내의 손을 다잡고 토닥이고 있는 엄마의 눈에서는… 새 떼가 날아오르고 있었다. 언젠가 엄마의 방에서 함께 잘 때, 취침등 불빛 아래 자신의 가슴팍에 가지런히 두 손을 모아 쥐고 고른 숨을 내쉬며 잠든 엄마의 가녀린 어깨에서 불쑥 솟구쳐 푸드득 날아오르던 그 하얀 새 떼였다. 그때 보았던 떼를 지어 날아가 버리는 소멸消滅, 소멸이 갖는 인과는 죽음이 아닌 망각임을 깨우치게 했던 새 떼들…

정말 얼마 만인지, 엄마를 중심으로 온 가족이 햇살 가득한 텃밭에 모여 앉아 엄마가 따준 오이를 먹으며 행복함을 느끼고 있었다. 순철은 지금이 너무 좋았다. 지금의 이 행복이 더도 말고 덜도 말고 이대로만 지속되었으면 싶었다. 물기 어린 눈언저리를 엄마 몰래 소매로 누르며, 엄마의 어깨너머로 날아오르던 새 떼를 보았던 밤을 생각하며 썼던 시 구절을 떠올렸다.

당신 떠난 그날 바람이 울었다

당신 땜에 등 따시게 살아온 날들이 고마웠다고
찔레꽃 하얀 무덤가
홀로 가던 당신이 그랬듯이
홀로 찾은 나도 그렇게 슬펐다고
목련이 지듯 떠나가는 것들
찔레꽃 하얀 무덤가
허공에 그리움의 문패 하나 걸고

아쉬운 걸음

뒤돌아 가던 걸음 문득 멈추고

뒤돌아서

당신을 보며

그 설움에 겨워

나 그리 홀로 오래도록 서 있다고

당신 어깨너머로 날아가던 새 떼

소멸(消滅)과 죽음과 망각…

당신 떠난 그날 바람처럼 울었다

이영철

『한국문학』 등단. 한국문협작가상, 한국소설문학상 수상. 소설집 『성불』, 『이 비가 그치면』. 장편소설 『청어와 삐삐꽃』(전2권), 『비오는 날의 쇼팽』(전3권), 『더블 클릭』(전2권), 『신의 향수』, 『마침내 나는 꿈을 꾼다』 외 다수.

"그 여자가 고통받으면서 헤어지지 않고 산 것도 사랑의 한 방식이고 선택에 대한 책임이었을 거야. 그 여자도 자신의 방식대로 사랑하면서 산 거지."

시원하게 불어온 바닷바람이 할머니 말을 감쌌다.

"연경아, 무조건 많이많이 사랑해라. 아끼지 말고 마음껏 사랑해라. 사랑해서 사랑을 잃은 것은 전혀 사랑하지 않은 것보다 낫다고 하더라. 하지만 누굴 만나든 남의 것은 탐하지 마라. 사랑이라고 모든 것에 면죄부를 주지는 않아. 아니, 나도 남의 것을 탐할 마음이 생길지 모르니 아무 말도 할 수가 없구나."

나는 숨이 넘어갈 정도로 까르르 웃어댔다. 할머니도 자신이 한 말이 웃겼는지 민망한 표정을 짓다가 큰 소리로 웃었다. 나는 할머니의 손을 살며시 잡아, 내 가슴에 가져다 댔다. 할머니가 빤히 내 얼굴을 쳐다봤다.

"나는 할머니가 동백꽃 그릴 때가 가장 행복해 보여요."

"그래, 너 동백 잎사귀 봤지. 잎이 단단하고 빛이 나지 않던? 꽃이 없어도 잎사귀 자체만으로도 당당해 보이지. 물론 붉은 꽃이 함께 있으면 더욱 좋고. 난 비바람을 이기고 나무에서 떨어지지 않고 버틴 꽃도 좋지만, 자신의 자태를 흩뜨리지 않고 미련 없이 뚝 떨어져 버리는 동백꽃도 좋더라. 너도 알지. 태풍이 몰아칠 때, 우리 집이 어찌 변하는지. 모든 게 다 무너지고 휩쓸려 사라질 것 같지. 태풍으로 뒤집힌 바다를 봤니? 짙은 회색빛 거품 덩어리가 산처럼 밀려오는 것을. 그 순간을 버티고 나면 구름 한 점 없이 쾌청한 하늘과 바다가 다가오지. 그

뒤의 모습을 알기에 이곳을 지켰는지도 몰라. 그러고 보면 나도 들려
줄 말이 많구나.”

할머니는 더는 아무 말도 안 했다. 한참을 등대와 푸른 우체통이 서
있는 바닷가를 바라보다 밤이 깊었다며 그만 들어가자고 했다. (「푸른
우체통」)

황은 집을 향해 걷기 시작했다. ‘감사합니다’를 연발하며 한 발 한
발 내디뎠다. 감사할 게 천지였다. 못 살겠다고 악을 쓰면서도 도망가
지 않는 아내와 공부 못하고 말 안 듣는 것만 빼면 다 사랑스러운 아들
세 놈과 전세금은 날렸지만, 월세방을 얻을 수 있는 돈이 그나마 있으
니 다행이라고. 건강한 팔, 다리와 아직도 하고 싶은 일이 많이 남았고
좋은 이웃과 친구가 있으니 감사할 뿐이라고. 그렇게 한 시간을 걸어
주문처럼 ‘감사합니다’를 되뇌며 집에 도착하자 핸드폰 문자가 날라왔
다. 그동안 빌라 건물을 자기 집처럼 관리해 준 황이 고마워, 전세금을
먼저 돌려주겠다는 집주인의 문자였다. ‘감사합니다’의 마법이 시작된
순간이었다. (「감사합니다. 그대가 있어서」)

이월성
1993년 『예술세계』 수필등단. 2015년 『한국소설』에 「엘리베이터에 갇힌 사람
들」로 소설 등단. 소설집 『인간등대』, 『인간등대』 e-book, 『무해한 눈빛들』 한
국문협서울시문학상 수상, 한국소설가협회 사무국장 역임.

란 외 | 이윤협

근거도 없이 무성하게 자라난 원망들이 이리저리 머릿속을 헤집고
다닌다. (「란」)

간간이 불어오는 가벼운 바람에 작은 나뭇잎들이 살짝살짝 몸을 뒤
집었고, 그 나뭇잎들 사이로 스며든 오후의 햇살이 뉘엿뉘엿 서쪽 능
선을 보듬고 있었다. 내 지친 육신이 산과 하나가 되어도 아쉬움은 없
겠다 싶었다. (「접시를 줍는 여자」)

건물을 나와서 경찰서 앞마당으로 내려섰다. 방마다 켜놓은 불빛들
이 쏟아져 나와서 군데군데 창 밑의 어둠들을 힘겹게 밀어내고 있다.
신도시에 새로 지은 경찰서답게 주차장 너머로는 꽤 넓은 잔디밭이다.
화단 가의 키 작은 조경수들이 엄마한테 혼나고 쫓겨나온 말썽꾸러기
들처럼 별빛을 받으며 시무룩하게 벌을 서고 있다. (「접시를 줍는 여
자」)

차가 강변북로로 접어들자 아내는 시선을 앞으로 고정한 채 켜켜이
묵혀왔던 감정들을 쏟아내기 시작했다. 앞차들의 미등 행렬이 가다 서
다를 반복하면서 벌겋게 달아오른 짜증을 왈칵왈칵 토하고 있다. (「참
고인」)

번쩍하고 번갯불이 방 안을 대낮처럼 밝히더니, 우르릉·쾅~ 우르
릉~쾅~쾅~ 요란한 천둥소리가 꼬리를 문다. 어른들은 더 이상 번갯불

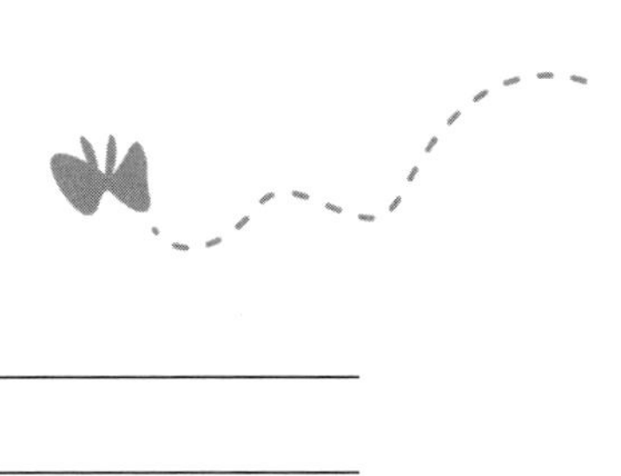

과 천둥소리를 두려워하지 않는다. 빛과 소리만으로는 아무 일도 일어나지 않는다는 것을 알게 되었기 때문이다. 그래도 천둥과 번개가 가까워지면 몸과 마음이 움츠러드는 것은 어쩔 수가 없다. 스스로는 자신의 죄를 알고 있다는 듯이. (「밥은 꽃보다 무겁다」)

주위 사람들의 경원 분위기에도 차츰 둔감해져 갈 것이다. 밥의 엄중함이 이런 것인가 보구나 싶었다. 위기에 대응하는 인간의 뇌가 파충류의 그것과 별반 다를 것이 없다는 생각에 쓴웃음이 나왔다. 언제 어디서나 밥은 꽃보다 무겁다. (「밥은 꽃보다 무겁다」)

비는 이제 양동이로 들이붓는 것만 같다. 밤을 꼬박 새워서라도 세상의 가벼운 것들을 모두 쓸어가고 싶은 모양이다. 기왓골을 타고 내려와서 꾸역꾸역 홈통으로 몰려든 빗물들이 쿠르륵 콸~ 쿠르륵 콸~ 콸~ 어두운 침묵을 목 조르고 있다. (「밥은 꽃보다 무겁다」)

아내는 그렇게 한마디 던지는 것이, 있었다고 확신하는 나의 외도에 대한 끝나지 않은 징벌이라고 생각하는 것 같다. 또 언제든 일어날 수 있다고 믿고 있는 나의 바람기에 대한 도저히 끝낼 수 없는 경멸이라고도 생각하는 것 같다. (「여든여덟 이후에도」)

오 부사장은 말을 꺼내놓고 나서는 과거로의 회상에 빠져드는지 고개를 들어서 층층이 불을 밝혀놓은 거대한 샹들리에 쪽으로 시선을 옮겨갔다. 밝은 조명 속에 갇힌 먼지 입자들이 머리 위를 희부옇게 떠났다. (「올챙이 수송 작전」)

이윤협

『한국소설』 신인문학상을 수상. 단편소설집 『접시를 줍는 여자』와 수필집 『셋째 부인을 얻고 싶다』를 냈다. LG그룹, 국가정보원, 한국원자력문화재단, 경기도시 공사 등에서 일했다. 중앙대학교 국어국문학과를 졸업.

스타 탄생 외 | 이은집

석양의 햇살을 받자 바다는 반 고흐의 그림처럼 강렬한 색채로 출렁였다. 해수욕장의 모래밭에 모인 젊은이들의 알몸에 가까운 피부도 남태평양 섬의 원주민처럼 붉게 물들었다. 바로 그곳에서 음악전문 케이블 〈뮤직TV〉가 주최한 가요제 〈썸머! 스타 탄생!〉의 공개녹화가 펼쳐졌다.

"앗! 드디어 나타났군!"

심사위원장인 작곡가 승우는 하마터면 큰소리로 외칠 뻔했다. 벌써 두 시간 넘게 진행되었으나 대학축제 가요제만도 못한 오합지졸의 경연장이었는데, 마지막 출연자가 승우를 충격과 전율에 빠뜨렸다. 걸레처럼 너덜너덜 해어진 청바지와 몸에 착 달라붙는 순백의 쫄면티를 입었는데, 어처구니없게도 방금 바닷물에 빠졌다가 달려온 듯 흠뻑 젖은 모습이라니…! 녀석은 그렇게 섹시한 모습으로 이승철의 〈소리쳐〉를 그야말로 소리쳐 불렀던 것이다.

많이 생각날텐데! 많이 그리울텐데!
많이 힘겨울텐데! 많이 아파올텐데!
눈을 감아 보아도 너만 떠오를텐데!
정말 보고 싶어서 그냥 혼자 소리쳐…! (「스타 탄생」)

"하마 중구가 지나니 강바람이 제법 차갑구려. 오늘밤부턴 들창문의 거적을 내려야겠소."

항상 저만큼 건너다보이는 이포강의 꼼지락대는 물살이 정겹다며

시도 때도 없이 곁눈질하던 둔촌이 노구를 추스르며 부인에게 말문을 열었다.

"아유! 영감님! 밤바람은 들창문뿐 아니라 사립문으로도 몰려든답니다. 나가서 닫구 오리까?"

그러자 모시광우리를 인듯 백발이 성성한 부인이 보살같은 미소 띤 얼굴로 대꾸를 했다.

"어허! 그건 안될 말이오! 만약에 삼은(三隱―포은 정몽주, 목은 이색, 도은 이숭인)이 이 밤에 개경에서 날 보러 준마로 달려온다면 얼마나 실망스럽겠소?"

"예에! 유붕有朋이 자원방래自遠方來하니 불역낙호不亦樂乎아라 하였거늘, 비록 제가 아녀자라 한들 영감님의 깊은 우정을 어찌 모르겠습니까? 그래서 항상 박주산채薄酒山菜일망정 마련해두고 있습지요."

이처럼 부부가 군시렁대듯 말장단을 맞추는데, 어디선가 야옹! 야옹! 하고 고양이의 울음소리가 들려왔다. (「청산별곡」)

안개이불을 덮고 잠자던 영축산에 밤새워 달려온 붉은 아침해가 얼굴을 내밀자 서서히 자태를 드러냈다. 그리고 어끄제 내린 소낙비로 물살이 더욱 거세어진 골짜기의 시냇물소리가 마치 산짐승의 포효처럼 으르렁거렸다. 오늘도 〈삼장수 수련원〉의 기상시간은 이런 신비로운 분위기 속에서 시작되었다.

"딩동댕동 딩동댕! 댕동딩동 댕동딩!"

그때 수련생들의 침실에 파이프올갠 같은 차임벨소리가 메아리처럼 울려퍼졌다.

"수련생 여러분! 안녕히 주무셨습니까? 지금부터 모두 기상하여 침구를 정리하고 대강당으로 집합해주시기 바랍니다." (「삼장수 수련원」)

이은집

『충남 청양 출생. 고려대 국문과 졸업. 1971년 창작집 『머리가 없는 사람』으로 등단. 저서 『학창보고서』, 『스타 탄생』 등 39권 발간. 한국문학신문 문학상, 여수 해양문학상 등 16개 수상. 한국문인협회 부이사장. 계간지 『문예빛단』 회장 등.

어디서 무엇이 되어 다시 만나랴 | 이인록

'은수가 내게 메일을 보냈다는 건 하나의 사건이다'라고 나는 생각했다. 한편으로는 일방적인 메일로 여겨질 수도 있었다. 하지만 '버킷리스트'와 '그것을 실천해야 할 때와 물운대를 떠날 때'라는 표현에서 일순 작은 경련이 내게 전해지고 있었다. 잠시 눈을 감았던 나는 달력을 살펴보았다. 주말은 이틀 뒤에 자리하고 있었다. 이번 주말엔 특별한 약속이 없는 것 또한 빠르게 그 뒤에 끼어들고 있었다. 팔짱을 끼며 '좀처럼 전화통화도 하지 않던 사람이 뜬금없이 물운대 일주하기를 메일로 보내오다니 그것도 수신확인으로만 온다는 것으로 믿겠다니…'라고 의문이 섞인 생각을 하였다. 전화로 말할 수 없는 생의 중대한 변곡점과 시간을 다툴 것 같은 곡진함이 묻어있는 것 같았다. 그 편리한 카톡이나 문자 그리고 전화도 있는데 굳이 메일을 보내온 것 또한 묘한 여운이 꼬리를 물었는데, 필시 무슨 곡절이 있을 것 같은 생각과 함께 이미 거부할 명분은 내게 남아있지 않다고 스스로 단정하였다.

차는 물운대 주차장으로 들어섰다. 겨울 한가운데 속의 주차장은 생각보다 황량했다. 드문드문 주차해 있는 차들 사이로 그래도 사람들의 발길은 이어지고 있었다. 은수가 말한 시간보다 앞당겨 도착한 나는 해변공원 해솔길과 낙조분수 옆을 걸으며 「고우니 생태길」을 찾았다. 아직은 키가 별로 크지 않은 소나무 아래 비둘기들이 내 발걸음은 아랑곳 하지 않은 채 종종종 모여서 먹이를 쪼고 있었다. 회색빛 등이 참 곱기도 하구나 생각했다. 그들의 발길을 방해하지 않으려 뒤로 조심조심 물러섰다. 정원같이 꾸며진 해솔길 끝에 「고우니 생태길」이

시작되는 팻말이 가볍게 흔들리고 있었다. 바람을 받는 나지막한 갈대들의 사각거리는 소리가 귀에 조금은 생경하게 들려왔다. 그 갈대 사이에 몇 마리 오리가 물속으로 자맥질을 하며 분주했다. 갈대밭 너머 흰 포말을 밀어 올리는 파도들의 몸짓이 한여름 태풍의 기세다.

은수가 탔을법한 차를 기다리며 둘러보는 푸***아파트라 했던 은수의 말을 떠올리며, 저기 어딘가에 은수의 집이 있다는 생각이 들었다. 앞마당 같이 바라보며 평생을 눈에 담아왔을 몰운대를 떠난다는 그녀의 말이 무슨 말인지 새삼 궁금해졌다. 하늘은 맑았다.

5학년 문예반 활동을 함께 하던 은수와 나를 빗댄 이야기가 그때는 정말 작은 사건이었다. 귀뚜라미 제목으로 낸 나의 시를 본 누군가가 퍼뜨린 유언비어는 점입가경으로 학교에 퍼졌다. 누군가는 복도에서 귀뚜라미 소리를 내며 나를 툭 치고 지나갔고, '어림없다 동성동본 이상우와 이은수' '남매같이 닮은 둘을 우리들이 떼어놓자' 등 웃기는 글들이 복도 벽에 붙었다. 한마디로 희극 아닌 희극이 만들어진 것이었다. 그 후로 우리는 서로의 눈길을 피하는 사이가 되어버렸다. 하지만 우리에겐 어림없는 일이었다. 우리는 동성동본이었던 것이다.

"낮달은 슬픈 달이라 하지? 밤에 비추어야 할 달이 낮에 외로운 하늘에서 봐 주는 이도 없어서 그렇게 보는가 봐. 밤이 되어 별과 함께 떠 있으면 서로 얘기도 하면서 심심하지 않을 텐데 밤이 될 때까지 저렇게 혼자 떠 있어야 하니 외롭다 못해 슬프다 하는 모양이야."

은수의 말이 어느 시인의 말인가 여겨졌다. 맑은 날이면 멀리 대마도까지 보인다는 이곳으로 나를 초대한 은수에게 물어봐야 할 말을 내가 잊고 있나 생각되면서 조바심이 들었다.

이인록

2017 신라문학대상 소설 당선. 공저 『2019 신예작가』, 『소설 카름』. 소설집 『16년』. 남촌 소설문학상. 한국문협 문학정보화 위원, 경주문화원 이사.

강변에 일던 바람 | 이인우

콩밭 끝에 하숙집 보다 낡고 작은 초가집이 두어 채 있는 곳이 하이마다. 논과 밭이 양쪽으로 늘어서 소달구지가 지나갈 수 있는 길도 있다. 왼쪽 작은 골짜기에 초가집 한 채가 숲속에 숨어 있었다. 무엇을 하는지 연기가 굴뚝으로 피어올랐다. 앞서거니 뒤서거니 내리막길을 내려가니 오래된 느티나무 사이에 기와집과 초가집이 옹기종이 모여 있다. 큰 기와집 마당에는 국기가 펄럭이고 드나드는 사람도 간혹 보였다. '옥동동사무소'다. 하이마는 옥동에 속했던 것이다.

동사무소 마당에 들어서서 느티나무 그늘에 쉬고 있는데, 옥화가 장대를 곧지 않는 낮은 빨랫줄에 오른 팔을 올려놓고 있었다. 장난기가 발동하여 빨랫줄을 갑자기 당기니 옥화는 앞으로 꼬꾸라졌다. 순식간에 일어난 일이라 나도 모르게 넘어지는 옥화를 안았다. 다행히 넘어지지 않고 나에게 안겼다. 손의 감각이 이상해서 보니 가슴을 부둥켜안고 있었다. 도영이는 옥화의 안전은 간곳이 없고 입을 삐죽거리더니 동사무소 마당을 빠져나갔다. 당황한 나는 옥화를 뒤로 한 채 도영이를 따라갔다.

산 위에서 강변으로 내려가는 언덕길을 가다보니 강이 가까운 곳에 평지가 나왔다. 산기슭에 줄을 서듯이 초가집 여러 채가 대나무를 배경으로 강을 향하여 엎드려 있었다. 밭에는 추수시기를 기다리는 콩잎이 누렇게 물들고, 여름에 수확을 하고 그대로 두어서 썩어가는 깨의 줄기가 여기저기 흩어져 있다. 논에는 일찍 추수를 끝낸 집도 있지만 대부분 고개를 숙인 벼들이 논둑에 넘쳤다.

산기슭에 참외 원두막이 숨어있다. 풀숲을 헤치고 밭둑을 걸어가니

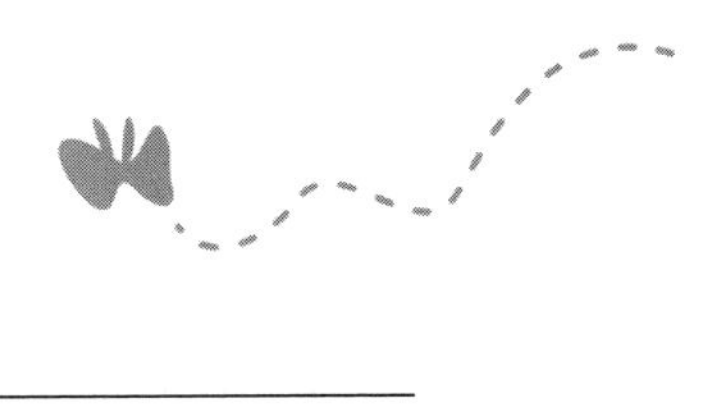

원두막에 올라가는 나무다리가 낡아서 부러지고, 바닥에 걸쳐놓은 나무는 힘을 잃어 짚이 빠져나가 구멍이 숭숭 뚫렸다. 원두막에 올라가서 참외 서리하던 지난 여름방학을 제대로 설명하려고 왔는데 틀린 일이다.

강변의 솔밭까지 먼 거리를 걸었다. 정규 수업을 하고 바로 만나지 않았더라면 하이마를 구경할 엄두도 내지 못했을 것이다. 솔밭의 큰 나무에는 그네를 매었던 흔적으로 매듭은 그대로 있는데 줄만 잘렸다. 중학교 때 소풍 와서 보물찾기를 하던 모래사장 가까이 버드나무 숲에서 돌을 주워 물수제비를 뜰 요량으로 강물에 던졌다. 보기 좋게 물장구를 치며 돌이 나갈 줄 알았는데, 몇 번을 던져도 퐁당하고 빠졌다. 그나마 멀리 나가지도 않았다. 강물에 손을 씻는 도영이와 옥화를 보며 뒤에서 밀고 싶은 충동을 느낄 정도로 장난을 걸고 싶었다. 물에 빠지면 뒷감당을 어떻게 하려고, 모래사장을 걸어 나오면서 옥화를 기다리는데 먼데서 황소 울음소리가 들렸다. 소달구지를 끌고 가며 송아지를 찾거나 나무 그늘에서 지루하여 소리를 지르는 듯 했다.

산기슭 가까이 오래된 소나무들이 숲을 이루고, 주변에는 논밭이 다닥다닥 붙어있었다. 어개골에서 서북쪽으로 왔으니 해가 지는 남서쪽으로 갈 예정이다. 산을 내려와서 강변에 갔으니 또 산에 올라가는 것이다. 얼마를 걸었을까 초가집이 나오더니 마을다운 마을이 나타났다.

이인우

1977년 단편 「용담사에서」 발표. 한국소설작가상, 한국문학백년상 등 수상. 한국소설가협회 이사, 한국문인협회 이사 역임. 『안동의 효열(전5권)』. 시조집 『새벽 눈 내린 날』. 수필집 『안평 가는 길』. 소설집 『비 오는 날 편지』. 장편소설 『방풍목』 외 다수.

부서진 세월의 흔적 | 이재연

언젠가 과천 현대미술관에 갔을 때였다. 미술관 정원에 두 발 벌리고 하늘 향해 서 있는 은빛 알루미늄 거대한 조형물 〈노래하는 사람〉의 벌어진 입에서 흐느끼며 읊조리는 듯한 우 우 우 우, 하는 소리가 반복해 흘러나왔다. 여자는 자신의 입에서 터져 나오는 신음이 조형물의 우 우, 하는 소리처럼 들렸다. 간구하듯 뱉어내는 탄식 소리가 허공으로 번지듯 자신의 입에서 터져 나오는 아아, 아아, 하는 구슬픈 소리는 방안으로 무겁게 퍼져나갔다.

우 우 우 우…… 잿빛 대기 속으로 반복해 뱉어내는 슬프고 흐느끼는 듯한 저 소리, 모든 생존의 밑바닥에서 터져 나오는 것 같은 탄식…… 우 우 우 우…… 모든 생존의 가슴 밑바닥에서 솟구쳐 올라오는 것 같은 저 소리, 우 우 우 우……

여자는 터져 나오는 아아, 아아, 소리를 신음처럼 내뱉으며 지하의 동굴 같은 안방에서 작은방으로 왔다 갔다 했다.

아아 미치겠네, 아아 미치겠네, 정말 화가 나서 미치겠네……

아아 미치겠네, 아아 미치겠네, 정말 화가 나서 미치겠네……

땅거미 몰려오는 어느 날의 허무한 시간이었다. 여자는 집을 나와 길에서 길로 마음따라 발길 가는 대로 걷고 있었다. 벚나무 길의 침침한 굴다리에서 막 빠져나오자 바람에 휘날리는 잎들의 윤무 속에 익숙한 실루엣이 눈에 들어왔다. 그는 어깨를 약간 앞으로 숙이고 뭔가 바쁜지 빠른 걸음으로 걷고 있었다. 여자는 저만큼 앞장서 자신을 유혹하듯 걸어가는 그의 뒤를 취한 듯 뒤쫓았다.

　그가 문득 가던 걸음을 멈추고 두 손으로 가슴을 껴안고 몸을 숙였다. 가슴의 통증 때문일 것이다. 아아, 아아, 하는 신음이 여자의 입에서 터져 나왔다. 그는 잠시 후 잎들이 날아다니는 뿌연 허공을 보았다. 외딴섬에서 사는 것 같은 그가 신과 노니는 하늘과 땅 사이의 공간, 그곳의 존재와 뭐라고 묻고 답을 얻었는지, 어깨를 펴고 한 걸음 한 걸음 더 당당하게 걸어갔다. 그의 의지에 찬 뒷모습에 한줄기 광채가 비추고 있었다. 여자는 달려가 그를 껴안아 주고 싶었다. 그는 길 끝의 지하철 입구에서 에스컬레이터를 타고 내려갔다.

　그의 산문집 속의 한 구절이 떠올랐다.

　사랑이란 바라보는 푯대가 비슷한 사람끼리 주고받는 허무와 환희의 안개 같은 것. 잡을 수 없지만 온몸으로 스며들어 피와 살이 되어버린 운명과 영혼의 잔인한 향기 같은 것. 또한 잿빛의 허무 같은 것, 희열에 중독된 것 같은 그 어떤 상태이다.

　저녁이 되고 밤이 되면 삶은 무서운 검은 얼굴로 변해버린다. 여자는 장기간의 사회적 거리두기로 적막이 흐르는 인적 없는 길을 지나 쓸쓸한 지하방으로 간다. 주인을 기다리는 추운 방은 외로워서 흐느끼고 있는 것 같다. 누군가 창밖에서 서성거리고 있는 것 같다. 공포증은 가슴을 찔러 숨이 가빠지면서 아아, 아아, 하는 신음이 터져 나온다, 암호 같은 이 외마디 비명은 누군가를 끈질기게 부르고 있다. 그 누군가도 끈질기게 자신을 부르고 있다.

이재연
『현대문학』 등단. 장편소설 『황혼 무렵엔 그리운 사람을 만나러 간다』. 소설집 『무채색 여자』. 산문집 『누군가 나를 부른다』, 『바람의 항구』가 있다. 작가포럼 편집위원·소설가협회 이사.

그해 여름, 패러독스의 시간 외 | 이정은

전쟁은 삶을 불행으로 몰아내고 우리가 알고 믿는 모든 것, 우리의 세계와 우리 자신에 대한 모든 경험과 지식을 위협한다. 전쟁의 풍경과 정서, 혼란 속에서 각자의 길을 가는 인물들을 통해 인간의 지식과 신념은 믿을 만한가, 인간은 어디까지 알 수 있는 것인가 질문을 던진다.

나는 전쟁에서 순간의 선택으로 인간 운명이 비틀리는 과정을 숱하게 보았고, 그들의 영혼을 위로하기 위한 씻김굿을, 피어린 발자취를 기록하는 것이 나의 소망이라 깨달았다.

내가 원하는 것은 독자들에게 이런 상황에서도, 심지어는 가장 비참한 상황에서도 잠재적인 의미를 가지고 있다는 사실을 구체적인 예를 통해 전달하는 것뿐이다. (『그해 여름, 패러독스의 시간』)

피에타를 보자마자 섬광처럼 내 뇌리를 스친 것은 자식을 안고 있는 어머니의 얼굴이다. 허물어진 피에타! 미켈란젤로의 말년의 피에타가 수세기를 지난 지금 동양에 있는 한 여자의 잠자던 영혼을 깨운 것이다. 어머니가 감당해야 했던 인고의 세월, 감추어져 있던 저편에서 어머니 모습이 떠올라 전율한다. 어머니 슬픔이 긴 세월을 넘어와 딸의 가슴을 울리면서 심연을 일깨운다. 나는 잊었던, 잊고 싶었던 시간 속으로 빨려 들어간다. (『피에타』)나는 어머니가 당한 고통의 의미를 찾아본다. 신은 유독 어머니에게만 강요했던 것 같다. 삶의 마지막까지 따라다녔을 저 깊고 질긴 상처, 엄청난 고통과 슬픔, 바로 그 속에

서 오순도순 살라고, 그리고 나처럼 부활하라고, 더 높이 올라 영원히 안식에 이르라고. 그런 터무니없는 신의 요구를 어머니는 어떻게 감당했을까? 어머니는 자식을 잃는 십자가 죽음을 체험했고, 자신을 버렸고, 이웃을 섬기며 돌보았고, 죽을 때까지 신에게 순종했다. 온전한 맡김이 이런 것이라고 보여 줬다. 어머니는 나에겐 종교가 되었다. (『피에타』)

이정은
1991년 『월간문학』 등단. 장편소설 『그해 여름, 패러독스의 시간』, 『플러스섬게임』 등. 소설집 『피에타』 등. 한국문학비평가협회상, 만우박영준문학상, 한국소설문학상, 학촌이범선문학상, 월간문학상 등 수상. 한국소설가협회 최고위원.

사말四末과 환생還生 | 이정희

자매님 이제 관으로 들어가세요, 자매님 차례입니다.

신부님의 말씀에 주희는 관으로 들어갔다. 뚜껑을 닫고 못을 박으세요.

탕 탕 탕 오늘 이 행사는 사말四末이란 무엇인가 체엄하는 것입니다.

모두 약 10분간씩 실제로 관속 들어가 우리는 사후에 어떻게 되는가, 하는 것을 몸소 체엄하는 행사입니다. 사말이란 첫째 죽음, 둘째 심판, 셋째 지옥, 넷째 천국, 이것을 사말이라고 합니다. 생물은 모두가 죽음이란 피할 수 없는 철칙입니다.

이 세상에서 절대로 변하지 않는 진실이 있다면 생명이 있는 것은 모두 죽는다는 것입니다. 우리가 죽으면 육신은 흙으로 사라지고 영혼은 천사의 도움을 받아 하늘나라 가서 심판을 받아 천길만길 지옥으로 떨어지기도 하고 천국에서 영생불멸 하느님 곁으로 간다고 합니다.

갑자기 관에서 이상한 소리가 들린다. 신부님은 당황하여 빨리 관의 뚜껑을 열라고 소리친다, 관 속에서 주희를 일러켜 세웠다. 주희는 식은땀을 흘리며 사색이 되었다.

신부님은 물을 조금씩 입가에 적시며 왜 그러느냐 하니까 깜박하는 순간에 잠이 들었는데 자기 어머니가 다가와 주희야 일어나라고 소리치는 바람에 자기도 놀랐다 했다. (「사말四末」)

티베트 달라이 라마는 사람은 죽으면 환생한다는 신념을 갖고 있다.

티베트불교는 전통에 따라 달라이라마가 사망하면 그이 영혼이 어린아이의 몸으로 환생한다고 믿는다. 현 달라이라마 역시 2살 때 전임

달라이라마 의 환생자로 지명됐다. 환생 즉 뚤꾸(부처님의 화신)라는 존재를 인정하려면 우선 전생과 후생이 있다는 사실을 받아들여야 한다. 중생의 삶은 전생에서 현생으로 이어지며 죽고 다시 태어나기를 반복한다.

이생에서 못 다한 사랑 다음 세계에서 꼭 이루자고 약속하기도 합니다.

어떤 사람은 천사로 태어나기도 하지만 어떤 사람은 뱀으로 태어난다고 한다.

이생에서 이웃을 사랑하고 선행을 많이 베풀고 좋은 일을 많이 한 사람은 환생하여 전생을 누리는데 그렇지 못하고 악행으로 저지른 사람은 천길만길 지옥으로 떨어져 불길 속에서 헤메고 다닌다한다. 그래서 사람은 평소에 덕행을 많이 베풀고 어려운 사람을 도와주는 선행과 자비를 베풀어야한다. 삼독이란 탐욕, 분노. 무지를 말합니다. 석가모니는 보리수 나무 밑에서 깨달음을 얻어 부처가 되었습니다.

팔순傘壽고개를 숨 가쁘게 넘어왔는데 이제 어디로 가야 하나 어떻게 되는지 명확하게 알려주는 사람은 아무도 없다.

이 일을 어찌하오리까? (「환생還生」)

이정희
한국소설가협회 중앙의원, 용산구 청파도서관 운영위원장 공저『글길을 따라 걷다』「신부님과 여동생」 외 다수.

주름 만들기 외 | 이진-정환

"그런데 우리들이 토끼 뇌에 인간 주름을 만들었다는 소문을 듣자마자 우리 연구소장님한테 메일이 왔어."

─어떤 메일인데요?

초조함이 모든 기회를 영영 날릴 뻔했지만, 카인은 벌떡 일어나는 대신 앞뒤와 좌우 옆과 위아래를 꼼꼼히 점검했다. 카인의 앞뒤에는 초원과 초원의 배다른 형제인 산이 있었고, 좌우 옆에는 나무와 나무의 찰떡궁합인 바람이 있었고, 위아래에는 하늘과 하늘의 하품 같은 구름과, 땅과 땅의 숨은 그림 같은 풀꽃들이 있었다. (「주름 만들기」)

먹을 게 없어서 더위 다 먹냐? 컄컄. 더위 자체를 이해 못 하는 9-12가 어쩌다 '더위 먹었다'는 표현을 알게 되었는지 모를 일입니다. 9-12는 웰빙 식사를 한다면서 매일 맛도 없는 신문지를 뜯어먹고 있습니다. 신문 같은 싸구려 종이는 섬유질이 많지 않아, 얇고 질기고 섬유질 풍부한 사전 쪼가리가 더 실속 있다니까. 두꺼운 사전과 철학서도 즐겨 뜯어먹습니다. 9-12는 가지각색 상징들과 예술적인 음표 따위도 배 터지게 먹어 치웁니다. 그리고 언제부터인지 9-12는 찍찍 소리 대신 현학적이고도 철학적인 약간 쉰 듯한 목소리로 컄컄, 웃기 시작했습니다. 컄컄, 저런 독특한 웃음소리를 개발해 내다니, 신문이나 사전에서 모방한 게 틀림없습니다. 컄컄, 9-12의 그 웃음소리는 내가 더위의 고통에 허우적일 때마다 어김없이 들려오곤 했습니다. (「스타를 꿈꾸는」)

　실험 주제가 무엇이든 간에 우리는 좌우 양팔이 있어도 한 몸이듯 두 다리가 있어도 두 폐가 있어도 한 몸이듯 좌우 머리가 따로 달렸어도 한 몸입니다. 우리가 하나라는 것은 우리 유전자가 몽땅 폐기되지 않는 한 부인할 수 없는 팩트입니다. 우리는 압니다. 생명체는 좌로 가도 우로 가도 모로 가도 결국은 하나의 길에서 만나 하나가 되리라는 걸. 하나로 가는 길마다 의견과 이견과 돌부리가 많을수록 자유분방하고 격렬한 하루하루가 펼쳐질 것이며, 그럴수록 하나가 되는 순간 기쁨은 더더욱 배가될 거라는 걸. (「샴 이야기」)

　꿈을 조정하고 통제하면 근본적으로 불행한 영혼이 의도적으로 행복해질까, 한 톨의 바윗길, 한 톨의 깊은 계곡, 한 톨의 연락 두절마저 뿌리 깊이 솟아질까. 아무려나 상관없다. 여동생에게 바다만 보여줄 수 있으면 된다. 여동생은 지금 내 뒤에 있다. 뒤돌아보지 않아도 안다. 꿈속이니까. (「꿈을 설계합니다」)

　자꾸 꽃이 핀다. 꽃잎이 한 개씩 기지개 켤 때마다 내가 간질여진다. 웃음이 터진다. 웃지 않을 재간이 없다. 나는 종일 꽃이다. 종일 꽃이 피는 삶이다. 종일 웃음 터지는 생이다. (「웃음꽃」)

이진-정환
시인, 소설가. 1995년 계간 『시인과 사회』 가을호, 시부 신인상 수상. 1998년 월간 『신동아』 제34회 논픽션 공모 당선. 2000년 SBS서울방송 제2회 TV문학상 수상. 2020년 『한국소설』 제64회 신인상 수상. 소설집 『신낙엽군과 킹왕짱』.

스카이웨이 속 겨울 씀바귀 | 이창대

3·1로 진입로에서 한참을 기다리니 빈 택시가 도착하였다. 미라에게 타라고 손짓을 하였다. 미라는 움칫하더니 차에 올랐다. 아마도 저녁을 마치고 택시 정류장까지 미라를 배웅하려고 온 것으로 생각한 모양이다. 그런데 스카이웨이 방향을 향했다, 둘이는 조금 어색한 사이가 시작되었다. 어쩌면 나의 화술이 부족한 모양이다. 지난 이야기를 꺼내서 부드럽게 하고 싶었다. '전에 친구 재미와 같이 대화를 나누다가 미라 씨 동네 정릉에서 차 한잔 하였다면서요?' 그 자리서 '미리 씨는 고민이 많다고 하며 자기는 사랑하는 사람이 있는데 그 사람이 지금 고민에 빠져 있다고 말했다면서요' 그러자 미라는 움칫 놀랐다. 너무 당황한 상태라 그런지 굳은 자세였다. 나는 이때가 사랑의 표시 기회라고 생각하여 미라의 얼굴을 부여잡고 볼 맞춤을 감행하였다. 깜짝

놀란 미란은 처음에는 뿌리치다가 곧 순해졌다. 조금 지나니 처음 말도 잘못 했고 다음 볼 맞춤도 서정적이지 못한 것 같았다. 하여튼 몸조심하며 스카이웨이를 돌았다. 나는 그 이상 말 못하고 설경과 시내만 바라보고 중앙청을 지나서 정능 그녀 집 앞으로 갔다. 내리면서 차를 한 잔 하자고 하였는데 내리자마자 '휭~'하고 뒤도 돌아보지 않고 자기 집을 향해서 오솔길을 올라갔다. 가면서 이런 매너는 처음 본다는 독설 한마디를 남기고 어둠 속으로 사라졌다.

며칠 있다가 오후에 조용할 거라 생각된 시간에 미라의 근무실에 갔다. 조금 있더니 미라가 열람실로 나가서 뒤따라 나갔다. 미라는 창가에 서서 멍한 자세로 멀리 북한산을 바라보고 있었다. 나는 조용히 그녀 곁 의자에 가서 앉았다. 그녀는 힐끔 보더니 오른 쪽 방향 창 가

까이로 피해 갔다. 이야기도 없이 혼자 자리를 피하는 여성의 심리가 무엇일까. 또다시 뒤를 따랐다. 그러자 그녀가 먼저 입을 열기 시작했다. 그녀는 좁은 문을 인용하였다. 어쩌면 마지막 나에게 한마디 할 이야기를 머리속에 정리한 것 같았다.

"좁은 문 읽어보셨어요?"

갑작스런 질문에 나는 깜짝 놀랐다. 몇 번 읽으려 하다가 어려워서 책을 놓은 일이 있기는 하다.

"못 읽어보았습니다."

"좁은 문의 주인공은 제롬이라는 남자입니다. 그가 사랑하는 사람은 알리사입니다. 사촌간인데 알리사의 여동생 제롬을 사랑했습니다. 끝내는 알리사는 동생을 위해 제롬을 멀리하였습니다, 결국 쥘리에트는 언니에게 제롬에 대한 사랑을 양보하고 알리사는 다른 사람에게 가 버렸습니다."

나는 이 말을 듣고 멍멍하였다. 좁은 문을 읽지 못한 나로서는 무엇을 말하려고 하는지를 잘 모르겠으나 불만을 표출한 것 같았다. 그리고 미라는 한마디를 하였다.

"내가 호호백발이 되었을 때 김찬진 씨는 나라는 사람이 보잘 것 없는 여인으로 생각할 것입니다. 그렇기 때문에 결혼을 말하지 않았겠지요."

이해하지 못한 말로 은근히 쏘아붙이며 자기 방으로 들어가 버리고 말았다. 너무나도 강한 표정이라 나는 멍하니 뒷모습만 보고 아무 말도 못했다. 머리는 텅 비어 있는 것 같았다. 조금 멍 한데 미리는 문을 열고 나와서 한 마디만 하겠다고 하였다.

'내가 직장을 떠날 때 결혼 때문에 떠난다고 거짓으로 말할 터이니 찬진 씨는 비밀로 알고 있으세요. 그렇지만 어쩌면 실제가 될지도 모르겠습니다.'

이창대
서울대 물리학과 졸업. KIST 기술 정보실. 이투데이 피앤피, 신한은행 공동 주최한 공모소설에서 수상. 문예 빛단 대상. 시집 4편. 소설 6권 출판.

호텔 캘리포니아 | 이충호

그녀는 담담했다. 고요한 얼굴이었다. 한 여름의 격정이 지나고 생기를 잃어버린 풀잎처럼

쇠잔했다. 그녀는 웃었다. 소리 없이 쓸쓸히 웃으며 나에게 손을 내밀었다. 차고 거칠었다. 반백이 되어버린 머리, 살이 빠진 얼굴이 앙상해 보였다. 해야 할 말이 떠오르지 않았다. 어떠한 위로의 말도 위로가 될 수 없다는 것을 알면서도 우린 그녀를 위로하려고 했다. 하지만 그녀는 이미 창살 밖에 사람들의 어설픈 동정을 읽고 있었다.

접견 시간은 30분, 칼 같이 빈틈없이 교도관이 시간이 끝났음을 알렸다. 몸조심하라는 말을 하고 다시 손을 잡았을 때 그녀의 눈에 주룩 눈물이 흘렀다. 냉정하리만큼 담담하던 그녀가 흐느끼며 손수건으로 눈물을 닦았다. 우리의 등 뒤에서 문이 닫히고 그녀의 모습도 사라졌다.

"내가 아내에게 해 줄 수 있는 것은 이것뿐이었네. 아내가 오랜 세월 동안 보고 싶어 했던 사람들을 이렇게라도 보여주고 싶었어. 이민자 인권 운동을 한다면 선을 넘어버린 거지. 불법 이민자들에게 시위를 선동하고 폭동을 교사한 혐의로 여기에 오게 되었어."

그는 다시 한 번 뒤를 돌아보며 말을 이었다.

"이곳의 법은 나라의 존립에 관한한 엄격해. 아마 죽어서 여기를 나가게 될지도 몰라….

그녀가 평생을 꿈꾸었던 혁명은 사막의 형무소에서 끝난 것일까.

오페라의 주연으로, 보컬 싱어로 수많은 가슴을 설레게 했던 김나라. 깜찍하고 발랄하며 아름다운 음성으로 무대에 서면 갈채를 받았던 그녀. 그녀의 길은 거기에 멈춰 있었다. 아름다운 음악으로 세상을 바

꾸겠다고 공공연히 말하곤 했던 그녀, 재벌 없는 사회, 노동자의 세상을 만들겠다며 시위꾼이 되어버렸던 그녀. 결혼을 하고 나서는 '왜 여자만 아이를 낳아야 하느냐'며 아이를 낳기를 거부하다 이혼을 당하고, 그와 재혼해서 미국으로 왔던 김나라. 미국은 그녀에게 자유로운 나라였을까. 자유만큼 엄격한 법질서를 강요하는 나라였을까.

그녀의 거침없는 질주는 거기에 멈춰 있었다. 그녀의 아름다웠던 노래도, 꿈꾸었던 혁명도 거기에 멈춰 있었다. 자유가 공짜로 주어지지 않는다는 것을 철학으로 삼는 이 나라. 자유가 그녀에게 요구한 대가는 냉혹했다. 죽음만큼이나 냉정했던 그 자유를 그녀는 지금 감옥 속에서 되새기고 있을 것이다.

머리카락이 날리듯 생각도 바람에 날린다. 환청처럼 바람 속에 어디선가 옛날의 그 노래, 감미로운 이글스의 그 노래가 들리는 것 같다. 바람을 타고 끊어졌다 이어지는 기타 반주음이 흐르고 감미로운 노랫소리가 이어진다. 격정은 노래의 선율처럼 그렇게 지나가는 것. 사방은 더 고요해진다. 멀리 지평선에 해가 지고 있는 사막은 조용하고 쓸쓸하다.

그녀가 걸어왔던 길을 누가 말할 수 있겠는가. 그 길은 오직 자신만이 말할 수 있는 것이리라. '여기 있는 우린 모두 죄수이지요. 스스로 만든 감옥에 갇힌 죄수들'(We are all just prisoners here, of our own device.) 라는 선율 속의 노랫말이 서늘하게 가슴을 흔든다.

노을이 내려앉은 팜 스프링 교도소의 붉은 담벼락에 쓸쓸한 그녀의 미소가 번진다.

이충호

소설집 『메콩강에 지다』, 『기타줄을 매다』. 장편소설 『바다로 가는 먼 길』, 『제국의 칼』, 『태권, 그 무극의 길』 등. 한국소설문학상, PEN문학상, 한국해양문학상, 오영수문학상 수상.

사랑에 관한 6가지 단상 외 | 이란

"눈을 뜨는 순간, 낭떠러지였다. 마치 처음부터 내게는 떼어낼 수 없는 짙은 어둠이 아로새겨진 듯했다."

"수면은 마치 아름답게 흐르는 또 하나의 평지였다. 그 위에 배가 떠있을 때도 있고, 별빛이나 달빛이 비추기도 한다. 마치 아련히 빛나는 거울처럼."

"누군가 생화를 꺾는 것은 지극히 잔인한 행위라고 했다. 날씨가 바뀌듯 태어난 모든 것은 죽음을 맞이한다. 꽃이 땅 위에서 그 죽음을 맞이한다고 덜 잔인해질까? 피어나는 순간의 아름다움을 만끽하는 것으로 충분하지 않을까? 낡은 물건을 교체하는 것에는 아무런 죄의식이 없지만, 생명이 깃든 것에 대해서는 좀 더 엄격해지는 것은 인간적이라는 의미일까?"

"천천히 원을 그리며 돌아가는 회전목마. 그 위에 앉아 바라보는 풍경은 새롭게 다가온다. 사물은 흔들리고 색은 뒤섞인다. 반짝이는 불빛과 함께. 그 시각적 변화의 흐름을 따라서 기억들이 두서없이 찾아든다."

"차가 움직이기 시작했다. 노을이 물든 저녁이 빛나고 있었다. 끝과 시작은 마치 뫼비우스의 띠처럼 이어져 있었다. A는 언제까지 F가 자신의 곁에 머물지 알 수 없었다. 하지만 아주 잠시 지금 이 순간 속에 그대로 흘러가고 싶었다."

"백화점의 쇼케이스는 늘 화려하다. 반짝이는 모든 것들이 그러하듯 망막에 닿아 흩어지다 점차 무뎌진다. 맥주의 하얀 거품처럼 그것이 꺼져버린 후에야 다시 찾게 된다. 자본주의 사회에서 돈이란 마약과도 같다. 적절함이란 존재하지 않는다. 누구나 더 많이를 외친다. 그리고 늘 부족하다."

"떨어지는 속도는 죽음을 향해 달려간다. 반짝이는 가로등 아래 차가운 바닥이든 매서운 겨울 바람이 부는 절벽 아래 바닷속이든 하강은 삶으로부터 떨어져 간다. 그 끝에는 더 이상 질문이 없다. 그리움이나 후회도 없다. 끝이 오는 순간까지 순환은 반복된다."(「거울 속의 너」)

"눈의 순수는 파괴에 닿아 있는 아름다움이다. 백색이 무엇이든 될 수 있는 가능성을 갖고 있다면 그것은 동시에 어느 곳으로든 추락하여 부서질 수 있는 내재성을 지니고 있다. 내리는 눈을 바라보며 아름답다고 말하는 순간부터 축복은 벚꽃의 낙화처럼 추락을 향해 눈부시게 흩날린다."(「눈의 신부」)

"그 어디에도 그녀의 편은 없었다. 유일한 그녀의 편은 영정사진 속에 영원히 박제되었다. 그녀는 장례식장에서 조문객을 맞는 로봇 같은 존재였다."(「세이렌의 노래처럼」)

"고급 아이템을 구비하고 강력한 적들과 싸워서 가볍게 승리한다. 플레이할 때마다 나는 캐릭터에 나의 자아가 흘러들어감을 느낀다.(「게임중독」)

이란

소설가. 동덕여자대학교 국어국문학과 학사 졸업. 학점은행제 지식재산학과 학사 졸업. 한양사이버대학원 기계IT융합공학 석사 재학. 2000년 시대문학 소설 『옥탑방』 등단. 2023년 단편집 『사랑에 관한 6가지 단상』. 『계간문예』 이사.

잃어버린 바다 외 | 정기옥

아빠의 장례식 이후 나는 고향 바다로 차를 몰았다. 바닷가 언덕에 섰다. 해풍에 기울어진 소나무가 언덕 위에 쓰러질 듯 위태로이 서 있었다. 아빠가 좋아했던 소나무였다. 바다에서 불어오는 모질고 매서운 바람을 견디며 그 자리를 지키고 있는 소나무를 보고 있으니 먹먹한 감정이 가슴을 훑고 지나갔다. 어릴 적 아빠와 손잡고 바라보았던 붉은 노을이 수평선 너머에 걸려있었다. 가장의 무게를 버텨내다 인생의 무게에 무너져 내린 허약한 아빠의 그림자가 지는 해 속에 서 있었다. 아빠를 망각하고 싶은데, 혼자 고독해 보였던 모습조차 잊을 자신이 없었다. 나는 그림자가 사라질 때까지 가만히 노을을 바라보았다. 나는 비로소 아빠를 부를 수 있었다.

"아빠."

언덕을 내려와 모래사장을 지나 갯벌로 향했다. 신발을 벗고 갯벌 위에 섰다. 발가락 사이가 간지러웠다. 발바닥에 깃털같이 부드러운 진흙의 감촉을 느꼈다. 허리를 구부리고 작은 돌을 뒤집었다. 돌 밑에 숨어있는 고동을 주웠다. 손바닥에 고동을 올려놓고 가만히 응시했다. 물속에 빠져 허우적거릴 때 나를 건져 올렸던 아빠의 손이 고동을 집어 든 내 손 위로 포개졌다. 나는 아빠를 사랑하게 될까 봐 무서웠다.

사랑이란 슬프고도 모순된 감정이었다.

저 멀리 아주 작은 아이가 갯벌 위에서 뛰어놀고 있었다. 변함없이 밀물과 썰물의 순환으로 생명을 내어주는 자연한 바다는 여전히 거기에 있었다.

두 그림자—

나는 그렇게 아내에게 작별을 고했다. 나는 마음이 더 추워지기 전에 담담한 척 돌아섰다. 몇 발자국 걸어 나오는데 다리가 후들거렸다. 수치심이 몰려왔다, 혼란스러운 감정이 물밀 듯 몰려와 다시 뒤를 돌아보았다. 아내에게서 내 그림자가 빠져 나가고 있었다. 나는 계단 턱을 넘다가 그만 발을 헛디뎠다. 양손에 들려있는 트렁크 두 개의 무게에 앞으로 고꾸라질 뻔 했으나 가까스로 중심을 잡았다. 마음이 시려왔다. 눈앞이 흐려졌다. 나는 눈물이 흐르는 눈으로 내게서 아내의 그림자가 빠져나가는 것을 확연히 보았다. (「잃어버린 바다」)

밤사이 눈이 내렸다. 겨울 아침 햇살이 내 방 창가로 슬며시 스며들어왔다. 나는 침대에서 몸을 일으켰다. 다리가 천근만근이었다. 이젠 한 발짝 떼기도 겁났다. 비척비척 쓰러지려는 몸을 지탱하기 위해 침대 모서리를 잡고 일어섰다. 손녀 희주가 어느새 또 새 풍선을 불어 놓았는지 방안의 아홉 개의 풍선이 형형색색으로 아름다웠다.

에셀 나무 아래에서—

네 평 남짓한 방 침대를 정리하고 오랜만에 거울 앞에 섰다. 나도 모르게 두 손이 불끈 쥐어진다. 나를 괴롭히던 귓가의 소음들이 서서히 잦아들더니 어디선가 향긋한 냄새가 코끝에 살살 스며든다. 기분 좋은 향기다. 혹시 에셀 나무에 핀 꽃향기 냄새가 아닐까? (「아홉 개의 풍선」)

정기옥

소설집 『쉼 카페』 출간. 제87회 한국 인터넷 문학상 수상. 제32회 경기도문학상 소설부문 우수상 수상.

떠오르는 지평선 | 정대재

…불공 왔던 신도들이 거의 다 돌아가고, 산자락에 자욱하던 향불 냄새마저 까마득한 절벽 아래쪽에서 치켜 부는 웅천강 강바람에 밀려서 거의 다 걷혀 갈 무렵이었다. 서산으로 뉘엿뉘엿 기우는 저녁 나절의 햇살은 아직도 수면 위에서 갓 피어난 물안개처럼 숲속에 자욱한데, 신록이 꽃처럼 피어나는 이 고즈넉한 무봉사의 오솔길을 따라 산책을 하듯이 천천히 걸어 내려오는 젊은이 둘이 있었다. 언뜻 보기에도 범상치 않은 기상이 느껴지는 그들 두 사나이는 날이 저물고 있어도 전혀 개의치 않는 듯, 어깨를 맞대고 황톳빛 비탈길을 천천히 걸으면서 기분좋게 한담을 나누고 있는 중이었다./ "참으로 아까운 사람일세!"/절간 쪽을 돌아보며 한 사나이가 말했다. 나뭇가지에서 가지로 옮아 다니는 산새 소리만 간간이 들려올 뿐, 사위는 죽은 듯이 고요하다./ "아깝다니, 누구 말인가?"/다른 사나이도 그의 시선을 따라 방금 걸어온 뒤쪽을 힐끗 돌아다본다./ 깎아지른 듯한 벼랑 위의 능선을 따라 이리 구불 저리 구불, 산사 쪽으로 기어오른 오솔길이 투명하도록 여린 신록 사이로 꿈결인 듯 아스라이 뚫려 있다. 짙푸르게 우거진 산죽山竹의 군락 사이로 흐드러지게 피어난 길가의 산철쭉은 바야흐로 한지에 쏟아 놓은 선혈빛 물감처럼 가지마다 뭉게뭉게 농담濃淡 짙은 화무花霧를 피워 올렸는데, 짝을 찾는 산새들이 그 꽃구름 사이를 넘나들며 연분홍빛 정분을 내듯 이따금씩 재재재 뱃쫑 뱃쫑! 하고 은방울 소리를 내면서 지저귄다. 뒤따라 내려오는 사람들의 인기척이 뒤에서 느껴졌으나 흐드러진 꽃구름 수풀에 가려서 그 모습은 잘 보이지 않는다./ "스스로 자운紫雲이라고 밝힌 그 학승學僧 말일세!"/청아한 젊

은 목소리가 상큼한 꽃향기를 타고 저만큼 방초芳草 우거진 길섶 수풀께로 표현히 흘러간다. 화무십일홍花無十日紅이라, 산새들에게도 쉬이 흐르는 꿈같은 계절이 아쉬운 것일까? 하늘하늘한 녹둣빛 여린 수풀이 겹겹이 우거진 호젓한 산길, 나무 그늘에서 그늘로 아롱거리며 끝도 없이 이어진 좁다란 오솔길은 아름드리 수목 사이로 꿈길처럼 열렸는데, 길 따라 굽이 따라 일편단심으로 붉은 산철쭉 꽃향기 그윽하니 짝을 찾아 우짖는 산새 소리마저 꿈결인 듯 아련하다. (『떠오르는 지평선』)

정대재

중앙대 문예창작학과 및 동 대학원 국어국문학과 석사과정 수료. 1976년 『한국문학』 신인상 「동행」 당선. 주요 작품으로 단편 「아버지의 초상」, 「아! 금강산」 외 다수. 장편소설 『달빛 서곡』, 대하장편소설 『떠오르는 지평선』(전4권).

강구 가는 길 외 | 정성환

우리는 택시를 타고 동대구역으로 갔다. 택시 안에서 영애가 내 손을 잡았다. 나는 내 단호한 결심을 보여주기 위해서 내 손을 빼려다가 그냥 두었다. 우리가 서로의 손을 잡을 수 있는 것도 이것이 마지막이라는 것을 나는 알고 있었기 때문이었다. 우리가 처음 만났던 2월의 그날, 눈이 쌓인 보경사 계곡에서 처음으로 영애의 손을 잡으며 가슴이 설 던 생각이 떠올랐다. 이것이 마지막으로 잡아보는 영애의 손이리라. 영애는 동대구역에 도착할 때까지 내 손을 놓지 않았다. 택시에서 내리자마자 나는 뛰어가서 기차표를 사고는 뒤도 돌아보지 않고 개찰구를 빠져나갔다. 나는 어두운 곳에 몸을 숨기고 영애가 있는 쪽을 바라보았다. 영애는 망연자실한 표정으로 이쪽을 보고 있었다. 나는 힘없이 계단을 내려가 플랫폼에 섰다. 플랫폼의 가로등 주위로 2월의 눈이 내리고 있었다. 우리는 2월에 만나 2월에 헤어지는 것인가. 눈앞이 흐려졌다. 내리는 눈이 잘 보이지 않았다. (「강구 가는 길」)

여자의 목소리가 젖어들었다. 여자의 눈에 물기가 어리었다. 가냘픈 몸매. 씨원쓰러운 이마. 동그란 눈. 그녀가 영애로 보였다. 나는 두 팔로 여자를 감싸 안았다. 여자는 새처럼 부드럽게 내 품에 안겼다. 나는 부서지기 쉬운 귀중한 물건을 다루듯이 조심조심 새를 침대에 눕혔다. 격렬한 파도가 몰아친 뒤 바다는 잠잠해졌다. 나는 새를 품에 안고 오랜만에 숙면할 수 있었다. (「강구 가는 길」)

"사람들이 죽으면 하늘나라로 올라가서 별이 되는 거야."

"그러며, 돌아가신 할아버지 할머니도 별이 된 거야?"

"그래, 할아버지 할머니, 그리고 외할아버지 외할머니도 다 별이 되셨지."

엄마의 말을 듣고 나니 반짝이는 별이 왠지 슬픈 생각이 들었다. 그라자 마루 밑에서 우는 귀뚜라미가 갑자기 불쌍해졌다.

이듬해 봄. 보리 잎이 파랗게 자라나는 4월 어느 날, 소년의 어머니는 갑자기 하늘의 별이 되었다. (「귀뚜라미 소리」)

우리는 불 꺼진 창 밑에서 아침이슬을 맞았고, 목마르다고 물 좀 달라하고, 고래를 잡으러 동해바다로 가고, 바보들의 행진을 하고, 술에 취해 불렀던 노래를 또다시 불렀다. 문을 닫아야 할 시간이라는 말을 듣고서야 우리는 남은 술을 마시고 일어섰다. 밖에 나오자 밤늦은 거리에 차들이 질주하고 있었다. 나는 고개를 들어 하늘을 쳐다보았다. 흐린 하늘에서 찬 것이 얼굴에 떨어졌다. 눈이었다. 눈. 나는 서설이기를 바랐다. 나는 행복의 나라를 부르기 시작했다. 누군가가 따라 불렀다. 또 누군가가 따라불렀다. 모두 함께 불렀다. 그때처럼, 70년대 그때처럼, 데모하던 그때처럼, 우리는 스크럼을 짜고 행복의 나라를 불렀다. (「월말 산행」)

정성환

경북 영천 출생. 고려대 졸업. 1995년 동서문학 소설 「알바트로스의 비상」 등단. 소설집 『강구 가는 길』. 장편 『정몽주』, 『이항복』. 한국소설작가상, 경기도문학 본상, 2020년 세종도서 선정(『강구 가는 길』). 한국문인협회 이사.

잃어버린 시간 | 정수남

마른 수건으로 몸을 대충 닦은 나는 곧장 휴게실에 나와 앉았다. 직사각형 테이블을 사이에 두고 양쪽으로 등받이가 있는 4개의 하얀 플라스틱 의자가 여섯 세트 길게 놓인 휴게실은 음료수를 판매대에서 자유롭게 사 마실 수 있는 곳으로, 샤워를 마친 손님들이 벌거벗은 채 많이 이용하는 곳이었다. 한가지 흠이라면 LED 조명이 밝은 탓에 자욱한 욕탕에서는 자세히 볼 수 없던 낯 모르는 손님들의 사타구니까지 낱낱이 목격할 수 있다는 점이었다. 그래서 손님들은 대부분 음료수로 마른 목을 축이며 대화를 나눌 때 수건으로 거기를 덮곤 하였다. 하지만 홍 영감은 가리려고 하지 않았다. 왠지는 몰라도 오히려 과시하듯 그것을 더 앞으로 내밀고 앉았다. 하긴, 희고 검은 터럭 속에 머리를 비죽이 내밀고 있는 그의 것은 유별난 데가 있긴 하였다. 유효기간이 끝나 이제는 겨우 소변이나 배설하는 도구로밖에는 구실을 못 하는, 볼품없이 쭈그러든 우리 또래의 것과는 달리 그의 것은 아직 다른 기능을 충분히 감당할 것처럼 옹골찬 데가 있었다.

판매대에서 오렌지 과일 주스 깡통을 한 개 사 들고 구석 테이블 앞에 앉은 나는 문득 백 영감의 물건이 떠올라 피식 웃었다. 그의 것은 내 것처럼 볼품이 없었다. 그런데도 그는 나처럼 구태여 그것을 가리려고 하지 않았다. 내가 수건을 건네주면서 민망하니까 걱 좀 가리라고 하면 그는 오히려 그것으로 우리가 다 가계를 이어오지 않았느냐고 반문하면서 인류의 역사까지 들먹거렸다. 그러니까 그게 결코 부끄러운 존재가 아니라는 것이었다. (「서쪽 하늘, 붉은 노을」)

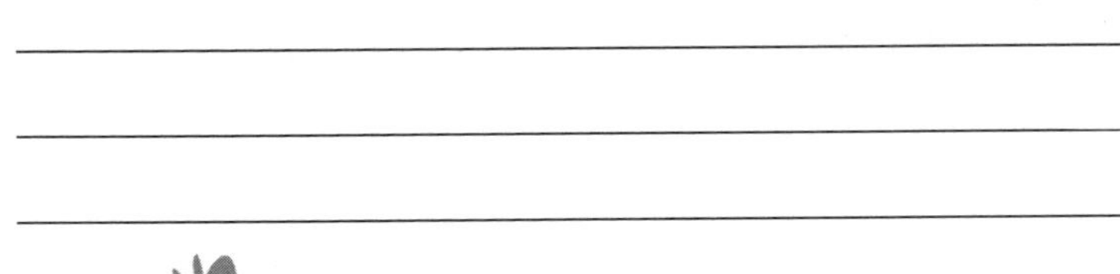

황 할머니를 휠체어에 태워 재활치료실에 데려다준 뒤 나는 다시 핸드폰 버튼을 눌러본다. 그러나 여전히 신호만 갈 뿐이다. 몇 번을 반복해도 마찬가지이다. 남편은 왜 연락이 되지 않을까. 무슨 일일까. 며칠 전 통화할 때 그곳에도 이미 코로나19가 많이 퍼졌다고 하던데, 혹시 감염된 건 아닐까. 문득 생각이 거기에 머무르자 갑자기 가슴이 섬찟해진다. 두렵다. 무섭다. 머리를 돌려 창밖을 내려다본다. 햇살이 퍼진 주차장 앞 도로에는 꽃망울을 터트린 백목련이 하얗게 웃고 있다.

검은 물감을 풀어놓은 것 같은 어둠이 창밖을 물이기 시작하면 나는 비로소 하루가 또 지나갔다는 것을 느낀다. 종일 환자들이 복용할 약과 링거병을 들고 다니던 간호사들과 간호보조사들, 그리고 접수처 직원들도 긴장했던 눈빛이 풀리는 모습이다.

밤 10시, 소등이 시작되면 병실은 다시 깊은 바닷속에 잠긴다. 바닷속 심연은 고요하다. 할머니들이 내뱉는 숨소리와 간헐적으로 터트리는 마른기침 소리가 들릴 뿐, 병실엔 조그만 파도도 일어나지 않는다. 바람조차 정지되어 있다.

화장실에서 물 내려가는 소리가 들린다. 옆 병실의 누군가가 용변을 보고 나가는 모양이다. 천정을 보고 바로 누운 나는 다시 담요를 턱 아래까지 끌어올리고 억지로 잠을 청한다. 할 수만 있다면 타임머신을 타고 그 옛날 좋았던 시절로 돌아가고 싶다.

춥다.

두렵다.

낯선 이곳을 빨리 벗어나고 싶다. (「잃어버린 시간」)

정수남

1984년 서울신문 신춘문예 당선. 작품집 『길에서 길을 보다』, 『아주 이상한 가출기』, 『그는 일어날까?』 등과 시집 『병상일기』, 『희망사항』 등 20여 권 출간. 한국소설문학상, 이범선문학상, 전영택문학상, 자유문학상 등 수상.

소리 공양 | 정재영

기억력이 남다르고 절대음감까지 지녔던 그는 한 번 들은 소리는 절대 놓치질 않았고 더 나가 자기만의 소리로 만들어 갔다.

이런 걸 득음이라고 하는가 보다.

밭갈이 소리인 호리 소리, 거리 소리는 물론 논 가는 소리, 논 삶는 소리, 횡성만의 아라리인 *어러리 타령* 등 못 하는 소리가 없었다.

그가 거리소 앞세워 구성진 소리를 손바닥만 한 골타데이(골짜기)에 쏟아놓을라치면 마을 사람들은 하던 일손을 놓고 일제히 그의 소리에 귀를 기울였다.

빨래하던 아낙들은 유장하기만 한 그의 소리에 눈물을 훔치기도 했고.

그뿐인가

마을 사랑방에 모여 막걸리 추렴이라도 하는 날이면 그의 어러리 타령은 마을 사람들 귀를 호강시키고 마음을 힐링시키는 *소리 공양* 의 전도사가 되곤 했다.

소리의 갈피에 녹아 있는 평온과 희망은 핍진한 마을 농사꾼들의 마음을 덥혀주는 따스한 양식이었다.

귀로 마시는 곡차.

그의 소리가 그랬다.

그의 유일한 낙은 오로지 소리뿐이었다.

그는 소리를 함으로써 못 배운 가난의 설움을 잊을 수 있었고, 고되기만 했던 농사의 고단함과 힘듦을 극복할 수 있었다.

소리는 노래와 사뭇 다르다. 노래는 즐기기 위해 부른다.

하지만 소리 자체는 자연스런 우리네 삶의 표현양식이었다.

삶에서 느껴지는 갖가지 사유들을 그저 숨김없이 드러내는 것이 소리고 민요이었기에. 농사꾼들에게서 소리는 삶 그 자체였다.

소리 없는 농사일은 생각할 수 없을 정도로.

그런 소리들이 안타깝게도 농업의 기계화로 우리네 마을에서 우리네 농촌에서 사라져가고 있다고 치웅씨는 안타까움에 입맛을 쩝쩝 다셨다.

"소리 공양이라고 했어요.

제가 다니던 서당 훈장님은.

소리로 사람들 즐겁게 해 주는 것도 부처님 전에 큰 공덕 쌓는 일이라면서.

공덕을 쌓으려고 소리를 한 건 아니었지만

소리를 하는 순간 저는 즐거웠고 그냥 행복했어요."

그러나 안타깝게도 이제 그 소리는 우리 주위에 없다.

전설처럼 사라져 버렸다.

깊은 골 너른 벌 푸른 강물에 잠겨버린 세월처럼 그렇게 아슴아슴 잠겨 버렸다.

정재영

강원일보 신춘문예 소설 당선(1982). 『문예사조』 신인상(중편소설. 1998). 장편 『아름다운 것들』. 중편 소설집 『물속에 뜬달』. 소설집 『바우』, 『소리 공양』 외. 한국문협회원. 한국소설가협회 회원. 현재 한국예총 횡성지회 회장.

명동 주민센터 찾아가다 | 정혜련

명동역 3번 출구를 올려다본다. 상체를 곧추 세운 계단이 가파르게 걸려 있다. 혹, 계단은 지상에서 내려온 사다리가 아닐까. 허리를 구부린 너는 차양처럼 걸린 출구 끝 하늘을 내다본다.

마음이 급해 걸음을 재촉한다. 계단이 사라질지도 모른다는 두려움이 몰려온 것이다. 가쁜 숨을 할딱이는 너는 물속으로 가라앉지 않으려 자맥질을 하는 것 같다. 명동역 3번 출구를 통해 학교를 오가기 시작한 올 봄부터 줄곧 그랬다. 날마다 계단을 오르다 보면 마침내 지상에 발 디딜 날이 올 것이다. 너는 땅을 딛고 선 그림자가 보고 싶다. 그림자를 획득해야 비로소 존재를 확인할 수 있다. 그것은 너의 소망이자 위안이며 자기 암시다.

숨을 마실 때마다 입 안 가득 박하사탕을 문 듯 청량한 맛이 빨려든다. 날숨을 쉴 때는 아, 탄성이 터진다. 무사히 출구를 나섰다는 안도감이 밀려온 것이다. 다시 가슴을 열자 남산골을 타고 온 바람이 폐부로 쏟아진다. 그것은 습기 건조제인 투명한 실리카겔 알갱이 같다. 음습한 구석에서 수분을 빨아내는 그것. 계단 아래를 굽어본다. 콧잔등이 시큰하다. 실리카겔이 필요했던 지난 시간이 급속도로 사라지고 있다. 명동역 3번 출구를 나서면서부터다. 서른 해 생의 출구 앞에 선 듯 입술을 사려 문다.

명동역 부근에는 사람들이 꾸역꾸역 몰려들었다. 명동역 3번 출구에서도 사람들이 쏟아져 나왔다. 너는 팔을 번쩍 들었다. J가 돌아왔을

지도 모른다는 초조감 때문만은 아니었다. 가끔은 지하철을 타고 싶지 않았다. 지하철을 타고 있으면 문득 생이 영영 땅속을 벗어나지 못할 것 같은 두려움이 엄습했다. 너는 지상에서 생활하고 싶었다. J의 집은 지상이었다. 너는 그의 집에서 살지만 아직 지상으로 올라서지 못했다. 주민센터를 찾아가야 했다. 그래야 비로소 그림자를 획득할 수 있었다.

너는 닫힌 엘리베이터 문을 그리운 추억인 듯 돌아본다. 다시 돌아선 너는 무수한 게임 오버에도 불구하고 재실행 명령을 받아 말짱한 얼굴로 스타트 라인에 선 게임 캐릭터 같다. 여행 가방 바퀴 소리가 투덜거림처럼 너를 따른다. 아랑곳하지 않고 또박또박 걷다 뒤돌아본다. 밤하늘을 향해 우람하게 솟은 J의 아파트가 이물스럽다. 너는 너도 모르게 진저리를 친다. 지난 몇 달간 저곳에서 살긴 살았던 걸까.

너는 명동 관내도 앞을 오가다 골똘히 생각에 잠기기도 한다. 굴절되어 눈에 들어온 세상을 고스란히 믿었던 걸 깨닫는다. 단 한 번의 굴절이 완벽하게 실상을 가려놓았다는 사실에 새삼 놀란다. 날마다 명동 관내도 앞을 지나다니면서도 어쩌면 그걸 몰랐던 걸까. 그동안 얼마나 많은 것들이 굴절되었던지 알 수 없다. 또한 그걸 진실이라고 멋대로 믿고 살았을 것이다. 너는 보이는 대로 철석같이 믿어왔던 네 자신과 삶은 더욱 믿을 수 없다. 무너지듯 맥없는 웃음이 터진다. 너에게서 마른 먼지가 풀썩 나는 것 같다.

정혜련

단편소설 「연 날리는 아이」로 『월간문학』 신인상 수상. 소설집 『오피스텔 토마토』, 『갇힌 말』. 계간문예 문학상 수상.

이웃사람 엄달호 외 | 조건상

우면산, 그 옛날 한양에 찾아오는 시골 선비들이 깍쟁이들의 행패에 지레 겁을 집어먹고 설설 기기 시작했다는 과천을 지나 허위단심 남태령 고개를 넘으면 흡사 잠자는 소의 형상을 닮은 만만찮은 구릉 하나가 오른편에 꾸불꾸불 막아서 있는데 이것이 바로 우면산이다. 그러나 한양이 경성으로 변하고 경성이 다시 서울로 바뀌어 버린 세월의 부침 속에서 그 우면산이 몸을 눕힌 채 지그시 눈을 감고 되새김질을 하는 소의 형상을 닮았다고 생각하는 사람은 오늘날 아무도 없을 것이다.

우면산 자락마다, 가을 들판을 쏘다닌 미친년 치맛자락에 닥지닥지 붙어 있는 도둑놈갈고리의 가시처럼 주택들이 들어서 있고 소위 강남의 일급 주택지라는 S동과 P동이 산자락의 좌우에 늘펀하게 벌어져 있어서 산은 본래의 형체를 잃고 새벽녘이나 황혼 무렵에 산의 중턱에 자리 잡고 있는 약수터를 찾아 산보하는 사람들이 누운 소 타듯 손쉽게 오르내리기는 하지만 이것이 정작 우면산이라고 생각하며 오르는 사람은 과히 많지 않을 것이다 (중략)

그런데 P동의 황량한 호박밭 언덕 위에 어마어마한 크기의 주택 몇 채가 들어서기 시작하더니 순식간에 거들떠보지도 않던 호박밭이 등등한 기세로 값이 뛰기 시작하고 복덕방들이 하루가 다르게 불어나기 시작한 것은 그로부터 몇 년 뒤였다.

나는 그동안 생선도막 빼앗긴 고양이상을 하고 잔뜩 짜증을 부리며 앙당그리고 있는 아내의 얼굴을 펴줄 셈으로 약간의 저축금과 전세비용을 합하여 누군가가 중동인가 어디로 일하러 가는 바람에 헐값으로

내놓은 낡은 기와집 한 채를 구입하여 오랜만에 전셋집 신세를 면하고
있었는데 이게 또한 만만찮은 값으로 덩달아 뛰어오르기 시작해서 우
리 내외는 호박밭 근처에 살았더니 눈먼 호박이 덩굴째 굴러든 모양이
라고 마주보고 웃으며 뜻밖의 횡재에 가슴을 두근거리며 살고 있었다.
(「이웃사람 엄달호」)

　장영감은 헛기침을 한번 크음 하고는 벽장문을 스르르 열었다. 그
러자 컴컴한 벽장 속에서 기다렸다는 듯이 퀴퀴한 냄새가 일시에 쏟아
져 나왔다.
　그건 아버지와 할아버지의 냄새였다. 그리고 증조할아버지와 고조
할아버지의 냄새였다. 아니, 그건 아버지와 할아버지와 그리고 증조할
아버지와 고조할아버지가 동시에 풍기고 있는 복합적인 양반의 냄새
였다.
　그리하여 이 시금털털하고 건건찝찔한 복합적인 냄새들은 도무지
거역할 수 없는 어떤 굉장한 힘을 가지고 자신의 세계를 꾸준히 지배
해 오고 있다고 생각하는 장영감이었다.
　벽장의 네 모서리 구석에는 끈기라고는 아예 찾아볼 수 없는 시커
먼 거미줄이 먼지를 뒤집어쓴 채 장구한 세월을 두고 여전히 매달려
있고, 그 밑에는 조상들의 손때로 곱게 찌든 각종 필사본의 서책들이
무너질 듯이 쌓여 있었다.
　장영감은 그 서책들을 올려다보며 무거운 한숨을 푸욱 쏟았다. 그
언젠가의 옛날에는 조상들의 머리맡에서, 그리고 안석 옆에서 얼마나
애지중지 읽혔을 책들인데 지금은 주인을 잃은 채 어둠침침한 벽장 속
에 사장되어 있는 것이다. (「패배의 땅」)

조건상

1972년 『월간문학』 단편 「탈주」로 등단. 2001년 최우수 예술인상(문학부문) 수상. 성균관대학교 교수 역임. 반교어문학회, 한국작가교수회 회장 역임.

부평초 외 | 조진태

"세상살이 세월에 맡겨두고 살아 야지요."

"그랬으면 좋겠는데, 친구들의 부음을 들을 때마다 엷어지는 저녁 놀 아래 어둠의 파도가 밀려오는 듯해서 인생 무상함을 절감할 때가 많아요. 더구나 나이가 들수록 해지고, 달뜨고, 바람 불어 구름 가니, 세월 가기 바쁜지라…" (『부평초』)

아줌마는 총각의 바지와 속옷을 발끝까지 밀어 내리고는 말했다. "총각 내 것도 내려줘야지." 총각은 잠시 머뭇거리다가 아줌마의 치마 밑으로 손을 넣었다. 얇고 보드라운 내의를 모두 밀어 내렸다. 슈미즈, 거들, 팬티. 아줌마가 꼿꼿이 선 총각의 그것을 만지면서 말했다. "총각도 내 깊은 곳에…" 총각은 얼떨결에 아줌마의 그 곳에 손을 댔다. 물기가 자르르 한 곳에 손이 가자 온몸에 감전이 된 듯 전신이 떨렸다. 총각에게는 처음 경험하는 성감의 정도는 현실이 아닌 꿈이었다. 성경험이 많은 아줌마는 총각을 와락 끌어안고 총각의 그것을 삽입했다. 총각은 "아줌마! 아줌마!…"하는 괴성만 지를 뿐이었다. (『부평초』)

"왜 내가 부질없는 일에 나의 전부를 걸다싶이 하고 살아왔을까?"

차형주 씨는 자신을 돌아볼수록 참담하고 서글픈 인생에 대한 강박 관념이 마음에다 빗장을 지른다. 그는 간간이 창 너머로 낮달 걸린 하늘을 올려다보는 때가 많았다. 그러면 눈 시린 허공에 아내의 실루엣이 어른거리며 눈에 밟혀왔다. (「소멸하는 파도」)

"그래, 인생살이 '화무십일홍'이면서 '낙화유수'다. 어차피 혼자 왔다가 혼자 가는 몸, 있고 없음 무슨 상관있겠나. 결코 죽어지면 한 줌의 부토로 돌아갈 것을…" 이 모든 것들이 세월 저 편으로 살아져버린 타향살이 육십 년! 김향산은 팔십 고개의 중반을 넘어 선 세월이 무정했다. 일락선산의 황혼 인생, '복사꽃 그림자 같은…' 꿈만 어린 무정세월 어이하랴 싶을 뿐이었다. (「무정세월」)

'법고리회4인방'도 저물어가는 황혼의 산허리에서 몰려오는 먹구름을 보며, 내장으로부터 오는 영욕의 야비함을 참거나 감내하기 힘겨워졌다. 저절로 토해지는 양심의 소리가 밀물처럼 밀려와 그들의 가슴을 두들겼다. 그것은 그저 바람 지나가듯한 헛소리가 아니었다. 누구나 나이가 들고 늙으면서 어린아이가 되고, 야비하게 살아왔던 마음도 동심으로 돌아가 양심의 소리를 자기도 모르게 낸다고 했다. 우화 같은 이들의 살아온 삶이 그들의 민낯이기에 '법고리회 4인방'은 그저 해 저무는 하늘만 우러러 본다. (「삶이 저물어갈 때」)

피어오르는 물안개는 어찌 보면 아름다운 풍경일 수도 있겠지만, 크고 작은 사건사고들이 안개로 인하여 빈번히 일어난다. 이것들은 나름대로의 각기 다른 사연들을 간직한 채 짙은 안개 속으로, 혹은 유유히 흐르는 강물과 함께 묻히고 잠겨져 소멸돼 버리기 예사였다. 한때 가없는 세례도 가뭇없이 소멸되건만, 퇴색된 시간 속에서도 이들 이야기는 후일담으로 남아 뜬금없이 회자되기도 한다. (「안개 속으로」)

조진태
한국소설가협회중앙위원, 한국문인협회 재정위원. 소설집 『견습기』, 『소멸하는 파도』. 장편소설 『비목』, 『찬란한 저녁놀』 외. 동화집, 수필집, 전기집, 번역서 등 46권. 국민훈장 수훈, 현재 〈옥출문학촌장〉.

사설시조 소설 롱스커트 | 주영숙

48끝년이는 번번이 그의 뒷덜미를 불끈 움켜쥔 채 목이 바짝 졸리다 못하여 혓바닥이 빠져나올 지경으로 끄잡아 올려서는, 제 입에 그 귀를 들이대고 귀지를 훅훅 불어가며 지분거렸다. "옵빠야! 요기 있는데 오데서 찾는 공? 밤에 갈테이까네, 집구석에 가서 처박혀 있어. 하이고 우리 옵빠는 우째 사흘로 몬 넘가노? 구엽은 우리 옵빠가 시도 때도 음시 밝히싸서 내사 마, 몬산당." 49그녀는 워낙 드나드는 사람이 없는 부뜰이네 집에 저 좋아하는 고등어 통조림을 마치 화대인 듯 들고 가서는 부뜰이를 실컷 갖고 노는 데에 맛 들인지가 꽤 오래 되었다고 소문나 있었다. 그 소문은 공공연한 비밀이기도 했는데, 어쨌든 김양이 떠벌려대는 소문은 이러하다.

50 "또 성공 못하몬, 옵빠 니는 고마 마, 시방 이 순간이 바로 제삿날이다 카는 거로 명심하거라, 알겠나?" 부뜰은 냉큼 주저앉자마자 혓바닥부터 길게 빼고, 그리고 그녀의 발바닥에서부터 찬찬히 핥아 들어간다. 몸에서 고등어 냄새가 나는 그녀를 천상 고등어로 생각하고 끈질기게 핥는다. 발바닥을 다 더듬고 종아리를 거쳐 무릎을 뱅글뱅글 돌고는 점점 허벅지로 올라갈 때쯤이면, 그녀가 젖가슴을 들썩이며 키들키들 웃는다. 축축한 그 숲에 다다르면, 그러면 부뜰이는 새삼스레 기겁하여 우뚝 앉아버린다. 51바지 지퍼를 뚫을 듯 팽팽해진 거시기. 끝년이는 번번이 속으면서도 그래도 혹시나 하고 기대에 차서, 다 삶긴 고구마 솥을 여는 것처럼 부뜰이의 바지 지퍼를 제 물건인양 제 맘대로 내리고서, 갓 익어 뜨끈뜨끈한 고구마를 끄집어내듯이 통째로 잡아당긴다. 그러나 임자의 한계는 고작, 고작 거기까지. 도대체 무슨 거

시기가 끝년이 손에만 잡혔다 하면 맥을 못 춘다. 52위에 거시기는 펄펄 끓는 물에서 물레를 따라 뻥뻥이를 돌고 돌아 마지막 한 올까지 실을 벗어내고 맨몸뚱이만 달랑 남았다가 조리에 건져져 물기 쪽 빠진 번데기처럼 쪼그라들고, 아래 거시기는 수미 아버지가 두 알 함께 거머쥐고 달그락달그락 손 지압하던, 재작년, 혹은 작년에 깐 호두같이 땡글땡글해져 잡고 자시고 할 것도 없어져서, 53그럴 때마다 끝년이는 씨름을 했다. 부뜰이를 통째 내동댕이치고도 다시 잡아 업어치기 메어치기 호미걸이 안다리걸기, 그래도 분이 안 삭으면 마치 석삼년 만에 빠는 작업복 바지를 방망이질로 빨듯이, 부뜰이를 엎어놓고 탕 탕 탕 두들겨 패다가 제풀에 나가떨어질 때쯤에야 비로소 놓아주었다.

110달라캤재? 가져라. 얼마든지 가져 봐라. 그녀가 치마를 걷어 올리고 있다. 다리 두 개가 나란히 학의 날개 빛깔로 눈앞에 있었다. 그는 그녀의 두 다리를 부둥켜안고 '예쁘다, 예쁘다,'하며 열사흘 달 얼굴을 비벼댔다. 그리고 살살 핥기 시작하자 파래냄새가 물씬 풍겨왔다. 그는 끊임없이 파래를 뜯었고, 파래의 싱싱한 향은 어느결에 입과 콧속에 한가득 찼다가 조금씩 꼴딱꼴딱 목구멍으로 넘어갔다.

풀벌레 자지러지는 소리로 그녀가 울고 있다.

주영숙
문학박사. 2020~2025년 사설시조조 소설집 『칼, 춤추어라』(上下), 『까오리빵즈』, 『하늘에 새긴 부적』(2025, 1045수) 등 다수 발간. 2023년 대한민국장애인문화예술대상(대통령상) 수상.

그 하루 무덥던 날 | 차호일

부산 상회,

선반, 진열장, 바닥에 건어물이 쌓여있다. 명태, 굴비, 미역, 오징어, 다시마, 홍합, 새우, 김, 문어, 낚지…… 마른 것은 마른 것이다. 마르지 않은 것은 마르지 않은 것이다. 어느 것 하나 제대로 구별할 줄 모르는 인간 보란 듯이 진열장에 올라있는 흉한 건어물들, 아주 오래 전 가난한 어부의 그물에 잡혀 그대로 산채로 꼬치에 꿰어 말려졌다. 해풍이 말려주고 짠 바닷물은 부패를 막아주고, 얼마나 말렸으면 저토록 꾀죄죄한 미이라가 되어 다시 나타났을까?

눈이 시렸다. 그래도 누군가에게 팔려 입맛을 돋아주고 술 취한 아침 해장국이 되고 산모의 보양식이 되고 골다공증 예방이 되고, 되고, 되고……

시간 많고 할 일 없는 사내, 심심한지 건어물 상회 지나다 말고 눈요기한다. 뭇생각들이 산울림처럼 그의 머리를 우리우리하게 한다. 저 명태도 탱탱하고 살이 오른 때가 있었겠지, 그 넓은 동해 바다를 내 집처럼 헤엄치며 다니던 때가 있었겠지, 아들, 딸 자식 거느리고 행복한 때가 있었거니,

사내 무심코 한참을 상점 안을 들여다보다가 고개 숙인다. 내게도 그런 때가 있을까? 절망밖에 보이지 않는 나날, 오늘은 지나가지만 내일은 또 어떻게 지나려나 고려시대도 아닌데 웬 청산별곡이라니?

집세, 만삭의 아내, 실직, 보채는 아이들, 병든 어머니…… 옆 건어물 가게의 '폐업' 광고 유난하다. 차라리 내가 폐업이 되어 건어물처럼 누군가에게 행복이 되고 희망이 될 수 있다면……

사내 술 취한 듯 비틀거리며 건어물 상회를 떠난다. (「그 하루 무덥
던 날」)

차호일
『문예한국』, 《충청일보》 등에 작품을 발표함으로써 등단. 저서 『비명소리』, 『달
빛끄기』, 『그해 여름의 이상했던 경험』, 『표절』, 『베트남 탈출의 기록』, 『독도를
읽는 시간』, 『지역감정』, 『디지털시대 우리문학 다시 읽기』 외 여럿.

아버지는 풍금을 치고 | 채수정

모윤숙毛允淑은 일제 강점기에 대한민국의 유명한 시인이며 수필가이다. 그녀는 일찍이 이화여전 23세 꽃다운 나이에 처녀시집『빛나는 지역』등을 발간하여 세상을 놀라게 했다. 춘원 이광수는 이 시집 서문평에 이렇게 적었다.

"불꺼진 조선의 제단에 횃불을 켜놓으려는 시인"이라고 극찬하였다. 춘원은 누구보다 모윤숙의 발랄한 성격과 문학을 사랑했으며 자신을 잘 따르는 그녀를 좋아했다.

17살의 나이 차이가 있었지만 그들의 대화는 문학이란 한 울타리 안에서의 연배를 떠나 언제나 동지애와 아름다운 문학이 있었고 훈훈한 사랑이 있었다.

"선생님! 제가 이번에 처녀 시집『빛나는 지역』을 출간해요. 춘원 선생님의 서문序文으로 저를 축하해 주세요."

모윤숙은 주변의 기라성 같은 선배들을 다 제치고 제일 먼저 원고 뭉치를 안고 춘원을 찾아 왔다.

"써 주고 말고…. 당연히 써야지!" 춘원은 기쁜 모습으로 그녀의 간청을 쉽게 허락하고 격려하였다.

춘원은 그의 서평 서문에서 또 이렇게 적었다.

"조선에는 '허난설헌'이라는 여성 한시인漢詩人이 있었다. 그러나 조선말을 가지고 조선 민족의 마음을 읊은 여시인女詩人으로는 아마 모윤숙 여사가 처음일 것이다.

여사는 조선의 땅을 '안으려'하는 시인이다. '검은 머리를 풀어 허리를 매고 힘차게 불꺼진 조선의 제단에 횃불을 켜놓으려' 한다고 외치는 시인이다.

채수정
고려대 국문학과 졸업하면서 ROTC(3기) 장교로 임관. 월간 『문학세계』 소설 「껌命」으로 등단. 단편소설 「소명」, 「코레아 우라」, 「나의 스승 조지훈」, 「4·19할아버지와 손자」 등. 장편소설 『소명』, 『아버지는 풍금을 치고』, 『하늘의 별이 되어』.

계단 아래 | 최성배

시간은 삶을 무자비하게 끌고 간다. 어디든, 누구든지 가리지 않는다. 검정 밴이 큰길 입구의 갤러리 건물을 지나 오르막길을 한참 휘돌아나간다. 그는 이 길을 어떤 미술대학 교수의 전시회 때에도 왔다. 교수의 집에서 저녁밥을 먹었던 그 기억까지 놓칠 리 없다. 그럼에도 이 동네가 새삼스럽게 낯설다. 산비탈을 따라 엔진소리는 무겁다. 산 아래 집들은 제짝 아닌 레고블록처럼 성글게 들어차서 구불구불한 길과 엇박자다. 길은 이어진다. 차량은 비명을 지르며 공터에서 멈춰 선다. 차창 밖으로 내다보인 적벽돌 담장이 성채처럼 길게 둘러쳐진 가운데 두 짝의 커다란 대문은 우람하다. 벨을 누르지 않았음에도 옆문을 열고 누군가가 나온다. 청색 점퍼 차림의 후리후리하게 큰 체격의 마흔 줄 남자다. 그 남자는 운전석에서 내린 과장이란 자에게 고개를 수그리며 씩 웃는다. 그는 뒷문에서 내려 배낭을 어깨에 걸치고 여행용 가방을 내린다.

"서로 인사들 해요, 석 주임!"

과장이 굵은 목소리로 뱉자, 남자가 고개를 숙인다. 남자는 팔을 길게 내밀어 그의 가방을 잡아 든다.

"명현수입니다."라고 그가 목소리를 낮춘다. 남자는 그에게 선한 낯빛을 보인다. 하얀 피부의 눈썹이 짙은 남자는 그들을 대문 옆 출입문으로 데리고 들어간다. 가파른 산비탈을 딛고 서 있는 저택의 정원은 툭 터져서 드넓다. 두 사람이 현관에 이르자 남자는 가방을 놓고 밖으로 사라진다.

신발장 맞은편에 나무로 조각된 여성의 입상이 앙증맞다. 긴 현관

을 지나 복도 맞은편이 거실이다. 넓은 거실의 높은 천장에는 수정샹 들리에가 매달려있다. 기역 자 형의 진갈색 물소가죽 소파가 들떠 보인다. 바닥에 맞닿은 커다란 유리문 문틀은 커다란 액자가 되어 풍경화처럼 테라스와 정원을 한눈에 볼 수 있다. 두꺼운 커튼이 열린 거실 문 양쪽으로 난 화분들이 놓여있다. 벽 모서리를 돌아 60인치 텔레비전 위로 둥글고 큰 금빛 벽시계가 걸려있다. 부엌과 거실 사이는 식당 방이다. 참나무 재질의 커다란 식탁이 놓여있는 식당과 거실 사이에 하얀 그랜드피아노가 생뚱맞게 앉아 있다. 거실 벽을 등지고, 칸칸이 막은 붙박이 갈색 장식장에는 각종 트로피와 도자기며 청동 조각품들이 빼곡하게 들어차 있다. 웬 늙은이의 커다란 사진과 서예 작품들과 신문 기사가 오려진 액자들까지 다닥다닥 벽면에 걸려있다. 그의 시선은 사진액자에 한참 동안 머물러있다. 그의 옆모습을 지켜본 과장이 묻지도 않는 말을 흘린다.

"왕회장님이에요. 저 아래 초상화가 있는데 그건 회사 집무실에서 떼 온 거구."

과장을 따라 그는 안방으로 들어간다. 휑하게 넓은 안방 끝에 작은 방과 화장실까지 딸려있다. 침대 위에는 개켜진 웬 옷가지들이 차곡차곡 놓여있다. 유품처럼 있는 것으로 보아 아직 정리하는 과정 같아 보인다.

커튼이 열린 창문 밖의 을씨년스러운 정원 풍경이 떨고 있다. 굵고 휘어진 조선 소나무들은 누렇게 바랜 잔디마당을 지키고 있다. 과장은 그에게 소파에 앉으라고 손짓한다. 거실 옆문이 열리더니 웬 여인이 찻잔이 든 쟁반을 받쳐 들고 들어온다. 체격이 크고 길쭘한 얼굴의 여인은 아미가 예리한 인상이다. 눈빛을 부딪친 여인에게서 왠지 알 수 없는 느낌이 휙 스쳐 지나간다. 또래로 보이는 그녀에게 현수는 살짝 고개를 수그린다.

최성배
소설 『바다 건너서』, 『계단 아래』, 『나비의 뼈』, 『별보다 무거운 바람』 외 다수.
한국소설문학상, 조연현 문학상 외 수상.

그녀의 수다 속에 그의 검색창이 열리고 | 최외득

거미줄. 글쎄! 초미세한 흐름까지 감지하는 광활한 오감을 무언에 익숙한 사람마저 대저 예찬할 수밖에. 고립무원을 벗으려는 인간이 뉴런의 위력에 깊은 신뢰를 보낼만했다. 도시의 밤은, 건물 벽면에 성찰 없이 달린 현란한 기호 아래 출입문들이 연신 뻘렁거렸다.

일찍 귀가하기 싫어서 맹목적으로 쏘다니는 사람들이 촉수 높은 불빛의 유혹을 어찌 끊을까마는, 건물에다 한 땀 한 땀 떠놓은 LED등이 오히려 난립하는 사람들의 낙수 같은 수다 속에서 시곗바늘처럼 자중해야 할 정도였다. 아무리 햇빛에 가까운 주광등이라지만 태양처럼 세상을 비추는 빛이라고 함부로 발기했다가는 과부하로 암수 극에서 불꽃이 튈 염려가 있겠지.

돌아 나오는 어두운 골목 끝자락에 선 건물도 지난주까지는 무심한 시멘트 덩어리였는데, 후 불어넣은 신의 입김에 인류가 탄생하였듯이 LED등으로 인해 죽은 물체가 현란한 성채로 변했다.

생명 없는 건물 또한 생물처럼 아름답게 치장하는데, 평생 같이할 사람이 변화를 위해 시도조차 하지 않는 건 배신행위나 다름없기에, M은 무딘 아내만 보면 화가 정수리까지 치솟았다. 서로 살갗을 비비면서도 왜 그리 마음과 몸이 완전히 열리지 않는 걸까. 그래도 부부인데… 둘 다 속마음은 그게 아닐 텐데… 결국 반작용으로 타인에게 끌림이 일어나서 사달이 나면 어떡할 텐가. 거미가 피부 위로 기어가듯 음침한 기분이 스멀거린다.

세상이 그림과 여백이라면 24시간 영업으로 밤을 빼앗긴 '모랑식당'의 주인과 종업원이 여백의 사람이라 하겠다. 주인 남자와 여자 종

업원. 멀뚱멀뚱하게, 생뚱맞게, 멀찌감치, 둘은 그렇게 남남의 굴레를 충실히 지키며 M과 U의 일거수일투족을 주시하였다.

홀렁한 바지 속처럼 식당의 손님이라곤 M과 U만이 덩그렁 앉아서 맑은 증류주가 채워진 잔을 기울이자니, 저 두 사람이 염탐질하는 것 같아서 그들은 인도에 펼쳐놓은 파라솔로 피신하기로 의기투합했다. 자리를 옮긴 파라솔 테이블에 증류주 대신 곱게 발효된 맥주를 여백의 사람이 가져다 놓았다.

M과 U는 애벌레가 천천히 전진하듯 맥주잔을 비워갔다. 여기서 버스를 타고 졸다가 망우리에서 몇 정거장 더 지나치고 내릴 그 정도의 시간이 지나자 거머리가 웨이브로 헤엄치는 그런 기분인지, 사람 몸 중에 제일 음흉한 기관인 혀가 연달된 경험으로 품격을 치장하는 묘술을 부리듯, 맥주 맛을 들이는 M과 U가 카피라이터도 울고 가게끔 부호에서 부호로 꼬투리를 무는 대화법을 설정해 놓았다. 식당에 도착한 시각이 열시. 그 시간이 심야에 밀려 점점 멀어져 갈수록 M과 U는 마치 파라솔의 파수꾼으로 전직될지 모를 상태로 잉여인간의 충동을 주무르고 있었다.

U의 갈색 눈이 마치 신비주의에 빠져들게 하는 이국적 아름다움을 지녔다면, 그녀의 얼굴 윤곽선은 금속의 날카로운 각을 광택연마기로 부드럽게 다듬어 놓았을 때처럼 균형 잡힌 독특한 세련미였다.

다른 사람들과 달리 반 박자 느리게 물건을 잡는 U의 우아한 손놀림은 M이 긴 호흡을 할 수밖에 없도록 묘한 충동질을 돋웠다. 맥주잔을 들어 부드러움과 쌉쌀한 맛을 동시에 음미하여 흐뭇해하는 M을 U가 응시하며 말했다.

"난 말이지 중하고 살아."

최외득

한국문인협회 사무총장. 한국소설가협회 이사. 『껍질을 가진 나무는 얼지 않는다』, 『반듯한 보도블록』, 『행복한 하루 살기』, 『월식 인간』 등. 행정안전부장관 표창. 제15회 영랑문학상 우수상, 제10회 한국문협서울시문학상(소설부문) 수상 등.

사랑하는 당신.

감히 당신이라고 부르렵니다. 사랑, 정말 좋았습니다. 얼마나 좋은지 이제 나는 숨조차 쉬지 않기로 합니다. 세상의 모든 것을 뛰어넘어 그것은 치명적인 매혹이었으므로 나는 그럴 것입니다. 저를 너무 책망하진 마세요. 당신과의 사랑 속에서 나는 매번 죽음과 가까워지는 것을 뼈로 느꼈습니다. 아니 이대로 세상이 끝나버렸으면 했습니다. 당신이 처음으로 내게 들어왔을 때 나는 모든 것을 알았습니다. 아침에 솟는 태양, 서쪽으로 번지던 범혼, 더 이상 여릴 수도 없는 꽃잎, 늦여름의 습기 가신 바람, 늘 새롭게 나부끼던 별빛, 그리고 당신의 입술. 이 모든 것이 사랑을 위해 존재하는 것이라는 사실 말입니다. 곧이어 나는 어느 누구도 도달하지 못할 등성이에 서 있었습니다. 사랑하는 당신이 이끌었기 때문입니다. 내겐 그것이 전부였던 것 같습니다. 세속과 성스러움의 분별이 사라지는 순간, 모두 타버려 아무 것도 발견할 수가 없었습니다.

사랑하는 당신.

당신에게 청한 약속 가운데 죽음이 갈라놓을 때까지 함께하지 못하므로 나는 이제 영원을 향해 나아갑니다. 한 걸음씩. 천천히. 아주 천천히. 비록 몸은 스러지나 그것으로 진정 스러지는 것이 아닙니다. 나는 처음부터 이 세계에 속해 있지도 않았고 다른 세계에도 속해 있지 않았던 것 같습니다. 나는 존재도 아니고 본질도 아닙니다. 다만 나는 가장 사랑하는 이의 영혼에 속합니다. 그가 바로 당신입니다.

구접하게 살아남아 다른 사랑을 꿈꾸기에는 내 사랑이 너무 완벽합

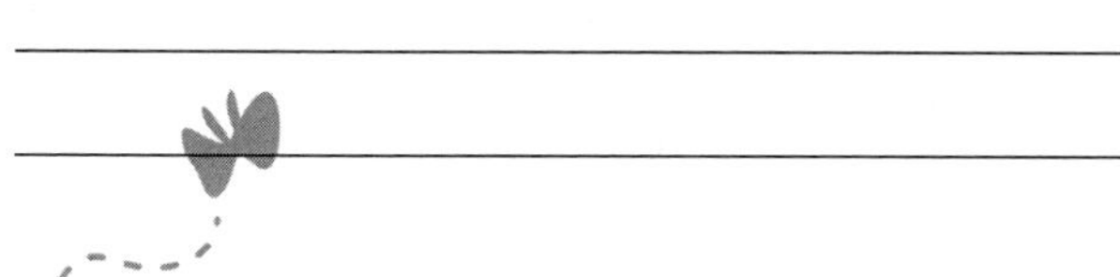

니다. 그리고 부디 나에 대한 기억을 지워주세요. 그래야만 나 홀로 내 유일한 사랑을 간직할 수 있으니까요. (「묵주」)

　멀찌감치 포구가 내려다보이는 갯바위에서 망부석처럼 바다를 눈이 시리게 바라보았다. 대낮인데도 하늘에 귀퉁이가 깎인 달이 떠 있었다. 시간이 흐르자 바다는 달을 향해 줄달음치기 시작했다. 용주의 눈에는 달 역시 바다를 향해 달려오고 있었다. 바다는 드넓은 품을 활짝 열고 달은 환하게 벌어지는 미소로 바다를 향해 손을 벌렸다. 용주는 무연히 하나의 깨달음과 만났다. 우주 만물은 어쩌면 그리움으로 이루어졌을지도 모른다는. (「달의 바다」)

　믿으실지 모르겠지만 아이의 안에 있으면 기쁨과 관련된 모든 개념들이 내 것이 됩니다. 사랑이라는 느낌은 진부함을 떠나 화석이 되고 말죠. 법열, 구원, 재탄생, 악마와 거래를 했던 파우스트에 대한 절대적 공감, 죽음을 불사할 열락, 인큐베이터 안에 있던 아이의 생명력, 정상적인 아이로 자라난 아이에 대한 무조건적인 감사, 수만 마리의 비둘기를 날리는 평화의 종소리, 억새풀 사이로 타오르는 붉은 노을. 이 모든 것이 온전히 하나로 응축되어 혈관을 타고 온몸 구석구석 퍼져 나갑니다. 나는 그때부터 하나의 존재이면서 본질이죠. 단단한 것과 부드러운 것이 차별도 없이 합일되어 향기와 빛깔을 뿜어내면 남루한 영혼의 소유자라도 완전체에 대한 확신을 가집니다. (「쓰디쓴 단맛」)

최임수
농어촌 문학상 대상 수상으로 등단(2016), 포천38문학상 우수상(2020), 한국 항공 문학상 대상(2022), 한국문학인상(2025), 작품집 『쳐 죽여도 시원찮을』 발간(2025), 한국 문인협회, 작가회의, 소설가협회 회원, 계간 『문학저널』 편집위원.

애플망고 | 최정원

방안은 온통 '햇생명 냄새'로 가득 채워져 있다. 분유 냄새, 아기용 비누냄새, 파우더 냄새, 기저귀 냄새, 아기 몸에서 나는 달보드레한 냄새…. 그것은 아무리 머리를 굴려봐도 '햇생면 냄새'라고 밖에 달리 표현할 말이 떠오르지 않았다. (「마지막 수유 시간」)

햇살 한 줌이 은행나무 가지 사이를 비집고 들어와서 여자의 얼굴을 쏘아 눈이 부셔왔다. 잠깐 눈을 감았다가 뜨는 순간 짤그랑하는 소리가 들렸다. 바닥에 떨어진 건 키링이었다. 검은 바탕에 은빛으로 된 "You came to me, and my painful soul blossomed."란 글자가 햇빛을 받아 반짝였다. (「애플망고」)

냉동실이 있는 지하층은 어둡고 무거운 공기로 채워져 있어서 다른 세계처럼 느껴졌다. 냉동실 앞에 도착했을 때 나는 엄마 이름이 적힌 침대 앞에서 몸을 덜덜 떨며 서 있었다. 얼핏 시트 자락이 꿈틀하는 게 보였다. 순간 내 입에서 쇠끼리 부딪치는 소리가 튀어나왔다. (「손」)

파도 소리였다. 여태껏 나는 파도 소리도 못 들을 만큼 노인이 하는 이야기에 넋을 잃고 있었던 것이었다. 나는 오늘 보았다. 아직도 가끔 악몽을 꿀 때가 있다고 말하는 노인 눈에서 66년 전 가슴에 남아 있는 그날의 상흔을. (「기인한 인연」)

낮에 해에 젖어 내 눈길을 사로잡았던 한련꽃은 이제 쏟아지는 비

를 맞으며 한껏 어둠을 빨아들이고 있었다. 밤인데도 그 모습은 무척이나 생기발랄해 보였다. (「한련꽃이 피어 있는 언덕」)

바람이 불어오자 물결치듯 흔들리는 버드나무 가지 사이로 연결된 거미줄에 매달린 나비바늘꽃잎 하나도 같이 흔들렸다. 그네를 타듯 흔들리고 있는 나비바늘꽃잎 위로 그의 얼굴이 잠깐 흔들리다가 사라졌다. (「나비바늘꽃」)

붉은 해를 뒤로 하고 버스가 공원묘지 정문을 빠져나왔다. 집으로 돌아오는 버스 안에서 내 머릿속에서는 오직 별 문양이 새겨진 팔찌만 떠올려지고 있었다. (「팔찌」)

침대가 놓여있을 때는 공간이 그다지 넓다고 생각하지 않았는데 막상 침대가 빠져나간 자리는 의외로 횅한 느낌이었다. 횅한 느낌은 한 존재가 사라진 빈자리, 하나로 묶여있던 세월이 산산이 흩어진 빈 자국, 그 빈 자국 위로 채워진 건 무거운 침묵뿐이었다. (「땜빵」)

아내 몸 안에서 일어난 뜨거운 열기로 그녀 자신을 공중으로 띄운 듯한 기분을 내게 한 것처럼 그의 몸과 가슴 안에서도 형용할 수 없는 에너지가 솟구쳤다. 그것은 단전 아래 깊은 곳에서 시작된 휘몰아치는 강렬한 힘이었다. (「성 재활 교실」)

어디선가 모든 영혼은 다 새소리를 내는 거라고 하던 어머니의 목소리가 들려오는 듯했다. 나는 어머니의 산소 위로 날고 있는 울새를 바라보며 가만히 귀를 기울였다. 어머니의 영혼은 어떤 새소리를 내며 날고 있는 걸까……. (「울새가 노래하는 곳」)

최정원

2017년 전북도민일보 신춘문예 당선. 청작집 『애플망고』, 『울새가 노래하는 곳』 등 출간.

폭설주의보 | 최창중

눈은 잠깐잠깐 게으른 모습으로 바람 타는 연처럼 여유 있게 흔들리며 내려오다가도 잠시 후에는 할 일을 깜빡 잊었다는 듯 다시금 심한 바람에 얹혀 맹렬하게 차창을 때렸다. 도로 좌우에 규칙적으로 늘어선 가로수들이 슬로비디오처럼 뒤로 뒤로 흘러갔다. 와이퍼가 만들어 내는 부채꼴 모양의 전면 유리창에 마을이 댐에 갇힌 담수호처럼 웅크린 모습을 드러냈다. 간유리 속의 상인 듯 회색을 잔뜩 뒤집어쓴 쓸쓸한 모습이었다. 정상적인 도로 상태라면 십 분이면 달려갈 거리인데 삼십 분은 지체해야 도착할 듯싶었다.

한기가 가득한데도 차창에 부옇게 김이 서렸다. 마른 수건을 이용해 그것을 닦아 내는 한편으로 전방을 정시했다. 구급차의 경고음이 들려왔다. 눈을 들어 시선을 멀리 주니 안개인 듯 구름인 듯 부옇게 번진 눈발의 덩어리 속에 희미한 경광등이 나타났다. 평소 같았으면 호기 있게 질주해 와 바람처럼 옆을 스쳐 갔을 터인데 상황이 상황이다 보니 그쪽도 별수 없이 엉금엉금 기면서 느릿느릿 다가왔다가는 느릿느릿 지나갔다.

산자락에 엎드린 마을이 모습을 나타냈다. 눈밭에 아이들 서넛과 강아지 너덧 마리가 나와 뒹굴고 있었다. 이제나저제나, 세상이 아무리 수상하게 변한다 할지라도 아이들의 눈으로 보면 눈꽃이 가득 핀 세상은 하늘나라 선녀님이 하얀 꽃가루를 자꾸자꾸 뿌려 주는, 즐거움만이 가득한 세상일 테지 싶었다.

집으로 향하는 산길로 접어들었다. 걱정했던 대로 양쪽 산봉우리 사이로 파고들 듯 실낱처럼 이어진 산길은 눈이 소복했다. 바퀴가 쉴

새 없이 헛돌았다. 바람마저 세차게 불었다. 골짜기를 타고 흘러내리는 칼바람이 나뭇가지에 걸려 윙윙 소리를 내며 울었다. 엉금엉금 기는 차량의 진동을 타고 길섶에 늘어선 수목들이 머리에 쌓인 눈덩이들을 후드득 떨구었다. 쌓인 눈의 무게를 못 이겨 부러진 잔솔가지들도 간혹 눈에 띄었다.

산속의 눈에 갇혀 지내는 것이 일주일 정도는 좋았다. 시베리아처럼 백설이 널린 공간에 개미 새끼 한 마리 얼씬거리지 않으니 풍광 좋은 너른 돌에 주저앉아 시조나 읊조리는 이태백이는 저리 가라였다. 몸도 마음도 도도록이 살이 오르는 기분이었다.

한데 일주일을 넘기자, 그동안 치근덕대던 외로움이 노골적으로 달려들기 시작했다. 처음 가슴으로부터 시작된 외로움은 점차 머리를 비롯하여 어깨, 손등, 발등으로 번지더니 결국에는 몸 전체를 덮었다. 폭설 때문에 먹을 것을 찾지 못해 산새의 울음소리마저 사라진 지 오래인 적막한 주변 탓에 더했다.

허전한 마음을 달래려고 부지런히 집안을 치워 보기도 했지만 외로움은 한 톨도 떨어져 나가질 않았다. 허허벌판에 버려진 고려장 노인이 이러려니 싶었다. 특히나 어둠이 번지면, 아내를 저세상으로 떠나보낸 뒤 일 년여에 걸쳐 악착같이 떨구어낸 짙은 외로움이 늙은 몸을 향해 억척스럽게 달려들었다.

그런 까닭에 밤이면 부엉이처럼 잠 못 이루며 엎치락뒤치락하기 일쑤였다. 간혹 전화선을 타고 친지며 자식들의 목소리를 듣긴 했지만 목소리만으로는 허전함을 달랠 길이 없었다. 해서 먹을거리를 구할 겸 앞뒤 바퀴에 체인을 채운 채 무리하게 나선 읍내 나들이였다. (「폭설 주의보」)

최창중
동양문학·자유문학 신인상, 대산창작기금·내륙문학상. 소설집 『건배가 있는 삽화』, 『대설주의보』. 콩트집 『우린 이렇게 산다우』. 산문집 『카탈루냐의 시위 문화』. 펜클럽한국본부·한국문인협회·한국소설가협회 회원.

연기만 40년 넘게 해서 할 줄 아는 건 연기, 무대밖에 없던 그였다. 집으로 돌아와 침대에 앉아 이제 어떻게 할 건지 곰곰이 생각했다. 처음 연기 했을 때의 다짐이 생각 났다.

"무대에 서고 무대에서 죽는다."

그 다짐을 하고 죽기 살기로 했던 연극이었다. 그는 무대가 없는 삶은 아무것도 없을 거로 생각했다. 다시 세일즈맨의 죽음 대본을 읽었다. 그러고는 결심했다.

그는 다음날 연출에게 따로 만나자고 하고, 마지막 공연을 자기 회차로 해달라고 부탁했다. 연출은 이유를 물었다. 그는 자신의 상태를 얘기하면서 이게 마지막일 수 있어서 화려하게 마무리하고 싶다고 했다. 연출은 고민하다가 전화를 걸어 기획사와 설득 끝에 마지막 회차로 바꿔 주었다. 그는 연출에게 고맙다는 말을 연신했다. 세일즈맨의 죽음 공연은 모두 만석이었다.

그는 아침 일찍 일어났다. 오늘이 마지막 공연 날이었다. 집 안 청소를 깔끔하게 하고 일찍부터 극장에 나왔다. 무대 앞에서 혼자 대사도 읽고 동선을 밟아 봤다. 그의 눈빛은 다른 때와 달랐다. 무언가를 씹어 먹을 듯 강렬했다. 그가 대기실에서 있을 때 연출이 다가와 기분을 물었다.

그는 처음 공연 할 때 긴장되지도 않고 될 대로 되라는 식으로 했는데 그때와 똑같다고 설명했다. 연출은 마지막 공연이니 원 없이 하라고 응원했다.

공연 시작한다는 멘트가 나오고 조명이 천천히 암전되었다가 천천

히 밝아졌다. 그가 천천히 걸어 나왔다. 그리고 관객을 봤다. 관객을 보면 희열이 느껴졌다. 실수 없이 공연은 진행 되었다. 드디어 공연 마지막 장면이 되었다.

그는 한 남자가 떠나는 모습을 바라봤다. 담배를 물고 불을 붙였다. 작게 웅성거리는 소리가 났다. 그는 집을 보며 말했다.

"애야 공을 찰 때는 말이지. 70미터쯤은 차야지 공과 함께 경기장을 가로질러 상대를 받을 때는 낮고 세게 받아 버려야 해. 그게 중요한 거야. 스텐드에 중요한 분들이 다 오셨어, 명심해야 할 것은……. 형님! 벤 형님 어쩌라고? 형님! 전 어쩌라고……."

집에서 '여보'라는 소리가 들렸다. 그는 조용히 하라는 손짓을 보냈다. 마당을 천천히 한 바퀴 돌고는 자동차 안으로 들어갔다. 헤드라이트를 켜고는 음악을 틀었다. 창밖을 보니 불빛이 강렬했다. 그는 '이제 다 끝났다.' 말을 던진 후 천천히 시동을 켰다. 음악이 고조되었다. 창밖의 불빛은 사라졌다. 어두워진 후 엑셀러레이터를 밟았다. (「라스트댄스」)

최태식
2021년 무예소설 신인상 수상. 단편 「자명고」, 「라스트댄스」 등. 한국문인협회, 한국소설가협회 회원.

1862, 외 | 최희영

시야가 탁 트여 막혔던 가슴까지 시원했다. 망진산이 새하얗다. 홍병원은 뒷짐을 진 채 눈을 지그시 감았다. '모자라는 게 넘치는 것보다 나을 거라'며 임금에게 읍소하던 홍문관 부교리 박규수가 떠올랐다.

'나쁜 놈!'

그때는 쥐구멍에라도 들어가고 싶었다. '무지한 백성들이 목민관까지 능갈치지 못할 거라'고 흘끔거릴 때는 부아가 치밀었다. 그러나 안차고 다라진 인정전 뒷배의 눈길을 감히 곰파지 못했던지, 임금의 안정은 어전 바깥에서 얼쩡거려 그나마 희망을 걸었다. (『1862,』)

녹두실재 바람은 쌀쌀해도 견딜만했다. 덕천강 갯버들의 향긋한 봄냄새가 우금을 따라 재를 넘으며 코를 간질었다. 지금쯤 곧은 줄기를 잘라 골갱이를 빼내면 멋진 소리를 내는 버들피리를 만들 수 있었다. 버들개지를 너무 많이 따먹어 혓바닥이 파랗게 물든 채 집으로 들어오면 어머니가 감춰두었던 개떡을 챙겨주시던 기억이 났다.

유계춘은 어머니 무덤을 돌아보았다. 어둠이 아득히 깔렸지만 뿌연 빛을 비추고 있었다.

덕천강 돌다리에 횃불이 줄을 서서 움직이고 있었다. 스무남은 명은 더 돼 보였다. 병사들이었다. 유계춘은 긴장했다. 우병영에서 드디어 움직인 것 같았다. 횃불은 아랫담을 지나 웃담으로 향했다. (『1862,』)

밤새 쿨럭거리던 청풍강이 기어코 눈바람을 불렀다. 산과 들이 하얗다. 북풍은 강을 거슬러 충주성으로 들이쳤다. 강물이 얼기 시작하자, 갯버들은 솜털로 추위를 털어냈다.

북풍이 아무리 매서워도 아침햇살을 막을 수 없었던지 멧부리에 쌓인 눈은 녹아 물길을 만들었다. 그 물길은 성안으로 흘러들어 우물을 채우고 백성들은 우물물을 마셨다. 수성전의 승패는 우물이 가른다. 우물물이 풍부하면 병사들은 성에서 버텨낼 것이고, 모자라면 병사들은 성을 버리고 달아날 것이다. 김윤후는 남산 골짜기를 바라보았다. 물길 따라 병사들이 든 깃발이 나부꼈다. 그들의 발아래 백성들의 가쁜 숨소리가 들리는 듯했다. (『중원의 바람』)

그해 10월이 접어들 무렵, 한라산 소슬바람이 중산간 평원으로 불었다. 한라산이 토했던 용암 길을 따라 화산석 돌담이 해안 절벽까지 출렁거리고, 대양의 거센 파도가 섬 제주 해안으로 들이쳤다. 수십만 년 전, 뜨거운 용암을 식힐 때처럼, 섬 제주 해안이 붉게 들끓기 시작했다. (『신神의 몰락』)

축축한 해무가 얼굴에 부딪혔다. 섯알오름을 순식간에 뒤덮어 버리던 해무, 두려움과 분노, 그리고 증오, 그것들이 뒤엉겨 알뜨르비행장 돌담에 촘촘히 박혀 진실조차 깡그리 묻어버렸던, 지독한 해무, 생각만 해도 소름이 돋았다. 이제 동우가 해무 속으로 빠져들고 있었다. 뱃고동이 길고 묵직하게 울었다. 함정과 함정이 소통일 것이다. 동우는 뱃고동 소리가 섯알오름에서 죽어가던 사람들의 비명처럼 들렸다. 가슴이 바짝 오그라들기 시작했다. (『신神의 몰락』)

최희영

한양대학교 졸업. 제6회 직지소설문학상 최우수상, 제11회 전영택문학상 외 다수 수상. 시집『장미와 할아버지』. 소설집『엇모리』. 장편소설『더 맥脈』,『갠지스 강』,『1862』,『중원의 바람』,『신神의 몰락』. 한국소설가협회, 한국문인협회 회원.

직지 외 | 표성흠

기나긴 겨울밤이 손톱만큼씩 짧아지기 시작한다.

2월 초하루는 영등날이다. 영등할멈은 바람신으로 12월 초가 되면 딸들을 데리고 지상에 내려와 이곳저곳을 두루 살피고 다니다가 이날 하늘로 올라간다는 속설이 있다. (『목화』)

잔치는 끝났다.

그러나 후렴잔치라는 것도 있다.

"이모, 나는 시집 같은 건 안 가. 울 엄니가 용꿈 꾸고 날 낳았다면서요?" (『교룡』)

안의에서의 4년, 물레방아를 만들고 『열녀함양박씨전』같은 글을 남긴 연암은 이후 몇 년 동안 외직을 떠돌다가 세상에서 물러난다. 젊어 한 때 꿈꾸었던 소원대로 화관을 쓴 뿔뱀으로 남은 셈이다. (『뿔뱀』)

그는 나직이 '목화'를 부르며 노을 진 들녘 한가운데로 걸어 나간다. 이 한 송이의 목화 꽃을 피우기 위해 얼마나 지난한 세월을 보내 왔던 가? 등 뒤로 붉은 노을이 얼비쳐 백발이 성성한 노인네의 어깨를 비스 듬히 비추고 있다. (『목화』)

노인은 찻잔 속의 어둠을 마시고 있었다. 그런데 언제부터던가 찻 잔 속에서 빛이 일렁이고 있는 것을 발견하였다. 그러니 어둠 속의 빛 을 마시는 것이 돼버렸다. (「굴절」)

　노인이 둑길을 걸어서 다리목까지 가는 시간은 정확히 두 시간. 일부러 재어본 자동차 미터계로 사백 미터, 그거 걷는데 두 시간이면 이건 걷는 게 아니라 숫제 기어간다는 게 옳다. 노인은 매일같이 그렇게 걷고 있었다. (「둑길」)

　어디선가 난쟁이의 오토바이 소리가 들리는 듯하다. 세 사람은 낚싯대를 서둘러 접어 넣는다. 누가 그 명기의 탄주소리를 듣고 싶어 하지 않았던 사람이 있었을 것인가. 난쟁이가 그물꼭지를 끌어올린다면 아무도 그 그물망에서 자유로울 수 없을 것이기 때문이다. (「그물꼭지」)

　냉철한 인간, 작가라는 존재는 냉혈한이 아니면 안 된다. 사실의 기록에다가 상상을 덧입혀 감정을 포장해내는 작업을 하자면 때로 비인간적인 비정한 눈을 가져야 한다. 관찰자, 기록자, 눈물을 보이지 말라. 동정도 하지 말고 사견도 섞지 마라. 있는 그대로 사실적 표현만이 독자와 소통할 수 있는 길임으로 작가가 될 수 있는 유일한 길은 사진을 찍어 보여주듯 현실적 사실 그대로를 복사하는 것이다. (『직지』)

표성흠

1970년 대한일보 신춘문예에 시, 월간 『세대』지에 소설이 당선. 시집 『네가 곧 나다』. 창작집 『선창잡이』. 장편소설 『토우』(전 6권). 동화 『태양신의 아이들』. 희극집 『비천상의 비밀』. 산문집 『우리들의 사랑은 바람이어라』 등 1백여 권.

부추꽃의 이상과 환상 | 표중식

현실은 꿈이 될 수 없지만, 꿈은 현실이 될 수 있다. 꾸지 않는 꿈도 현실이 될 수 있다는 증명을 남자와 여자는 정약용 선생 부부의 묘소에서 해냈다. 부부의 언약은 다산의 실학이 대변하리라 그들은 굳게 믿었다. 접점의 좌표, 좌표 평면상에서 부유하던 x와 y가 새로운 접점을 찾은 것이다.

이제, 소설가 X는 x로 화가 Y는 y로 변모하여 좌표 평면에서 튀어나와 잘라도 잘라도 자라나는 부추의 강인한 생명력으로 살아갈 것이다. 그들의 삶이야말로 한 편의 대하소설이고 한 폭의 거작이다. 무엇이 그들에게 더 필요한가. 예술가라는 맞지 않는 옷을 그들은 이제 벗어던졌다. 예술가의 종언이자 부추꽃의 승리였다.

그 승리는 소설가 X와 화가 Y가 무의식적으로 찾아 헤매던 이상이자 환상이었다. 그들은 무겁고 거추장스러운, 그들을 옥죄고 있었던 예술가라는 단단한 껍질을 깨버렸다. 그들은 진정한 삶의 이유를 찾아냈다. 행복은 결코 먼 데 있지 않았다.

x와 y는 밝은 얼굴로 묘소를 내려와 걷기 시작했다. 여기서 멀지만, 팔당역에서 전철을 타고 각자의 집으로 가기로 합의를 봤다. 보도를 걸으며 그들은 봇물 터진 양 끝없이 이야기를 나누었다.

"예술가는 영원한 나그네라고 누군가 말했어요. 허무맹랑해도 그건 사실이에요. 예술가에게 예술의 시작은 지극히 당연하나 끝이 없는 행로를 무한히 걸어가는 필생의 과업이지요. 그래서 예술은 언제나 미완성입니다. 만일 어느 예술가에게 어느 날 자신의 예술이 완성되었다면, 그는 이미 예술가가 아네요. 무한의 길을 갈 때 예술가는 기꺼이

나그네가 되는 것이지요. 우리가 이렇게 만나게 된 것도 서로가 나그네이기 때문이에요.”

“소설도 마찬가지예요. 어찌 인간사의 행불행을 글로 다 담아낼 수가 있을까요. 필설이란 말 그대로 소설은 펜 끝에서 나오는 거에 지나지 않아요. 소설가는 상상과 경험을 바탕으로 허구의 세계를 구현하지만, 깊이 보면 인간의 삶 자체가 소설의 참모습이라 할 수 있겠죠. 타인의 삶에 관심을 두는 관음증을 또 다른 표현 방식의 하나로 고집한다면 소설이 한몫할 수 있을지 모르지만, 어느 만큼 효용성을 가질는지 의문이고요. 소설이 인생도 아니고 그렇다고 인생이 소설이 될 수도 없는 노릇이고요.”

“그건 그림도 같아요. 눈에 보이는 대상을 그리거나 상상을 토대로 그린다고 해서 인생을 모두 화폭에 담아낼 수는 없어요. 화가는 해를 빨갛게도 검게도 그려낼 수 있어요. 보이는 대로만 담지 않거든요. 예술엔 한계가 없지만, 인간에겐 한계가 있지요. 전 그게 싫어요. 이제는 그림을 그릴 수 없게 되기 전에 평범한 삶을 누리며 살고 싶어요. 성공한 예술가와 실패한 예술가의 경계가 모호해지기 전에 서두르고 싶어요.”

“그렇게 되기를 함께 빌어요. 예술가의 삶 이전에 인간 본연의 삶이 더 중요하겠죠.”

“맞아요. 수학 문제에는 반드시 정답이 있지만, 인간 문제에는 정답이 없지요. 사람들은 평생 그 정답을 찾아 헤매다 죽는 거지요. 그런 면에서 우리는 정약용 선생 부부 묘소에서 인생의 길을 찾았네요. 선생이 좋은 기를 주셨어요. 남녀가 결혼하고 해로하다 같은 묘에 묻힌다면 비록 그들의 삶이 소박하고 평범했었을지라도 행복한 삶을 살았다고 할 수 있겠죠.”

표중식
1991년 『월간문학』으로 등단. 장편소설 『자전거 바퀴살』. 소설집 『슬프디 슬픈 일』.

다 저녁때, 막 나나가 차려준 밥을 먹고 있는데 식탁에 던져둔 핸드폰이 울린다. 아니다. 핸드폰 벨 소리처럼 귀에서 울리는 속삭임이다. 숟갈을 입에서 떼기 무섭게 지상은 얼른 귀를 쫑끗 세운다.

"오빠?"

"지하?"

"뭐해, 빨랑 오잖고?"

"밥 먹고 있는 참이야."

"밥이 급해? 나보다도?"

"아니, 그래….."

황급히 숟갈을 놓은 지상은 지하의 말대로 빨리 달려갈 양으로 거실로 나온다. 신발을 신고 현관문을 나서려는데 질겁한 누나의 목소리가 뒷덜미를 잡아당긴다.

"다 저녁에 어딜 가려고?"

"전화가 왔어요. 지하가 불러요….."

"지하가?"

깜짝 놀란 누나가 말릴 새도 없이 지상은 현관문을 박차고 어둑한 한길 속으로 사라져 버린다.

누나의 얼굴에 수심이 가득하다. 지하는 산 사람이 아니다. 죽은 지 달포가 지났다.

일주일 전이었을까. 한밤중 자다 말고 거실로 뛰어나온 동생은 미친 듯 울부짖었다. 실성한 것처럼 죽은 지하를 마구 불러대며 길길이 날뛰었다. 그 뒤부터인 듯했다. 누나는 한시도 동생의 일거수일투족에

신경을 곤두세우지 않을 날이 없었다. 어떻게 하면 동생의 그 깊은 응어리를 풀어줄까, 자나 깨나 그 생각뿐이었다.

밖으로 뛰쳐나온 지상의 발길은 이상하리만치 훨훨 날았다. 눈 깜짝할 사이, 어느새 지하가 기다리고 있는 지하의 집 문에 서 있었다. 신들린 사람처럼, 마치 *시간여행을 즐기려는 순례자처럼.

지하의 집은 청와대 뒤쪽 스카이웨이를 돌아, 정릉으로 넘어오는 아리랑고개와 맞물린 지점의 가파른 산비탈 길가에 있다. 낮에는 사람이 살지 않은 터라 폐가처럼 을씨년스럽다. 하지만 일단 해가 지고 캄캄한 밤 속에 묻히면 폐가는 낮 분위기와는 사뭇 다르게 활기가 넘친다. 적어도 지상에게는 그렇게 느껴졌다.

어둑한 밤, 엷은 구름 속에 가려진 하현달이 고즈넉하다. (「지상과 지하의 무의식적 고찰」)

한보영
전주사범학교, 서라벌예대 졸업. 『조선문학』 등단. 조선문학작가상, 한국소설작가상 수상. 소설집 『개새끼의 변명』, 『다듬이 소리』, 『사랑아 구름아』. 장편소설 『그 여배우 이야기』 출간.

고리 | 한상윤

뚝빼기 언저리에 시어머니와 나의 수저 부딪는 소리만 이어졌다. 시어머니는 수저를 놓고 몸뻬 허리의 고무줄을 늘이어 손을 깊숙이 디밀었다. 꼬깃꼬깃 접은 누런 봉투를 꺼내어 내 앞에 밀어 놓았다.

"사료 사오너라."

아들의 상반기분 연금 봉투였다. 시어머니는 눈구석을 적삼 고름으로 씻었다. 눈이 침침할 터였다. 목덜미에 얹힌 갓난아기 주먹만 한 쪽에서 백통비녀가 실없이 떨어졌다. (중략)

쫓기는 단말마의 고함이 해가 설핏해진 골짜기를 잦게 누볐다. 나는 비닐끈의 양쪽 끝을 매듭을 짓고 그 고리에 매듭을 되집어 넣어 칠면조의 목에 씌웠다. 나뭇가지의 그루터기에 걸었다. (중략) 마지막인 듯한 동작이 끝난 뒤의 칠면조는 너무 길어진 목이며 체중이 불편스러웠으리라. 형주가 즐비한 칠면조 두름을 멍하니 둘러보다가 방금 나꾼 칠면조를 가랑이 사이에 눕히고 날개를 양쪽 발로 밟았다. 멱줄 띠에 칼끝을 박았다. 갈퀴같은 발톱이 형주의 사타구니를 긁적대었다. (중략)형주는 소맷부리로 얼굴을 문지르며 분노와 울음 섞인 목소리로 말했다.

방생의 마음으로 살아가는 나와 형주가 어쩔 수 없는 현실 때문에 초파일날 살생을 하는 장면이다. (「고리」)

한상윤

숙명여자대학교 국문과 졸업. 『월간문학』 신인문학상 소설 당선. 한국소설문학상, 대한민국문학상 신인상, 손소희문학상, 한국소설문학상 수상. 창작집 『고리』 외 다수.

'좌사리도의 바로 앞이야. 부망도라고. 좌사리도에서 대략 30분 코오스지. 욕지도 잔조로운 초록 바다 있잖니. 짱이야. 발효된 죽음이나 연상됐던 북태평양의 검푸른 색깔하고는 딴판이지. 너는 노상 사멸의 바다만 봤지. 이곳 바다는 막 캐낸 무처럼 싱그러워. 예전의 찌든 시야가 확 달라지고 묵은 생각들이 수정된다. 내가 혼신을 바쳐 힘을 쏟고 있는 일. 이 바닷속에 있어.… ―중략―

'일본이 태평양 전쟁에서 패망하기 전, 우리나라 양민들에게서 탈취한 금은주옥을 왜군 수송선이 싣고 가던 중 침몰했다. 그 수송선이 고스란히 품고 가라앉은 보물을 건져 올리기 위해 필사적으로 힘을 쏟고 있는… 그의 지기지우, 장중동을 찾아나서는 일로 시작된다.' ―중략―

'…다들 낯빛이 파랗게 질렸다.

표류 중인 목선에는 옴짝달싹 못 하게 굴비 두름 엮인 듯했다. 반듯하게 누웠는게 송장들이라고 해야 할까, 잘 깎아 만든 사람 형상의 목각처럼 보였다. 배에는 선장은커녕 무리의 중심이 되는 줏대잡이도 없어 보였다.

드러누운 게 도깨비야? 벌건 대낮에 예까지 떠돈 뭔 도깨비야. 이게 도대체 뭐야? 선원 중 하나가 목선을 내려다보며 소리쳤다.' ―중략―

선장이 사관들을 불러 모았다,

목선엔 아무도 내려갈 수 없다. 하긴 가고자 하는 선원도 없을 것이다.…

목선의 저치들이 감염병에 걸렸을 수도 있으며, 또한 무기로 목선

을 장악한 해적이 은밀히 도사리고 있을 수 있다. …배를 탈취한 후 계획적으로 표류선인 양 위장하여 우리를 해칠 지도 모른다.…현재의 이 상황을 빨리 종료하고 원래 목적지로 침로를 잡아 떠난다.' -중략-

　'저치들이 상당 기간 먹을 음식물과 생수, 약간의 옷가지와 침구류 등을 밧줄에 매달아 목선에 내려뜨렸다. 이 광경을 목격한 목선의 갑판에는 꼼지락꼼지락하는 숫자가 서넛 더 늘어났다. 개중에 한둘은 입을 벌렸다가 오므리기도 했다. 하지만 대다수는 허공에 낯을 대고 누워 있기는 매일반이었다.' -중략-

　'폭풍우와 칠흑 파도가 심상찮은 거 같애.…아, 돌발 저기압이얏!

　매물3호 선장은 옆얼굴을 보이며 키를 잡고 있었다. 예사스런 형국이 아님을 한눈에 직감하였다. 선장은 갑자기 한층 더 늙은 낯을 하고, 얼굴빛을 바로잡았다. 순간 깊은 시름에 젖어 만면수색을 띠었다.…쌩~~ 하며 거친 폭풍우가 선체를 사선으로 훑고 지나가면서 스크루의 폭음을 집어삼켰다.…집채만 한 물너울이 물줄기를 내뿜으며 집어셀 기세로 덮쳐 왔다. 연달아 무시무시한 갈퀴로 할퀴었다. 그 들이치는 통에 우르르, 쾅~~하며 조타실 지붕 한쪽이 찌부러졌다. 뱃머리는 순식간에 바닷속으로 빨려 들어갔다가 한참 후 겨우겨우 선수를 들었다.…뒤이어 사나운 광란성파가 뱃전을 넘어와 매물3호의 선체를 강타하면서 휩쓸었다. 절체절명의 순간에 위태로이 버티던, 그의 몸은 눈 깜빡 사이 선미 쪽으로 간단히 훑어져 내렸다.…그러나 그 몸은 선체 밖으로 내동댕이쳐지지 않았다.…그건 …선체에 고정되어 있던 동아줄에 자신의 허리를 동였고, 그게 천재일우의 생명줄이 되었다.' -중략-

한창규
(사)한국문인협회, (사)한국소설가협회, (사)부산문인협회, (사)부산시인협회 회원. (사)한국해양문학가협회 부회장. 단편소설 「하늘의 부표」, 「명멸하는 항해선」 등 다수. 장시 「삼랑진」 등 다수.

벙어리 뻐꾸기 | 형경숙

깡똥한 파마머리가 기와지붕처럼 살큼 쳐들려

서랍은 식구들과의 대화를 이어주는 막내의 필수품이 들어있는 소중한 물건

접시들은 조개껍질처럼 텅텅 비어

멀쩡한 놈이 어디 여자가 없어 저런 벙어리를 여편네라고

남자를 기죽이는 드센 여자보다 온순하고 순종적인 여자가 마음에 들어서 좋다는 말이 치미는 걸 꿀꺽 목구멍으로

동서들로부터의 냉대는 삼복더위에도 등골이 시릴 정도다.

벙어리 뻐꾸기인 나는 정상인의 아내다.

두 가지 기능이 상실 된 나는 언어 장애인

사회로부터의 외면과, 사람들로부터의 노골적인 멸시와 차별은 우리들을 그 어느 대열에도 끼일 수 없게 했다.

이따금씩 떠들어대는 장애인을 돕자는 정상인들의 구호는, 목소리를 높일 수 있는 그들의 핑계

그들의 눈길은 차가웠고, 우리들을 자신들의 대열에서 여지없이 밀어내 버렸다.

인간의 가치 기준이나 삶의 평가가 정상인들에게만 해당되는 가란 질문

장애라는 것은 단지 그 자신이 불편할 뿐 흉거리가 될 이유가 없다.

'너 자신을 알라' 는 소크라테스의 명언을 일찌감치 터득

내가 지금처럼 마음이 초연해 질 수 있었던 것은,

정상인들에게는 대단하게 여기는 숨겨진 그 무엇이 별도로 있는 것

인지

인간 본연의 자세는 무시한 채 눈높이를 하늘에 대고 아래는 내려다보려고도 하지 않는 것이 정상인들의 본질인 것

그들이 추구하고자 하는 이상의 실체가 무엇이겠는가를 참 많이도 생각

남에게 뒤질세라 새로운 것이면 자신에게 맞든, 맞지 않던 가리지 않고 닥치는 대로 다 해봐야 직성이 풀리고,

채워도 채워도 만족할 줄 모르는 욕구불만에 중독이 돼버린 상태

자신의 내면을 스스로 다스리지 못해서 생긴 일을 외부의 탓으로 돌리는 무책임

안에서 찾아야 될 자아를 밖에서만 찾겠다고 끊임없이 방황하는 모순투성이,

장애인에 대해 깊게 성찰을 해 봤더라면 그들의 삶이 저렇도록 삐뚤어 나가지는 않았을 거

건강한 육신을 가진 것만으로도 고마워해야 할 일인데 안타깝게도

정상인들의 삐뚤어진 정신상태를 일찌감치 털어 내 버렸다.

멀쩡한 육신이면서 장애인보다 못한 행동과 사고를 가진

내 몸 편하자고 거부해서 불편한 가족 관계에 있느니 보다,

인간은 풀을 먹지 않고는 살 수 없는 존재

자연 안에서 순리에 따라 살 때만이 진정한 자연인

세상은 나와 같은 인간 층도 공유할 가치가 충분하지 않느냐는

형경숙
서울예술신학대학 문예창작과 졸업. 월간 『순수문학』 「벙어리 뻐꾸기」 신인상 수상. 장편소설 『노란 다이아몬드와의 이별식』, 『초대받은 아이들』. 단편집 『아름다운 선택』, 『벙어리 뻐꾸기』, 『파피루스의 책 읽는 하루 낭송소설』 외 다수.

바람과 사슬 외 | 홍석영

신선한 사월의 잔디풀이 붉은 피로 물들었을 때, 계절은 이미 퇴색해 있었다.

다그쳐 묻는 심문에도 그는 입술을 악물고 항거하고 있었다. 육체에 파고드는 징그러운 매 소리는 차츰 그를 흥분 속에 몰아넣었다. 수민이 비밀 연락원의 이름을 순순히 댔더라면 그는 이기는 샘이다. 그러나 저 오만한 태도를 어떻게 벌줄 수는 없을까? 마침내 수민은 나무토막처럼 빳빳하게 까무라쳐버리고 말았다. (「바람과 사슬」)

바람 속에서도 시계소리가 흘러서 사라져가는 시간의 소리가 들리는 것 같았다.

"순정이네 뭐네 하곤 대드는 유치한 작가들이란 단번에 나가떨어지고 만다는 게야. 그들이란 육체에서 받은 강력한 충돌에 그만 어린애처럼 슬퍼서 넋이 나가고 말거든. 하지만 그것의 진맛이란 육체적인 요구뿐이야. 담배나 술처럼 떨어질 수 없는 것…. 결국 이런 사내들이란 우리 마을에서 떠나지는 못해. 시시한 얘기지만 어떤 사내들은 그래서 앨범을 장식하듯 인생의 추억을 꾸며 가거든." (「이적의 밤」)

두메산골 폐가에서 흙벽에 도배된 묵은 신문지를 훑어보다가 뜻밖에 아스라이 먼 옛날의 애틋한 추억거리를 건진양 나는 기적처럼 그를 만날 수 있었다. 그러니까 실로 43년 전, 피차 전란의 참화 속에서 죽음의 고비를 몇 차례씩 겪고 나서야 가까스로 삶의 안정을 되찾은 시점에서 그와 나는 기약없이 홀연 헤어지고 말았던 것이다.

피로 말할 것 같으면 그때 불과 한 시간 전 나는 절체절명의 상황으로 억울하게 피를 쏟고 죽을 수밖에 없었지. 대저 전생 상황에서 왜 죽어야 하느냐를 묻는 것은 대체로 무의미하다. 그러므로 누구든 죽을 수 있다는 예비된 상황에서 뜻밖에 살아났다는 사실은 세상의 어떤 행운과도 성격이 다른 벅찬 감동이 될 것이었다. 그런데도 도무지 덤덤한 심정이었다. 어쨌든 그래서 그 험하고 고달프기만 했던 귀향길에서 바라본 석양노을은 화나게 아름다웠다.

—6월 25일 일요일 아침부터 날벼락 같은 남침소식에 서울 장안이 발칵 뒤집히고 그날 저녁때 북한의 새까만 소형 전투기들이 나타나 전단지를 뿌렸는가 하면, 밤이 되어 포성이 우정 가깝게 들리는 긴박한 상황이 벌어졌는데도 라디오에서는 대책 없이 시민은 동요하지 말라는 맥 빠진 선전만 되풀이되었다.

"세상이 그리 되어가는 걸 어쩌겠나. 생각해 보면 우리와 같은 세대의 사람들이란 이제 쓸모없이 버림받아 시대의 뒷전으로 밀려날 밖에 없다네. 이제 무슨 발언권이 서겠나. 우리 모두어려움 속에서도 죽자고 고생해 요만큼이라도 잘 사는 기틀을 마련하는데 피나는 대가를 치렀지만 정작 칭찬은커녕 되레 저항과 반발조차 받는 일이 허다한 것도 요즘 세태 아닌가?" (「꽃샘」)

홍석영
現 원광대학교 명예교수. 1960년 『자유문학』지 추천으로 등단. 1989년 15회 한국소설문학상 수상. 2010년 소설 『정여립』상·하(범우사) 출간. 2017년 『홍석영 단편전집』(모악) 출간.

바람의 계절 외 | 홍영숙

　신영은 인도를 건너 흙길로 접어들었다. 강가에서는 약하거나 강한 바람이 항상 불었다. 어느 날은 겨우 새순을 틔운 키 작은 나무의 잔가지가 밤새 센바람에 시달리다

　부러질까 걱정스러워서 밤 산책을 나간 적도 있었다. 신영은 흙길 가장자리에서 잠시걸음을 멈추었다. 아직 찬기가 남아 있는 사월의 강바람이 목덜미를 휘감으며 옷깃을 파고들었다. 답답하던 가슴이 조금 시원해지는 것 같았다.강 건너 둑길은 어느새 연둣빛이 가득했다. 신영은 꽃이 지면 어김없이 새순이 돋는 벚나무가 부러워서 오래 그 자리에 서 있었다.

　신영은 결혼과 함께 떠나온 고향에도 그런 길이 있었음을 기억해 냈다. 초등학교 담을 끼고 과수원 울타리와 평행선을 이루었던 그 길은 과수원길 노래처럼 아카시아 꽃잎이 휘날리던 그런 길이었다. 꽃향기 풍겨오던 과수원 언덕길에서 고향집이 있는 동네를 내려다보면 멀리 길가에 아지랑이가 아른거렸다. 그 길을 지날 때 신영은 친구와 아카시아 꽃잎도 따 먹고 가위바위보도 했다. 그 길이 개발에 밀려 흔적도 없이 사라졌다는 말을 전해 듣던 날, 신영은 가슴 한편이 덩 빈 것 같아서 꿈길에서라도 만날 수 있기를 빌었다. (『바람의 계절』)

　장마도 잦아들던 비 갠 어느 날 한 선생님은 나와 준호를 데리고 마을 뒤편에 있는 산에 올랐다. 밑에서 볼 때와 달리 산은 가파른 구간이 많아서 우리는 더 올라가지 못하고 산 중턱의 평퍼짐한 돌을 찾아 걸터앉았다. 저 멀리 내가 살아 온 우리 동네의 모습이 보자기를 펼쳐 놓

은 듯 한눈에 내려다보였다. 한 선생님은 산 위에서 보이는 풍경을 잘 기억했다가 글 쓸 때 참고하라고 일렀다. 나는 그때까지 야트막한 동네 뒷산은 가봤어도 높은 산은 처음이라 주위에 보이는 여러 종류의 나무와 풍경이 신기하고 아름다워서 가슴이 벅차올랐다. 산 아래 옹기종기 모여 있는 집들도 성냥갑처럼 작아 보이고 강을 가로지르는 우리 동네에서 가장 웅장한 다리도 가느다랗게 보였다. 문득 그 속에서 아웅다웅했던 지난날이 부질없다 여겨졌다. 선생님은 가슴을 펴고 심호흡을 하며 준호와 내게도 심호흡을 권했다.

"멀리 보는 사람이 되어라. 세상 모든 일이 나중에 지나고 보면 아무 것도 아니란다."

한 선생님의 음성은 나직했으나 단호했다.

"멀리 보려면 높이 날아야겠네요."

준호의 속사포 같은 대답에 한 선생님은 웃으며 말했다.

"높이 나는 방법도 있지만 지혜가 있으면 앉아서도 천 리를 볼 수 있단다."

그 지혜를 얻기 위해서 공부도 하고 글짓기도 하는 거라고 한 선생님은 덧붙였다. (『옛 운동장』)

홍영숙
《평화신문》 신춘문예 소설 당선(2006). 서울문화재단 문예창작기금 수혜(2013). 소설집 『퀼트탑』 세종도서에 선정(2014).

물봉선과 쑥부쟁이 | 황용수

"뭘 그렇게 처다보느라 사람이 온 줄도 몰라?"

"물봉선화."

"나보다 물봉선화가 좋아?"

봉선이는 짐짓 삐친 척했다. 어떻게 빨래터에 앉아 있는 자기는 본체만체하고 올라와 물봉선만 넋을 놓고 바라보고 있단 말인가?

"봉선이가 물봉선화고 물봉선화가 봉선이잖아."

봉선이 손을 잡아끌고 둑을 따라 올라갔다. 물봉선화를 보면서 어찌 봉선이 생각을 하지 않을 수 있단 말인가?

"와, 예쁘다!"

제철을 맞아 한껏 고운 자태를 자랑하는 물봉선화를 내려다보며 걷다가 징검다리로 내려갔다. 저절로 터져 나온 탄성을 어쩌지 못하고, 징검돌이 덮이도록 무성하게 자라 앞다투어 꽃대를 올린 물봉선화를 내려다봤다.

"그렇게도 예뻐?"

봉선이도 따라 내려와 물봉선화를 내려다봤다.

"이제 막 화장을 배우며 수줍어하는 소녀의 작은 입술처럼 예쁘잖아."

봉선이가 화장을 처음으로 해봤다는 그날의 입술처럼 예쁘다는 말은 하지 못했다.

"쑥부쟁이 꽃도 예쁜데…."

얼굴이 붉어진 봉선이가 말머리를 돌리며 일어섰다.

"꽃은 다 예쁘잖아."

따라 붉어진 얼굴을 들고 일어섰다. 이제 막 화장을 배우며 수줍어하는 소녀의 작은 입술처럼 예쁘지 않냐는 대답이 망설임도 없이 튀어나왔단 말인가. 나를 건드리지 말라는 물봉선화 열매가 때가 되면 손가락 하나 까딱하지 않아도 저절로 터지듯 터져 나온 것을 어찌하겠는가? (「물봉선과 쑥부쟁이」)

어스름한 산길, 짙은 새벽안개까지 몰려와 더 섬찟했다. 이슬에 흠뻑 젖은 풀숲을 헤치며 길을 더듬던 손발이 움츠러들었다. 몸을 잔뜩 움츠리고 사방을 둘러봐도 아무 기척도 없다. 희미하게 밑동만 보여 커다란 소나무 형체도 분간키 어려운 잡목숲, 앞을 가로막은 그냥 까맣게 보이는 바위뿐이었다.

섬찟한 느낌에 막혔다가 터지는 숨소리를 애써 죽이며 다시 길을 더듬어갔다. 산기슭을 반쯤 돌아 봇물이 들어오는 후미진 곳에 이르자, 갈대숲을 지나 봇도랑 아가리로 흘러들어오는 산골짜기의 맑은 물소리가 적막을 깨면서 걸음이 빨라졌다.

길이 가풀막지면서 소나무·잡목숲·풀숲·돌무더기·바위가 어둠 속에서 키재기를 하며 모습을 드러냈다. 앞을 가로막던 짙은 새벽안개가 걷혀가고 긴장이 조금씩 풀리면서 걸음이 더 빨라졌다.

크고 작은 돌과 바위가 군데군데 흩어져 무드럭진 너덜겅에 이르러 길을 버리고 산속으로 들어섰다. 소나무와 잡목숲 밑에 수북이 쌓인 솔잎과 갈잎 낙엽을 조심조심 헤쳐나가기 시작했다. 흑갈색 흙을 뚫고 봉긋 솟아오른 송이를 찾아 더듬어가는데, 산모퉁이를 돌아 다음 산으로 건너가는 골짜기에 흐릿한 그림자가 어른거렸다. 얼른 몸을 움츠려 바위 뒤에 붙었다가, 손맛도 보지 못하고 나무와 바위 그늘을 골라 걸음을 옮기며 산에서 내려오고 말았다. (「송이」)

황용수

1990년 전북일보 신춘문예 소설 「꿈을 앗기는 사람들」. 2007년 농민신문 어린이 동산 제17회 중편동화 공모 「박꽃이 피는 학교」 우수상. 장편동화 『노래하는 날개』. 소설집 『해바라기 꽃을 기다리며』.

사단법인 한국문인협회
THE KOREAN WRITERS' ASSOCIATION

141작가 문장, 필사책

초판 인쇄 ㅣ 2025년 11월 4일
초판 발행 ㅣ 2025년 11월 6일
지 은 이 ㅣ 한국문인협회 소설분과 엮음
발 행 인 ㅣ 김호운
기   획 ㅣ 김영두(한국문인협회 소설분과 회장)
주   간 ㅣ 김민정
사무총장 ㅣ 최외득
펴낸곳 ㅣ (사)한국문인협회 월간문학출판부
주 소 ㅣ 서울 양천구 목동서로 225 대한민국예술인센터 1017호
전 화 ㅣ 02-744-8046~7
팩 스 ㅣ 02-743-5174
이메일 ㅣ klwa95@hanmail.net
등 록 ㅣ 2011년 3월 11일 제2011-000081호
ISBN 978-89-6138-566-4*03810
값 20,000원